上海文学名家文库·40后卷

王纪人

上海市作家协会致敬文学　　王纪人◎著

王纪人自选集　**失衡与重建**

百花洲文艺出版社

图书在版编目（CIP）数据

王纪人自选集：失衡与重建 / 王纪人著. —— 南昌：
百花洲文艺出版社，2019.12
（上海文学名家文库.40后卷）
ISBN 978-7-5500-3426-6

Ⅰ.①王… Ⅱ.①王… Ⅲ.①文艺评论–中国–文集
Ⅳ.①I206-53

中国版本图书馆CIP数据核字（2019）第230556号

王纪人自选集：失衡与重建
WANG JIREN ZIXUANJI：SHIHENG YU CHONGJIAN

王纪人　著

出 版 人　章华荣
责任编辑　蔡央扬
书籍设计　方　方
制　　作　何　丹
出版发行　百花洲文艺出版社
社　　址　南昌市红谷滩新区世贸路898号博能中心一期A座20楼
邮　　编　330038
经　　销　全国新华书店
印　　刷　江西华奥印务有限责任公司
开　　本　720mm×1000mm　1/16　印张　17
版　　次　2020年1月第1版第1次印刷
字　　数　227千字
书　　号　ISBN 978-7-5500-3426-6
定　　价　47.00元

赣版权登字　05-2019-282
邮购联系　0791-86895108
网址　http://www.bhzwy.com
图书若有印装错误，影响阅读，可向承印厂联系调换。

自序

　　这本论文集所选文章始于2011年，因为2011年以前的论文选已在2010年结集出版，名为《文学的速朽与恒久》，是由上海市作家协会主持、上海文艺出版社出版的《新世纪批评家丛书》中的一本。现在这本新的论文集起名为《失衡与重建》，是源自于我在2013年7月发表于《文汇报·文艺百家》的一篇长文，旨在指陈多年来文艺价值判断的失衡，探寻其原因，提议在新的语境下重建文艺批评的价值标准。我本人既反对看似热情却流于庸俗的吹捧，也反对看似严格却喜好有罪推定的棒杀。在批评标准上既赞同价值观多元的兼容并包，也反对把自己置于"他者化"的后殖民语境。中国当代文论出现价值判断失衡的重要原因之一，是在全球化浪潮中迷失了自己的文化精神和话语空间。2001年我在《文艺理论研究》上提出，中国文论的原点是道、境界和韵，并做了现代阐释。这三者构成了中国文论的元结构，把握了它，就找到了中国文艺的价值所在，也找回了可资与西方文论对话和中西汇通的话语权。这个立意也体现在《文学批评需重建公信力》等论文中，甚至贯穿于全书。因为多年来念兹在兹，所以会情不自禁地流露于笔端。如果读者愿意读这本书，我建议先读开宗明义的首篇。

本人多年来一直关注当代城市文学的创作和评论，并希望中国大多数当代作家逐渐把创作重心从乡村文学转向城市文学，从小农经济的视野转向现代性的都市视野，使城市文学的比重在中国文学中大大提升，以便在文学叙事中更多地表达中国社会转型时期的巨大变化，以及社会巨变中广大民众的生活体验和人生况味。正因为如此，有更多的当代上海作家进入我的评论视域，包括他们创作的城市小说、城市散文和城市诗歌。除了文学创作，文学阅读也是这几年我的关注点。此外，渐趋活跃的舞台演出和电影创作，与文学也是息息相关的。在我看来，对不同文艺样式作品的观看和欣赏，感官层面的消费和消遣，对许多受众来说可能是最原初的动机，但求知和审美才是潜在和深层的意愿。满足到这个深层的需要，才是作家艺术家的责任所在。

收在这本集子中的文章，其篇幅长、中、短不一。近九年来，我给报纸撰写的文章占了大多数。由于报纸版面的篇幅有限，有的文章难免被删节，现在基本恢复原稿原貌，以保持文气的一以贯之，但仍一概注明了发表的刊名和时间。知人论世，不仅有助于阐释文艺创作，对了解文艺批评也是必需的。谨在此说明。

2019年5月写于上海市西区

目录

文艺价值判断的失衡与重建

一

　　大约自90年代以来，对文艺批评的批评就不绝于耳。这类批评不仅来自读者、作者和文艺工作的组织者，也来自文艺批评者自身的反思。就来自作者方面的批评而言，其中给我印象最深的，莫过于当年还健在的老作家孙犁的一席谈："近年文论，只有两途。一为吹捧，肉麻不以为耻；一为制造文词，制造主义，牵强附会，不知究竟。"又说："近年来，文艺评论，变为吹捧。或故弄玄虚，脱离实际。作家的道路，变为出入大酒店，上下领奖台。因为失去了真正的文艺批评，致使伪劣作品充斥市场。"后面几句连带批评了创作，但归结于批评的失责。孙犁的话分别针对了文艺批评的庸俗化和玄奥化，在较大程度上是切中时弊的，而且毫不吝啬其尖锐性。多少年过去了，孙犁指斥的现象并未绝迹，诘屈聱牙的文章仍不绝如缕，肉麻的吹捧也时见报端，后者还存在着市场营销方面的需要。现在仅长篇小说的年产量就达3000多部，电影800多部（其中近2/3得不到公映机会），电视剧更是不计其数。多数作者、出品人不满足于作品面世，最好有大块文章鼓吹一下，这对提高作品的销路和影响力，乃至将来评个什么奖都是至关重要的。而碍于情面，批评者也以唱赞美诗为主，附带再说几句"美中不足""瑕不掩瑜"之类。久而久之，文艺批评就失去了严格的要求和公信力。早在90年代，一位著名影评家认为要挽救影评的危亡，就是要匡正以往的观念。他说"影评的目的非常明确。对读者而言是指南，告诉大家哪部影片的精彩之处是什么等等；对制片人而言则是宣传，有助于提高影片的卖座率。抨击劣片，告诫读者不要去看某片，则不属影评员的职责。"影评人自然无权干涉观众看不看某片，但要求文艺评论放弃"赞优批劣"、引导创作和欣赏，而只需充当作品的吹鼓手和推销员时，还有什么独立性可言？又怎能坚持实事求是的评论呢？据说这样来规定评论的任务是为了同国际接轨，我看充其量也只是同国外的广告式评论接轨吧。事实上国外严肃的书评、独立影评人的影评，有不少是很有见地的，评论的尺度也是相当严格的。文艺批评贵在对作品作公平无私的衡量，古书《淮南子》云："衡之于左右，无私轻重，故可以为平"。文艺作品的轻重得失与成败优劣，是不能以人情面子来衡量的，而必须依照事实来说话，所谓"好处说好，坏处说坏"是也。

但是真的要做到有好说好，有坏说坏，并且要说出好与坏的理由，也非易事。假定批评家个个都成了开封府里铁面无私的包公，那么他们凭什么说某作品是好作品，某作品是坏作品；某作家是优秀作家，可以得茅盾文学奖乃至诺贝尔文学奖，而有的即使得了，也是可以质疑的。按照逻辑推理，显然应该有个共同遵守的批评尺度作为评价文艺作品好坏的依据。这个尺度既有常识性的一面，也有学理性的一面，具有最大的公认度。这类尺度过去是大略有过的，例如中国古代的"诗言志"，"文以载道"，"文章合为时而著，歌诗合为事而作"等等，以及西方的"真善美"之类。只是进入近现代以来，也遭到过诸多质疑。而新的尺度又似乎众说纷纭，莫衷一是。鲁迅曾指出过新文化运动以来批评尺度的五花八门："就耳目所及，只觉得各专家所用的尺度非常多，有英国美国尺，有德国尺，有俄国尺，有日本尺，自然又有中国尺，或者兼用各种尺。"在鲁迅那一辈，已经有很多西方文艺思潮和流派传入中国，从而起到了借鉴作用，助成了现代中国的新文学和新艺术。鲁迅本人就受过写实主义、象征主义和弗洛伊德主义等的影响。但更多的人只是略知皮毛而已，因此被他一顿调侃："看见作品上多讲自己，便称之为表现主义；多讲别人，是写实主义；见女郎小腿肚作诗，是浪漫主义；见女郎小腿肚不准作诗，是古典主义；天上掉下一颗头，头上站着一头牛，爱呀，海中央的青霹雳呀……是未来主义，等等。"鲁迅不满的是当时一些作者或批评者在并不怎么了解西方的各种主义为何物时，就乱贴标签的现象，自然也涉及文艺价值判断混乱的问题，谁都可能因为信奉不同的主义而持有不同的标准。在鲁迅谢世后，西方各种文艺思潮和流派继续蜂拥而至，尤其是60年代以来的各种后现代的文艺思潮和流派，对80年代以来的中国文艺影响甚巨。如被认为影响到莫言创作的魔幻现实主义，就属于后现代主义的拉美流派。自然，在莫言的作品中，大体已经与本土的民间叙事合为一体了，他自己则认为更多接受的是《聊斋》一类中国古典小说的浸染。但是自从莫言得了茅奖，尤其是诺奖之后，遭到的质疑之声乃至声讨之声却不绝于耳了。这可能被一些人认为是文艺批评告别肉麻吹捧的好兆头，值得大大地庆祝一番了。其实这仍然是很可疑的。因为你可以不喜欢莫言的作品，事实上在历届的获奖者中谁的作品都可以挑出这样那样的毛病，甚至他们可能做过不该做或不必做的事，说过不恰当的话，但这都不能成为否定他们获奖资格的充足理由，除非其中确有鼓吹法西斯的；包括认为莫言得奖全是瑞典文译者陈安娜和英文译者葛浩文的功劳，与莫言已了无关系，是诺奖评委根据译者提供的"象征性文本"误读的结果，——这就更见荒谬了。肉麻吹捧固不足取，但攻其一点，不及其余，怀疑一切，骂倒一切，类似于"有罪推定"，且死缠烂打，这样的批评风气也恐非正道。近来好像是有这样一股风，把文艺批评当作"拳击场"，上那个拳击场的批评家个个充当拳击手，恨不得把对方打得趴下才觉得过瘾。虽然他们对文本倒是读得很细的，但如果是为了深文周纳，也就不宜表彰了。看似热情却流于庸俗的吹捧，以及看似严格却喜好有罪推定的棒杀，其实都违背了文艺批评理应实事求是的态度，从而导致文艺价值判断的失衡。

二

　　文艺价值判断的失衡，当然不仅仅是缺乏实事求是的态度造成的，实际情况要远为复杂。当今的世界是多极的世界，当今的文化更是多元的文化。中国自然不能自外于世界，世界也离不开或无法拒绝中国更多的参与。尤其在互联网新媒体的时代，任何隔离和禁锢都是徒劳的。在更加需要创作自由和学术自由的文学艺术领域，开放就意味着观念的无限拓展，主义的兼收并蓄，风格的绚丽多样，类型的增益丰富，而在这杂多的背后，都隐含了价值观的多元。如果说过去存在过单一的价值观和绝对的文艺价值判断，那么这并不是一个美丽的神话。事实上即使在儒家思想和儒家文艺观占统治地位的时代，或者在西方价值一元论的时代，也没有真正统一的评价标准。连罢黜百家、独尊儒术的经学大师董仲舒也说过"《诗》无达诂"，虽然说的是训诂解释方面的事，但也包含了价值判断的意思，可以引申为解释的相对性和审美的差异性。而法国诗人瓦勒里也认为"诗中章句并无正解真旨。作者本人亦无权定夺。"诗无达诂，文无定评，这应该成为批评者的共识。但在向世界开放的时代，中国的文艺创作、文论和文艺批评，不能完全摒弃本土的经验、话语和传统。有一段时间以来，不少批评者所操持的话语，从名词术语、范畴命题，到表达方式，几乎都来自西方。话语的西化，使许多文章写得洋腔洋调，不知所云，且生涩难懂，如同拙劣的译文。当然，在不再与世隔绝的中国，要完全承袭传统的话语系统已不再可能，中国的现代化进程也要求尽量吸收已经实现现代化的西方文明成果，其中包括有价值的理论话语，这样才可能与世界进行交流，同时促进自身的学术繁荣，所以任何抱残守阙的思想都是错误的。但现在的主要倾向却是对西方的文学艺术的思潮不分析、不鉴别、不批判，而是一窝蜂地盲目推崇。对西方文化的借鉴只能立足于中国本土的现实，并且参照自己固有的文化传统予以吸收融合，而决不能完全摒弃民族的传统亦步亦趋。无论用西方的眼光看世界，还是用西方的眼光看中国，都只可能落入西方文化霸权的怪圈，把自己置于"他者化"的后殖民语境，剥夺了中国学界与世界平等对话的话语权利。文艺批评中出现的理论失语症，正是这种全盘西化、鹦鹉学舌、邯郸学步的结果。

"失语症"的根本原因，我以为是价值判断的失衡。自从中国决心向昨天告别，走向开放和现代化以来，确实发生了许多变化。以前不允许办的事，现在可以办了；以前被视为天方夜谭的事，现在发生了；以前被列为思想禁区的地方，现在大部分可以进入，且形诸笔墨了。这说明原有的许多束缚社会进步和束缚人的思想行为的规范被冲破了，隐藏其后的旧的价值体系受到了正在变化中的现实和日益增长中的欲望的严峻挑战，并以前所未有的速度轰然解体。这发生在社会的重要转型期，并不是反常的现象。事实上，文学艺术作为一种审美的意识形式，也参与了对旧的价值体系的解构。另一方面，新的价值体系又不可能一下子建立起来，于是在新旧交替的时代，往往出现价值的真空。没有权威，缺乏统一的认识和意志，缺乏行为的准则和道德的约束，价值观念出现混乱，价值判断的标准和取向产生分化。所谓多元化、多元的选择实际上也是种种无序状态的结果，它既给人们带来了更多的机会和自由，也使许多人感到无所适从。显然，文艺批评的"失语"症就同这种价值判断的"失衡"有关。传统的真、善、美的命题，在今天可以作出完全不同的，甚至歧义百出的答案。什么是艺术？艺术是神圣的？是一种游戏？还是一种商品？什么样的作品才是好作品？凡此都可能有不同的回答，即使同一个批评家也往往出尔反尔，自相矛盾。既然传统的价值体系已经解体，而从事批评的人又不能没有价值判断的标准，于是向西方学习，以西方现成的价值观为自己的价值观便成了一些人自动的或无可奈何的抉择。然而西方的文化学术也非铁板一块，不同的国别、不同的时期、不同的学派都有不同的主义和倾向，一律拿来，照本宣科，不仅相互抵牾，且于创作也无益。而现在的尺度和主义更是名目繁多，如果统统借来作为中国的尺度和主义，势必加剧价值判断的失衡，也令人头脑发昏。在这一点上，批评界的现状与鲁迅时代相比，是有过之而无不及的。

鉴于诗无达诂、文无定评的事实，以及现代社会价值观的多元和文学艺术本身的无限多样和丰富，那么规定一个绝对的统一的批评标准，显然是不可取的。但如果连一个相对统一的批评标准也没有，那么又必然导致文艺价值判断的混乱和失衡，造成艺术鉴赏和评论中美丑不分、妍媸混淆的现象不断发生。

三

中国当代文论一度出现了失语症，归根结底是在全球化的浪潮中迷失了自己的文化精神和话语空间。我曾依据中西会通的理念，试图对纷繁复杂的中国文论进行简化和去蔽，以提供一个重建中国文艺价值判断的参照系。当然，限于篇幅，在此只能作扼要的提示。我在中西交汇中揭示出中国文论的原点是道、境界和韵，并且做了现代阐释。"道"是中国文论的宇宙观和本体论，体现了中国文化的宇宙精神、生命精神和自由精神。当现代西方出现"形而上学恐怖"时，道成为一种精神支柱。"境界"是中国文论在美学上的元范畴，它对其他大大小小的范畴具有统摄功能，王国维已作了现代性的转换。中西都有人生境界之说，且分成几个阶段。但西方把审美境界说成是满足享乐的低级阶段，而中国的审美境界却是通向宇宙和自由的精神空间，中国的理解显然优于西方。"韵"不仅仅是节奏，它体现了中国艺术和文论所崇尚的味外之旨和弦外之响，是境界这一精神空间的具体构成，具有由有限跃向无限的超越性。艾略特等现代派大师也有这方面的艺术追求和理论见解。正是道、境界、韵这一以贯之的三者，形成了中国文论的元结构，而此结构又是中国文学艺术的意义结构和中国文化的精神结构的理论体现，我们在中国的许多经典作品中都可以直觉地感受到。把握了中国文论的原点和元结构，便找到了中国艺术的价值所在，从而也找回了自己的话语权，具备了与西方文论对话的资格，并在全球化的语境中立足自身，融会中西，取长补短，构建具有现代性的中国文论价值体系。

早在上个世纪的30年代，英国诗人、大英博物馆东方绘画馆馆长劳伦斯·比尼恩在《亚洲艺术中人的精神》一书中，就曾深刻地指出西方的文化危机："当前，我们在西方正处于一种自知失败的感受中，并且为之快快不快。我们对种种自然力已经掌握，并且能够随心所欲地加以运用，然而不管我们如何努力，还是有一些事物使我们力所不逮。我们把生活划分为各自孤立的领域，每一个领域都用一门有着赫然醒目的名称命名的科学来管辖；但是不知什么缘故，生活的整体都被人们视而不见。我们所失去的东西似乎就是生命的艺术。"他在中国古典文化中找到了生命的艺术，并与西方文化作了有意思的比较。他认为希腊人和文艺复兴时期的艺术家的知觉还是很有限的，在他们看来，生活是追捕者与被追捕者之间的一场无穷尽的斗争。他们把眼光死死地盯在这种认识上，而大自然对于他们来说，只意味着一个动物世界。而中国人则有作宇宙公民的欲望，与自然和谐相处，甚至把西方人称之为无生命的东西，也包括进关于宇宙的生命这一意识之中。这种生命的艺术把自己的根深深地植于大地，它采取一种有力而又持久的形式，一心想超越自身的局限，使自己与外界存在物同化，最后它到达升华而与宇宙精神、与无所不在的生命精神合而为一。老子感到那使万物成为一体，并给万物以能量的宇宙精神的伟力。但是他似乎是通过直觉才知道有这种创造性的精神，而不是通过思想的过程才认识到的，他渴望着自身与那在世界上得到体现的宇宙精神合而为一。对于道家来说，生命在于常变。这种属于宇宙生活巨流的意识充盈于万物之中，使得因道家精神鼓舞而创作出来的艺术作品明显有一种激情。它把人类灵魂提高到这样一个境界，在这里，尘世的思虑与其说是被抛弃，还不如说是得到了升华。大自然的生命并不是被设想为与人生无关的，而被看作是创造出宇宙的整体，人的精神就流贯其中。比尼恩确实是一位真正懂得中国文化的艺术鉴赏家和理论家，他正确地揭示了中国的艺术是生命的艺术，是对现象界的超越和升华，并敏锐地捕捉到其中所流贯的宇宙精神。中国文论中所说的道，固然含义纷繁复杂，但其最有价值者莫过于宇宙精神、生命精神。老子的道，正是这种宇宙精神和生命精神的最高体现。现代的文论由于企图摆脱政治工具论和道德说教论，恢复艺术的独立性和审美性，曾严厉地批判了唐宋以来流传至今的"文以载道"说，这有一定的合理性，但如果因此抛弃了宇宙精神和生命精神，实质上也就抛弃了中国文化固有的人文精神和终极关怀。

如前所说，道、境界、韵是中国美学和文艺批评理论的三个原点。道是宇宙的本原，境界是接通宇宙本原的精神空间，韵则是这种精神空间的具体构成。这三者可谓你中有我，我中有他，密不可分又缺一不可，在互相贯穿叠合中构成了中国文化的金字塔式的精神结构，是中国文人的集体无意识。我们在一切古代文学艺术的经典作品中，乃至某些现当代文艺中，都可以发现与此精神结构相对应的意义结构。而作为艺术实践总结和提升的文论，则隐含了这样一种理论结构。即使在西方文化中浸润日久的某些华裔艺术家、文学家和文论家，也未丧失这样的文化基因。如法兰西学院华裔院士朱德群先生，在他的抽象画中，就无不充盈着道、境界、韵这样的美学构成。在此我只是使这一被无数衍生物和外来话语掩盖了的元结构重新浮出水面而已。抓住了这个元结构，也就把握了中国人的审美体系，并为读解所有杰作提供了方法论。以此为出发点与西方的文学批评理论进行对话与交流，在互补中重建中国新的文论体系，才不至于在艺术价值的判断中失衡和丧失自我。

2013.7.25原载于《文汇报》

注：文中提及的年代均为20世纪。

文学批评需重建公信力

——答《天天新报》记者问

新报记者王晨文日前走访了上海市作家协会副主席、全国文艺理论学会副会长、上海电影评论学会会长王纪人，就如何更好地进行文化传承和创新、如何把上海建设成国际文化大都市等问题进行了访谈。

记者：您认为文化体制机制改革的首要问题是什么？

王纪人：文艺体制机制最关键，问题也最多，当务之急就是改革体制机制发展繁荣文化。体制指的是组织形式制度，机制重在事物内部各个部分机理，即相互关系以及运行方式。体制机制改革有一个前提，就是要有利于实现文化发展的最优化目标，把过去威权和规训的职能转化为服务协调的职能，也就是要"做好后勤部长"。一部作品的好坏不是凭长官意志说了算，作品最后要由受众认定并经得起时间的考验。

另外，要加大文化发展资金投入，立项审批应该让负责任的专家讨论投票来决定。文化资金不仅要靠国家的投入，也要靠民间资金的投入。现在这部分游资都投到房地产和金融股票方面，看看能否吸引到文化产业里，达到双赢增值的效应，多渠道进行融资和流通，达到文化产出。因此，改变职能，转换角色，是体制机制改革中首要的问题。

记者：文化创新如何处理好传统和现代、民族和世界的关系？

王纪人：改革开放以来，文化方面吸收外来文化影响很多，文学艺术也是如此，相应对本土固有传统较为忽视。现在"国学热"丝毫没有改变状况，没有说出所以然，只是创造了几个"学术明星"。创作上从秦始皇到乾隆，戏说、歪说都远超正说，根源在于商业操作的浮躁心态，对历史没有深入的考量。传统应该是潜移默化渗透到很多方面的，文明礼仪流失，遑论文学艺术。中国文化总体上是礼乐文化，讲究礼仪、乐感，而现在要么洋腔洋调，要么土得掉渣，走向两个极端。长此以往，中华文脉逐步消失，如何能够进入世界文化之林？

文学创新有待一手伸向国外，一手伸向本土。五四时期一些激进的文化先锋固然是反传统的，他们更强调学习西方，但他们的传统文化修养其实是很高的，因此在实际操作层面上恰恰是中西融汇的。现在大部分作者在传统方面所知甚少，在创新方面缺少本土的传承，那是不可能走向世界的。正确的途径是用现代的意识或技法来处理民族的东西，这才能成为有效创新，多年以前的《阿姐鼓》能够风靡世界，谭盾的一些作品被世界认可，就是因为处理好了传统和现代、民族和世界的关系。要继承中国文学传统，首先要继承它的元结构，即道、境界和韵，它体现了中国文化的精粹和文学精神。唐诗、宋词、元曲、明清戏剧小说，均概莫能外。

记者：您怎样看待文学在塑造灵魂、抚慰心灵方面的作用？

王纪人：文学无关人的物质享受，却绝对有关精神享受和灵魂塑造。文学针对的是广大的症候群，不仅是心灵抚慰的作用。症候群会引发很多社会的、心理的问题，文学既揭示时代症候、社会病相，以引起"疗救的注意"，在心理层面方面，又往往描摹了一个时代的国民心理，对更久远的集体根性进行挖掘和拷问，引起民族的自救和自赎。文学作品能够提升精神素养，推动社会进步，既是社会的，也是文化的，又是心理的，更是审美的。好的文学都具备这些要素。文学修养对一个人的成长是至关重要的，老一代的科学家如钱学森，他们的艺术修养和文学修养都是很高的，有了这样一种修养，对世界的感应力非常敏锐而强大，即使在物质生活上不是那么富有甚至人生充满坎坷，但是精神生活是丰富而澄明的。傅雷后半生非常坎坷，但文学、音乐、绘画始终伴随着他。

记者：您如何看待网络文学对传统文学的挑战？

王纪人：新媒体网络对文学的影响日见其大，很多网络作者都来自于"草根"，从自娱自乐起步，零门槛进入。网络文学积蓄的力量日益壮大之后，正统文学界也频频伸出橄榄枝，比较典型的例子是成书后的网络文学作品进入茅盾奖评选，网络作家进入中国作协全委会担任理事。打个不很恰当的比方，网络文学是数字化时代进入互联网的新型民间文学，读者提出建议参与创作。在古代，民间文学在口耳相传中就形成了互动参与的机制。

网络文学也拓展了文学新军的后备梯队，很多网络作家成名以后，还是要通过纸质媒介来发表作品。现在阅读网络文学的大多是青少年读者，网络文学还处在初级阶段，这也跟网络作者的参与范围有关。创作类型大多是言情、盗墓、玄幻、穿越，走的是规避现实的路线，这也是网络文学的不足之处，商业的运作模式也限制了部分作家创作水准的提高。

网络文学更新速度快，有些网络作家一年的创作量可以超过传统作家一生的创作量，如《盗墓笔记》的字数就在千万字以上，这也导致网络文学作品容易注水造成粗制滥造。当然，纸质文学也多多少少存在这些问题。文学整体边缘化，文学期刊和出版社为了生存盈利，都偏向于商业化模式，虽然也提供了一些较优秀的作品，但更多的是仅供浅阅读的快餐文学。长此以往就会导致整体文学水准崩盘，国民文化水准下降。

记者：目前中国是文学产量大国，您觉得质量如何？

王纪人：中国的经济总量已经位居世界第二，但在文化软实力方面的确还很欠缺。当下文学在年产量和人力资源方面，已远远超过过去，仅每年长篇小说就有2000多部，但数量不等于质量。要提高现代文学的整体水准和国际影响，有几个前提：一是有良好的文学生态环境，少些干涉少些规训，让文学进入良性循环，自己适应环境，调节到最好的状态；二是作家要有良好的创作心态和关注社会现实的责任感；三是出版社和网络平台，要淡化以盈利为目标的商业模式，走市场但不能唯利是图；四要培育高素质的读者群体，对文学的要求不能仅仅是消遣；五要有一支出色的评论家队伍；六是把优秀的中国文学推向世界。

记者：创作、阅读、评论三者不可缺失，文学批评在艺术创作中应该起到怎样的作用？

王纪人：创作是生产，阅读是接受和消费，批评是鉴别和阐释。批评除了鉴别作品的高低优劣之外，还阐释包括经典在内的文学作品，总结一个时代的文学经验，揭示文学创作的某些普遍规律，从而对文学创作起到一定的导向作用；批评对阅读而言，不仅是联系作家和读者之间的桥梁，而且起到纠正读者鉴赏力的作用。现在是流行文化风光的年代，造成了数量庞大、远离纯文学，不识经典为何物的偶像崇拜群。有一个文学杂志招收编辑，一位大学毕业生说自己读过南派三叔的所有作品，但其他就说不上了。可见现在的阅读状况堪忧。

毋庸讳言，现在的文学批评也存在着很多问题，比如价值观的失衡、批评标准的失范，导致批评不能有效鉴别作品，重建批评的公信力是批评的当务之急。我个人反对谀评、酷评、骂评，反对捧杀和骂杀。还是要好处说好，坏处说坏，不管是说好说坏都要说到点子上，要有理有据，反对没看过作品竟大言不惭还振振有词，或虽看过，却硬是有罪推定，把人家一棍子打死。批评家和作家之间还是保持一种疏离的状态比较好，否则人情评论往往在所难免。

记者：现阶段乡土经验似乎大行其道，描绘城市风情的上海文学创作如何应对？

王纪人：大力发展城市文学，描绘历史和现实的城市风情，以城市意识来擢发时代精神，应该是上海文学扬长避短的基本方向。有人认为乡土经验的叙事是中国文学的主流，因为大部分的中国作家都是从小城镇出来的，这种概括不是很恰当。其实上世纪二三十年代的上海文学，在现代文学时期是三分天下有其二，当时主要是城市文学。从全国范围来看，那个时代城市文学和乡土文学是各领风骚的。现在有一半人口已经进入城市了，许多作家进城已有二三十年，再不发展城市文学就要落后于时代了。

上海作协多年来注重青年作家的扶植培养，出版了三期十几本的《新锐作家文库》；前年举办了"作家研究生班"；近年来组织上海作家进校园，开办电子刊物发表青年作者的处女作；重视近现代以来上海优秀文学作品的汇总编辑，先后出版了海上文学百家文库、白玉兰文库和新世纪批评家文库；每年都有重点创作立项；把部分作家的作品译成英文在美国出版。此外，举办了三届国外作家来上海的驻市活动。这些都产生了较好的影响。

记者：在凝聚和培养文化艺术人才方面，您认为上海要做哪些努力？

王纪人：上海在文化软实力的提高方面还有许多工作要做，我觉得重中之重是文化艺术人才的凝聚和培养。上世纪二三十年代全国各地的文化人才都蜂拥来沪，包括大量的"海归"，后来鲁迅、巴金等都定居上海，先后成为时代精神的旗帜。当年梁实秋说过一句话："上海没有要我来，是我自己要来的。"文化艺术人才不请自来、不招自来，这就是当时上海的"牛"。现在上海的文艺生态环境有些问题，除了优厚的物质条件以外，更重要的是要创造优越的创作条件和氛围，切忌"武大郎开店"，要引进一流的人才，还要人尽其才，来了以后有电影可以拍、有剧本可以编，有戏可以写、有戏可以演，有自己的刊物可以办，有自己的文学艺术社团可以创立。如果能做到这几点，不出几年上海文化就会重振辉煌。

2012.1.11原载于《天天新报》

汪曾祺先生的道德文章

　　上个世纪八十年代末和九十年代初，因一家出版社之约，我曾先后主编过《中国现代散文欣赏辞典》和《中国现代短篇小说欣赏辞典》，选编了许多名家名作，也约请了一些名家写了赏析文章。在编散文卷时，沈从文先生刚刚驾鹤西去，我选了他的美文《桃源与沅洲》和《常德的船》，汪曾祺先生自然也是必选对象，我选了他的《桃花源记》。至于谁来写沈先生散文的赏析文章，我不假思索地就想到了汪先生。一则因为沈与汪在西南联大有过师生之谊，二则是他们在性情和文风方面颇有相近之处。于是我就不揣冒昧地提笔约请汪先生，虽然他当时在小说散文方面佳作迭出，名声已如日中天，但凭直觉，我还是很有把握的。

　　由于我的约稿信错寄到中国京剧院，而汪先生"实在北京京剧院"，"信经转递，乃至迟复"，明明是我的错，他却道"甚歉"。对我选了他的散文《桃花源记》表示"深感荣幸"，对我的约稿答应"可以试试"。一个月后他就寄来了两篇赏析文章，并附一信，说"我发现这样的文章很难写，就散文谈散文，实在没有多少话好说，只好离题稍远"。所谓离题稍远，是说沈先生是一位"真诚的爱国主义者"，是"真正淡泊名利的作家"，驳斥了当年有人说沈从文的创作"与抗战无关"的论调，说"这真是一件怪事!"。他指出，"沈先生的《湘西》写于抗日战争初期。他在《题记》中明明白白地提出："民族兴衰，事在人为"，他正是从民族兴衰角度出发，希望湘西人以及全国人有所作为而写这本书的。"鉴于在沈从文仙逝后，他的名誉尚未彻底恢复，汪先生的"离题"显然是有感而发，其实是十分必要和切题的，表现了一个耿介之士对另一个耿介之士的惺惺相惜，而且有助于对收入《湘西》的《常德的船》的解读。说沈从文淡泊也深得其人格的精髓："这种淡泊不仅是一种人的品德，而且是一种人的境界"。文学评论贵在知人论世，赏析文章亦然。汪曾祺先生虽然一生以创作为业，要他写评论文章可能有点勉为其"难"，但凭他的学养和深得知人论世的古训，无论是对《常德的船》还是《桃源和沅洲》，他的解析都很到位，能发人所未发，而且处处体察作者隐含的情绪和克制的陈述方式，同时也融合了自己的创作经验。如他在赏析《桃源与沅洲》时说："这些话说起来很平静，'若无其事'，甚至有点'玩世不恭'，但是作家的内心是激动的。越是激动，越要平静，越是平静，才能使人感觉到作者激动之深。年轻的作者，往往竭力要使读者受到感染，激情浮于表面，结果反而使读者不受感动，觉得作者在那里歇斯底里。这是青年作家易犯的通病。"汪先生对散文创作也别有见地，他说散文写作没有一定的模式，否则散文也就不成其为散文了。但他还是大体分为两种。一种是中心突出，结构严谨，起承转合，首尾呼应。那是作者有意为文，写作时是理智的，他们要表达的是某种"意思"，即所谓"载道"，受唐宋八大家的影响。另一种是松散的散文，作者无意为文，只是随便谈天，说到哪里算那里，沈从文的散文就属后一种。显然，汪先生的散文也深得其中三昧。他的赏析文章是对文本真正的细读，而不是满足于形式至上的分析。例如《桃源与沅洲》篇末附注了一行小字："1935年3月北平大城中"，一般读者都会忽略，汪先生却注意到了，且特地提出来分析："说明'北平'也就可以了，为什么要写明'大城中'？我们从这里可以感到沈先生的一点愤慨。沈先生对于边地小人物的同情，常常是从对大城市的上层人物的憎恶出发的。文章有底有面。写出的是面，没有完全写出来的是底。有面无底，文章的感情就会单薄。这里，对边地小民的同情是面，对绅士阶级的憎恶是底。沈从文先生的许多小说散文，往往是由对于两种文明的比照而激发出来的。"请看，汪先生对沈先生其文其人的洞见多么的深刻和到位，这也是我辈所望尘莫及的。

　　《中国散文欣赏辞典》是选文与赏析兼备的散文选，名为"辞典"其实是名不副实的，纯粹是因为当时规定这个出版社只能出辞书，才不得已而为之。尽管如此，还是得到了读者的青睐，1990年第一版起至1993年已连印了6次，达55000册，至于以后的版次和印数我就不得而知了，因为既无稿费也无样书，连第六次印刷的书也是我自购的。因为畅销，出版社在该书第一版刚刚推出不久，又约我主编《中国现代短篇小说辞典》，其工作量自然更加巨大。当时凭一股热情，并得到撰稿人的支持，也就接受了。沈从文和汪曾祺又都是小说大家，自然必选。沈选的是《萧萧》，汪选的是《受戒》，都是脍炙人口、别具一格的名著。《萧萧》的欣赏文章自然还是约汪先生写，他很爽快地答应了，不久就寄来了《读萧萧》。因为文章超过了规定的字数，他附纸说，"如不合用，请退回"。我自然没有退货的打算，便回了一封信，至于信里怎么说的，早已忘记了。他在1990年10月8日写了一封很热情的信，其中写道："信收到，很高兴。我原担心你一嫌长，二嫌淡，怕你要我压缩重写。你那样看这篇文章，真是知音。前次信上我就说过，这篇文章是很不好写的。我倒真是花了一点功夫。""散文欣赏辞典能连印四次，真难以想象。我估计小说欣赏辞典也会卖得不错。"汪先生是幽默的，他说手稿上把萧萧做童养媳时的年龄写成了二十岁（应是十二岁），"这个笔误实在岂有此理"，要我代为"乙正"。另外，他还热情建议，封面的画用小说家的字画，或请健在的小说家现画。后来出版社虽然没有遵命，还是约画家画了《萧萧》的图，也算是一种回应了。

　　汪先生是声名卓著的文坛大家，他的大家风范是热情、诚恳、谦和，以及为文的洒脱和见解的出类拔萃，而不是耍"大牌"。这仅从汪先生给我的几封信和赏析文章中，就可见出他道德文章的高贵，这在人情稀薄、文风浮躁的目前，尤其显得稀有和珍贵了。是为记。

2011.4.4原载于《解放日报》

中玉先生二三事

　　徐中玉先生生于1915年2月15日，今年华诞已过，虚岁就是105岁了，在学界是少有的人瑞。我与他接触较多时，他已度过了坎坷困顿的中年，步入了老年。但他的干劲和作为哪里像是过了耳顺之年的人？我推想，除了他身上有遗传的长寿基因外，还因为他要把失去的二十年宝贵光阴补回来。作为一个旁观者，我是有深切体会的。

　　从新时期到本世纪初，他度过了一个学者兼教学和学术活动组织家的黄金时代。他复出后就担任华东师范大学中文系主任，后又任中文系文学研究所所长。该校中文系先后有一批本科生在文学创作上崭露头角，日后成为文坛的优秀作家；在研究生中又出现了不少文学批评家，如锥置囊中脱颖而出。这跟中玉先生不拘一格降人才的胸怀和因材施教、学以致用的教育理念，以及奖掖后进的措施有密切关系。中玉先生本人又是一个有远见卓识、不满足偏安一隅的人。早在80年代初，他就与南京大学校长匡亚明共同倡议，使中断了三十年的大学语文课程在国内许多大学得以重新开设，并率先主编了《大学语文》教材，选目令人耳目一新，被许多高校采用，在各种版本的同名教材中，市场占有名列榜首。他不仅是倡导者、主编，还是众望所归的"大学语文研究学会"的会长，对提高中国大学生的语文水平作出了杰出的贡献，堪称当代中国大学语文之父。

中玉先生还是全国高等教育自学考试指导委员会中文专业委员会主任，任《中文自学指导》杂志主编。自考指导委员会中文专业需统一编写出版相关的自考教材，累计的印数巨大。其中有的教材编写他亲自主持，有的委任主编和副主编，如自考教材《文学概论》。我作为作者之一参与这部长达50余万字的教材编写，去年刚刚出了最新的修订本。

中国文艺理论学会的建立及其直属刊物《文艺理论研究》的创办，是中玉先生对新时期以来中国文艺理论独特而重要的贡献。中国文艺理论学会的前身是高等学校文艺理论研究会，创立于1978年5月。它是新时期以来成立最早也是影响最大的全国性学会之一。周扬任名誉会长，陈荒煤是第一任会长，副会长是黄药眠、陈白尘和徐中玉，实际操办者是中玉先生。学会连续举办了几届论题富有现实意义、反响甚大的年会。如1980年7月在庐山开了文艺与政治关系的理论研讨会，此论题正是当时中国作家和理论家迫切关注的。荒煤、丁玲等文艺界的资深人士与高校文艺理论教师共同讨论，各抒己见，参会者都觉得收益良多。会议报道和论文发表后，在国内开了此论题的先声。几届下来，要求加入学会的申请者已超出高校的范围，旁及研究所、媒体、出版等专业人士。1985年在桂林召开的第四届年会上，即改名为中国文艺理论学会。中玉先生提议王元化为会长，自己仍任副会长，直至1993年才任会长。他作为学会的创始人，在默默无闻地从事所有实际领导工作达15年之后才出任会长，固然是出于有利工作的深谋远虑，但他的谦让精神却值得钦佩。

并不是所有的学会都有自己的刊物，而中玉先生创办的这个学会，在1980年6月就创刊了《文艺理论研究》。中玉先生在考虑刊名时，征求过我的意见，我提出了这个比较直白的刊名，为了强调这是一本理论刊物，而且旨在对古今中外文论的全方位研究。中玉先生采纳了这个刊名，并通过荒煤请周扬题字。主编仍由会长荒煤担任，副主编按副会长序次排列。

1985年他和钱谷融先生并列刊物主编。此刊最初为季刊，后改为双月刊，是国家社科基金第一批资助刊物，我记得当时一年不过拨款五千元。因印刷等原因，最初在江西出刊，后由华东师大出版社刊印出版，并由学会和华东师大合办。中玉先生是这个刊物的实际掌门人，且事必躬亲。我那时是学会的副秘书长和杂志编委。记得当时同为编委的张德林和我经常到他的办公室商讨刊物诸事，包括约稿、选稿和退稿，中玉先生还与我们一起拆信、复信、贴邮票，大家都不拿编辑费。处理刊务晚了，他会邀我们去他家共进晚餐。他常征求我们有关刊物栏目和选题的意见，我们也可向他推荐稿件，但终审权在他那里。如果逢到要开年会了，他也会及早听取我们的意见。当然，他与会长和副会长的最终磋商才是决定性的。除了在不定期的刊务会议上商量，有时他也会写信征询意见。如1991年1月7日他在致我的信中说："我们刊物、下次年会，这些问题请先考虑一下。目前，年会尚不成熟（时机）。刊物国外印象颇好（晓明回来讲起）。最近有何新作？得意的便请寄来"。2002年11月16日的来信中，他说"我刊准备切近些当前问题"，"也想召开些很小型的座谈，谈得深些，在刊物上发表。希望提建议。"当年我在回信中提了什么建议已经忘了，但寄过一些自觉不至于辱没刊物的文章还是记得的，其中有一篇万字稿他排在卷首，还写信鼓励我再写。但他也退回过我一篇万字长文，那是我为《中国大百科全书·中国文学卷》写的一个条目。对此我没有意见，因为不一定适合作为刊物的论文刊登。《文艺理论研究》在中玉先生亲力亲为亲自把关下，成为学界公认的具有前瞻性、创新性和权威性的文艺理论刊物。

中玉先生不仅为中国文艺理论学会和《文艺理论研究》倾注了许多心血，他同时还长期担任古代文学理论学会会长，兼任《古代文艺理论研究》的主编。在上海市作家协会第五届理事会二选一的差额选举中，他当选为上海市作家协会主席。由于他在文学事业上作出的杰出贡献，在2014年获上海文艺终身成就奖。此时他已是百岁老人了。

　　四十年来，中玉先生以常人难以企及的充沛精力和敬业精神从事了众多的工作，难以一一尽述。他在90年代初致我的一封信中说："日忙于杂务，荒陋益甚。可能情况下还想做点好事实事，如此而已。"因为他兼任的工作太多，又事必躬亲，必然会觉得不胜繁杂，但他始终停不下脚步，"还想做点好事实事"。如此质朴的话，却道出了一位热诚爱国和专注事业的老知识分子的肺腑之言。现在他虽然躺在医院的病床上，意识渐趋模糊，但他留在我记忆中的，永远是挺直了腰背走路，以及挺直了腰板做人。他生来就是一个不知疲倦的实干家，又是一个宁折不弯的硬汉。这就是他令人敬佩的硬核人生。

2019.3.10原载于《新民晚报》

　　注：1. 徐中玉先生于2019年6月25日逝世。
　　　　2. 文中提及的年代均为20世纪。

恶评和曲解，终挡不住杰作

——纪念话剧《原野》创作和舞台演出80周年

1934年和1936年曹禺相继发表《雷雨》和《日出》，在两剧先后公演后，他作为著名剧作家的声誉已如日中天，观众和业界对他的殷切期待也与日俱增。1937年4月，他正在创作的话剧剧本《原野》在《文丛》第一卷第二期开始连载，至8月第一卷第五期续完。作者是边写边发表的，就像登章回小说一样，先有大致的意思脉络，然后就陆陆续续地写，边写边交稿，写得非常顺利。同年8月，交付上海文化生活出版社出版，所以今年是《原野》发表80周年。

早期的演出和恶评

《原野》于1937年8月7日至17日由上海业余实验剧团首演于卡尔登大戏院（今长江剧场），由应云卫导演，魏鹤龄、赵曙、舒绣文、王萍、章曼萍等主演。因淞沪抗战爆发，演出被迫中止。1939年8月14日至24日由昆明国防剧社在昆明新滇剧院公演，曹禺亲自执导，闻一多舞台设计，凤子、汪雨等主演。曹禺的导演阐述要求"把人物的复杂心态表演出来，着眼于人物内心世界的刻画"，还要求通过"细腻而真实的表演"，揭示出仇虎的"深层意识"。闻一多在舞台布景设计上采取"虚实结合"，"并运用了某些抽象的画法，在灯光下形成焦点透视，把大森林的阴森而恐怖的神秘气氛表现出来"，以便能更好地表现"人物的潜意识"。这次演出应该更能体现原作的思想和风格。1940年10月上海大戏院在上海辣斐德路（今复兴中路）西摩路（今陕西路）口落成，以《原野》为开场戏。后改名为上海电影院，停业多年后经整修一新今年恢复上海大戏院原名，《原野》再次成为这个戏院的开幕大戏。屈指算来，已历77年。而《原野》在卡尔登大戏院首演至今，恰好也是80周年。

在这80年中，《原野》曾屡屡搬演于舞台，后来又改编成电影和歌剧等剧种。但是《原野》的舞台演出在一段时间内不仅未曾得到如《雷雨》、《日出》好评如潮的反响，相反不乏恶评。如1944年杨晦在《曹禺论》里说，"《原野》是曹禺最失败的一部作品"，"由《雷雨》的神秘象征的氛围里，已经摆脱出来，写出《日出》那样现实的社会剧了，却马上转回神秘的旧路"，"把农民复仇的故事，写得那么玄秘，那么抽象，那么鬼气森森，那么远离现实，那么缺乏人间味。这简直是一种奇怪现象。"吕荧在《曹禺的道路》中则批评《原野》是"纯观念的剧"，"表现的是人类对于抽象的命运的抗争——一个非科学的纯观念的主题"。他们都以写实主义戏剧的标准来衡量和要求《原野》，导致了对此剧的全盘否定。

风格殊异的命运三部曲

其实曹禺的早期话剧——命运三部曲，呈现了题材多样风格多变的特点。处女作《雷雨》就时空结构而言，更像是一部恪守"三一律"的古典主义的戏剧，其内容则是一部家庭伦理剧，而乱伦则是这个体面家庭里屡屡发生的丑闻，因而又像是一部弗洛伊德的精神分析——俄狄浦斯情结剧。最终大儿子周萍饮弹自尽，小儿子周冲因追赶四凤遭雷击双双触电身亡，周萍生母侍萍和继母蘩漪致疯，这一惨绝人寰的命运悲剧似又蕴含了佛教的因果报应。紧接着创作的《日出》，是偏向批判现实主义的。1983年曹禺在回顾当时创作的状态时说，"其实，我写《日出》时，对革命的认识还很模糊。当时只有一个直觉：就是不平等的社会不能再存在下去了。我想在《日出》中求得一线光明和希望，但哪里是太阳，太阳又怎样出来，我不知道。"看过曹禺原作的读者知道，《日出》结尾是打夯工人们高亢而洪壮的歌声，沉重的石硪一下一下落在土里，窗外因为日出更加光明起来。曹禺非常珍惜这个"光明的尾巴"，因为当年他不甘心也不情愿使观众沉溺在毫无盼头的黑暗里，而当时的政治环境又不允许人明白道出光明究竟在哪里。

《原野》既不同于《雷雨》，也异于《日出》。正如曹禺后来说的，"《原野》的写作是又一种路子"，"一个戏要和一个戏不一样。人物、背景、氛围都不能重复过去的。"这首先体现在题材内容上，从城市转向农村。曹禺出生在天津一个没落的官僚家庭里，并不熟悉农村，但从小听够了保姆讲述她家乡种种悲惨的故事。于是在他的构思中逐渐浮现一个丑八怪的形象，然后有了他的悲惨身世：父亲被曾经的朋友焦阎王串通土匪活埋了，家里的一大片好田产被侵吞；妹妹被变卖到外县沦落为娼受折磨而死；心爱的人被夺走了；他被诬为土匪送进大牢又打折了腿。作者的聪明之处在于这一切不幸都作为仇虎这个人物的前史被不时提及，成为他走上复仇之路的必然动机和强大推力，而正面展开的是他以逃犯的身份前来复仇的故事。当他把叙事的重点放在复仇上时，一切就顺理成章起来。仇虎从白傻子那里得知焦阎王已死时，自然地想到父债子还，不仅要从焦大星那里夺回已成为焦妻的金子，还要斩草除根，杀了懦弱的大星，借瞎子焦母之手使她误杀自己的孙子，让这个阴险毒辣的恶霸遗孀活着饱尝失子杀孙的痛苦，这就构成了《原野》的主要情节。这是一种原始的血腥和暴力的复仇，它应该是蒙昧时期的初民经验之一，它深深地镂刻在人类的种族记忆之中。这种血腥的复仇体现了原始人类以暴易暴、以恶制恶、一报还一报的生存法则，而且遗留在现代文明尚未抵达之所。曹禺也指出"仇虎的复仇观念是很强很原始的，世世代代的农民想要活，要反抗欺压，就要复仇。"所以对他的形象设计是"眼里闪出凶狠、狡恶、机诈和嫉恨，是个从地狱里逃出来的人。"但是他在回答《原野》所要表达的是否复仇的主题时，却是前后不一的。这可能是因为他只写了个人复仇而没有写群体革命而产生了内心的纠结和不安。其实《原野》的意义主要不是社会学方面的，而是心理学和美学方面的。《原野》最大的创新是塑造了仇虎这一中国文学中非常罕见的艺术形象，而且重要的不在于写了一个复仇的故事或表达一个复仇的主题，而是通过这个形象，表达了深埋在集体无意识深处的仇恨的原型。

《原野》将人的极爱和极恨戏剧化

在西方现实主义文艺思潮和流派之后，由于非理性主义的哲学、心理学和美学思想的崛起，一些与现实主义相左的文艺思潮和流派风起云涌，其中表现主义是与戏剧关系更深的思潮和流派。表现主义戏剧始于十九世纪末的德国和瑞典，极盛于二十世纪二三十年代的欧美。受柏格森直觉主义和弗洛伊德精神分析学的影响，不满于对外在事物的描绘，要求突破事物的表象凸显其内在的本质，突破对人的行为的描写而搜入其内在灵魂，突破对暂时性现象的描绘而展示永恒的品质或真理。美国剧作家尤金·奥尼尔（1988—1953）就是杰出的表现主义戏剧大师，美国评论家约翰·加斯纳说得很妙："在奥尼尔之前，美国只有剧场；在奥尼尔之后，美国才有戏剧。"1936年"由于他那体现了传统的悲剧概念的剧作具有的魅力、真挚和深沉的激情"而获得诺贝尔文学奖。这样的戏剧大师，不会不受到曹禺的密切注意。曹禺在《原野》附记中，最早透露了《原野》受奥尼尔的戏剧尤其是《琼斯皇帝》的影响。此外，他明确表示读过奥尼尔的《悲悼》、《天边外》、《榆树下的恋情》、《安娜·克里斯蒂》和《毛猿》。

曹禺在《原野》中所塑造的几个人物，如弱智的白傻子，有恋母情结夹在母亲和妻子之间委曲求全的"窝囊废"和"受气包"焦大星，用针刺人偶的巫术诅咒媳妇死去以便独霸儿子爱的焦母，以及用两人同时落水先救母亲还是先救妻子来考验丈夫的金子，都程度不等地患有心理疾病。心理近乎分裂的当推仇虎，因为他的复仇由于仇主已死而失去了真正的目标和"合法性"，但他基于自己一家两代人的血海深仇，认为必须让焦家断子绝孙才能报仇雪恨。但焦大星曾是他的少年朋友，他虽然娶了自己的心爱之人，也罪不至死。襁褓中的婴儿更是无辜的。所以《原野》在叙述仇虎血腥的复仇过程中，始终表现出他被一种罪感所折磨。金子不断用焦大星是好人，待她和他都不错来打消他杀人的念头。他也考虑让大星先动手，但最终还是进屋把大星杀了。而焦母在金子的床上用铁拐杖误杀自己的孙子（焦大星与前妻所生）显然是他设的局，因为他预计到狠毒的干妈会先杀了他，所以让金子把小黑子先抱到她床上。在第三幕里，曹禺更是突现其报复杀人之后的可怖形象："他忽而如他的祖先——那原始的猿人"，神色极端的不安和恐怖，嘴里念叨着小黑子不是他杀的。而在黑漆漆的原野森林里，死去的人也全部登场，还有牛头马面、判官小鬼，以及阎罗。舞台上鬼影幢幢，幽灵出没，象征着现实的黑暗和内心的恐怖、惊惧和悔恨。表现主义戏剧善于通过营造环境氛围，来表现人物内心的紧张和灵魂的躁动不安。《原野》的第三幕尤其得到了表现主义戏剧的真传和充分的中国化。曹禺自己也承认第三幕中的鼓声就受了奥尼尔《琼斯皇帝》的影响，其实《琼斯皇帝》直接影响了《原野》第三幕的构思。该剧写了一个岛上的黑人首领的悲剧故事，由于他背叛了自己的种族，遭到群体的反对。他企图穿过森林逃走，结果被追捕者杀死。奥尼尔淋漓尽致地写了他的紧张、恐惧、恍惚和下意识。不断加快的鼓点，仿佛在催促他走向死亡。《原野》第三幕同样是主人公为逃亡而穿过森林。如前所说，曹禺强调演员表演要揭示仇虎的"深层意识"，同样闻一多也强调要通过大森林的阴森恐怖来表现"人物的潜意识"，这正好契合了表现主义戏剧侧重于对剧中人进行精神分析并运用意识流手法的特点。而且在整体上，《原野》也符合将潜意识戏剧化的表现主义戏剧特点。从根本上说，复仇已经不是仇虎的潜意识，真正的潜意识是表现为原始性的"永恒的品质"，它才是表现主义所要表现的"深藏在内部的灵魂"。当仇虎被剥夺一切后，他就是一个原野的人。而金子正如她自己认定的，是野地里生野地里长的人。不少评论者分析金子的性格体现了个性解放，这是用人文主义去附会拔高了。其实她就是一个原野的人，野性、原始性是她真正拥有的美丽和魅力，正如任何开放在原野上的花朵一样。自由不羁不是她的追求，而是她的本性。泼辣不是她的故意，而是她恣意生长的一种状态。所以当仇虎到来时，他的无所顾忌使她重新获得了内心的解放，甚至他的野蛮也给她带来了原始的力量和强烈的爱欲。《原野》与《雷雨》、《日出》虽然都充斥着死亡的悲剧，却共同组成了"生命三部曲"，死亡恰恰是对生命的一种呼唤。《原野》的结尾是在追捕者的合围和复仇者的罪感中，男主用匕首插进自己的心脏，而让负伤的金子逃出森林，去寻找黄金铺地的乌托邦之乡。曹禺说，"我的戏一贯很浓，《原野》尤烈"。很多评论者企图用社会学的理论去解读它，认为它写了农民向地主阶级的斗争。其实仇虎家先前是有一大片良田的地主，在被恶霸焦阎王弄得家破人亡后他一直坐牢，连农民都不是。显然，作者的创作动机不是写阶级斗争，即使他后来说过写农民反抗，也已经离开了原始的动机。他在1983年的追述才是最真实可信的："《原野》是讲人与人的极爱和极恨的感情，它是抒发一个青年作者情感的一首诗"。这对于那些庸俗的社会学者无疑是当头棒喝，因为《原野》根本与阶级斗争无关。曹禺在《原野》中表现出的超乎阶级之上的爱恨情仇，以及用复仇的故事来表现向命运抗争的抽象主题，要么故意被人忽略，要么因此给以恶评。但是常识告诉我们：任何文学杰作，都是在形而下的具象中抵达某种形而上的抽象。否则还要文学何用？

　　曹禺早期的戏剧创作受到过希腊悲剧、莎士比亚和易卜生、契诃夫等戏剧大师的影响，自然也不乏自小耳濡目染的本土戏曲和文明戏传统的影响。而盛行于二十世纪二三十年代的欧美表现主义戏剧，正好与他在学生时代参与的戏剧活动和开始话剧创作的时机最为接近。我们即使从《原野》之前的《雷雨》和《日出》中，也可以看到表现主义戏剧影响的蛛丝马迹，如原始的激情、对人类自身困境和命运的思考，以及贯穿于剧情和舞台的神秘主义气息。到了《原野》，这种倾向就更趋强烈和纯粹。在第一第二幕充满紧张的较量和复仇之后，第三幕进入了逃亡途中阴森恐怖的森林，侦缉队的追捕、焦母与白傻子的跟踪，以及逃亡者的幻觉、幻象、梦呓和灵与肉的双重挣扎。虚虚实实、象征和隐喻杂然纷呈，凡此都把人物的潜意识作了最充分的戏剧化表现，使人的极爱极恨的两种感情达于极致，对人生困境作了深刻的展示，对宇宙的神秘作了哲学的思考。

80后导演脑洞大开的颠覆性改编

　　毫无疑问，《原野》是中国表现主义戏剧的杰作，但由于它在中国语境中显得特别超前，不仅不为当时所理解，而且长期被忽视和曲解，视其为曹禺创作道路上"前进中的曲折"，并把这个"曲折"写进了文学史。虽然自八十年代以来屡屡被搬上舞台，却难逃被肢解和篡改的命运。例如一般都认为第一、二幕"有戏"，容易吸引观众而予以保留，却把第三幕大量删节，这就阉割了这部作品，抹杀了它的表现主义风格。还有一种倾向是自由发挥，离开原作甚远。曹禺生前讲过："既不能离题，又不可照搬，要大胆改，要用新招来排"，鼓励舞台演出的创新。但我在修缮一新的上海大戏院观看最新一轮的舞台演出时，却感到大胆有余，离题过远。新锐导演何念的动机是好的，希望这部经典让更多的年轻人接受，并由此成为一部现代经典。他在"保持原味，还是大胆颠覆"的两难中，选择了大胆颠覆。具体来说，就是"把'仇虎复仇'这条故事线挖出来，让他无限轮回他的复仇线"，"我们想告诉大家的是，播下仇恨的种子一定要慎重"。那天我在观看时，确有导演脑洞大开的感觉，因为在开场不到25分钟的时候，《原野》的复仇情节就和盘托出。焦大星几乎在一开始就被仇虎干掉了，然后是瞎子焦母设计杀仇虎，反而误杀了孙子。正当我在想剩下一个小时还演什么时，没想到已死的焦大星"复活"了，他站到了铁轨边，把仇虎杀了。原来第一回的焦大星与仇虎，在第二回里反了个，焦大星成了受害者和复仇者。两个回合下来还不到一小时，紧接着有了第三个回合。这一回好像是白傻子成了复仇者，把故事再演绎了一遍，这就应了"重要的事情说三遍"。这三遍复仇的故事都是重复的，但也有些差异，把原著在一遍里来不及尽述的，再分配到另两遍。当第三遍结束时，还有一刻钟的戏，我们看到仇虎面对众多戴面具的仇人一路砍去却怎么也杀不完。这三遍重复下来，似乎就阐述了"仇恨会让人陷入怪圈"的主题。但我相信没有看过原作剧本的青年观众未必能领会导演的意图，他们难以理解美剧式的故事梗概一连重复三遍是啥意思。至于看过原剧的观众，当他们看到新版《原野》剧透三次，而仇虎、大星大变活人似的串演对方的角色，反而坠入五里雾中了。想让新老观众知其个中奥妙，只有一个办法，在开场前先把导演阐述用字幕打三遍。一部表现主义的杰作完全被颠覆了，解构成三个大同小异的故事梗概，原有的意蕴荡然无存，而新的意义却难以确立。而且更令人不解的是，舞台右上方还挂了好几个高音大喇叭，难道那个时代农村已经有了有线广播？试问，经过这番颠三倒四，《原野》还可能成为"现代经典"吗？

2017.7.13原载于《解放日报》

文学城市与城市文学

上世纪八十年代以来，在思想解放运动的推进下，上海文学与前30年相比，呈现出崭新的精神面貌。以巴金、茹志鹃、白桦为代表的一批老作家摆脱了精神桎梏，创作了具有强烈反思色彩的散文、小说和剧本。中青年作家人才辈出，不仅在知青题材方面卓有建树，在国内一度占有领先的地位，而且随着阅历和创作经验的丰裕，渐次拓展题材领域，在文体实验方面也有成功的实践。如为"四五"天安门事件平反的《于无声处》等现实主义话剧，先锋派的小说和诗歌，以及余秋雨的文化散文，都产生了全国性的影响。

文学理论和文学批评同样拥有突出的地位，在文学思潮风起云涌的年代，王元化、蒋孔阳、徐中玉、钱谷融等老一辈理论家开风气之先，带动中青年理论家、批评家为文艺理论建设和文学评论作出了重要的贡献。

九十年代后期以降，由于商业化、市场化的冲击以及某些清规戒律的重新设定，文学的生态环境不如以往，挫伤了文学创作者的朝气、锐气和韧劲，现实主义文学创作变得步履维艰。一部分作者走向通俗或时尚，而缺少了人文的关怀。文学理论和文学批评不再悉心关注现实的创作问题，回归学院，或专注于学术，或凌虚蹈空，媒体批评乘机取代了专业批评。

凡此都造成了上海的文学创作和批评不甚景气、风光不再的尴尬局面。

一

在全国纸质文学的一线作家中，上海仅剩王安忆，从《长恨歌》到《天香》，记录了她孜孜不倦特立独行、影响跨越国界的写作历程，除了获得茅盾文学奖、鲁迅文学奖等国内奖外，最近又入围英国布克奖。目前上海文学创作虽然初步度过了青黄不接人力资源匮乏的困境，但仍然缺乏高素质、具有原创力的人才。对文学人才的扶植和培养，仍然是当务之急。

上海当前的文学创作缺少更厚重和震撼人心的作品，艺术上的创新也相对薄弱，作家的人数不少，但综合实力不如一些文学大省。至于80后90后的部分作家，尽管他们的作品常常名列畅销书的排行榜，但他们的拥趸主要是比他们更年轻的读者。这种代际阅读的壁垒，也限制了他们更广泛的影响力。在中国现代文学馆撰写并于近日发表的《2010年中国文学发展状况》中，在年度2000多部长篇小说中列举了有影响的38部，上海作家仅有潘向黎的《穿心莲》。在青春文学类里，郭敬明的《小时代2.0：虚铜时代》和韩寒的《1988：我想和这个世界谈谈》因为"拥有众多的读者"被特意提出。在列举的24篇中短篇小说中，有滕肖澜的《美丽的日子》。在提到的有影响的15部诗集和9部散文集中，没有上海作家的作品。在列举的24篇有影响的文学评论中，上海仅有郜元宝的《论"中国批评"》。《状况》对"有影响"的作品的列举不一定很准确，但还是多少反映了上海文学不甚景气的"状况"，值得我们反思。

其实上海文学的传统和优势主要在城市文学的创作，离开这个传统和优势，很可能是缘木求鱼，画虎不成反类犬。显而易见，不必期待上海作家写出《白鹿原》、《尘埃落定》、《秦腔》这样的作品，也不能满足于类型小说家的悬幻与穿越。但是，我们有充分的理由期待表现这座大都市的扎扎实实的作品，无论是小说、诗歌、散文和剧本。

二

在近现代文学阶段，中国的城市文学就首先产生于上海。如较早的有韩邦庆的《海上花列传》、包天笑的《上海春秋》、陆士谔的《新上海》、朱瘦菊的《歇浦潮》等。鸳鸯蝴蝶派的小说多数以城市为背景，并以市民阶层为受众，这当然得益于当时纸质媒体的发达，杂志有一百多种，副刊和小报有四十几种。中国近现代的城市文学是由通俗文学开创的，但渐渐地城市叙事不再是通俗小说的专利，而进入了严肃文学和普罗文学的视野。资本家、小市民、革命党取代了性工作者、嫖客和拆白党成为城市叙事的主角，叙述也由津津乐道于城市丑陋，转向批判。这无疑是一大进步，其杰出的代表作是茅盾的《子夜》。虽然在"重写文学史"的浪潮声中，这部杰作曾被指认为"主题先行"而遭贬低，可惜至今我们还没有等到一部"主题后行"到能够超过它的作品。

三十年代新感觉派的城市叙事，趋向于写都市摩登，在时尚的光怪陆离中表现都市病。而在孤岛时期，张爱玲等一些女作家以女性的视角和小叙事的方式，使上海的市民文学精致化、意味化。三四十年代在戏剧和电影作品中，更出现了大量的城市叙事。但是过去的文学史和现代文学的研究对城市叙事是忽视的，其实对其进行深入的研究有助于促进今天的城市文学写作，无论历史的经验还是教训，都值得借鉴。

进入当代史，由于政治和经济上对资本主义的限制，以商贸金融为经济基础的城市失去了发展的动力而日渐萎缩，市民阶层中最活跃的经济力量资本家和精英文化的创造者知识分子受到了打压，市民阶层中的资产阶级或小资产阶级，只有处于改造或被嘲讽的地位才能进入作品，周而复的《上海的早晨》有幸成为其中的佼佼者。

总的来说，城市文学风光不再，与现代文学史期间不可同日而语。这种状况直到八九十年代才出现了转机。在上海作家，尤其是在女作家群体的笔下，城市叙事开始复苏，但在相当一个阶段，它们表达了一个共同的主题，那就是怀旧和感伤，描绘上海大都市昔日的繁华和后来的衰落。殷慧芬的《汽车城》倒是一个例外。而有些年轻的作家，则倾向于描写时尚的上海和欲望的都市。赵丽宏的《沧桑之城》融叙事与抒情于一体，为有史以来唯一一部表现上海的长诗。

三

上海不仅是一座工业的、商业的、金融的城市，也是文学的城市，这一点已经在上海市作家协会主持出版的131卷《海上文学百家文库》中得到了充分的证明。所谓文学城市，就是拥有文学大师和优秀作家辈出的城市，是媒体发达出版繁荣的城市，也是拥有海量读者群和文学青年的城市。作为文学城市，上海曾经是当之无愧的，在现代史上毋庸置疑地首屈一指，而现在却岌岌可危。在上海未来的文化发展规划中，理应认定上海作为文学城市的历史地位，制定出改善生态环境接续这一地位的方略。

作为文学城市的上海，城市文学的创作自然是重中之重。上海自1843年开埠以来的历史并不长，就其历史渊源而言，既不能与中国所有的古城相比，也比不上欧洲的诸多城市。但在短短的一百多年中，却迅速地从一个只有2平方公里的老城发展成国际大都市，从"被"开放到主动迎合世界的潮流，从前现代走向现代和后现代。其间有多少国际国内政治、经济、军事、文化力量的博弈，多少党派和利益集团的纷争，多少新旧阶级、思潮、观念的兴替，多少华洋杂处的融合与冲撞，以及现代与传统的纠结，有多少传奇故事和悲喜剧在这里发生，又有多少历史人物和移民经历过希望、追求、动摇、幻灭或浴火重生。作家们完全可以在这座尚未充分开采的富矿中挖掘出闪闪发光的宝石，截取某个历史片断，在某几个真实的人物或虚构的主人公身上，演绎他们在上海这个都会中所经历的人生故事。无论是传奇或平凡的日常生活，都不仅表现了人生的悲欢离合，也表现了人性的复杂和人的心路历程，折射出时代的风云变幻和城市的沧桑变迁。

城市叙事需要拓宽对城市空间的营构，在现有的一些较成功的城市叙事案例中，包括王小鹰的《长街行》和王周生的《生死遗忘》等，对城市物质空间的描绘，尤其是精神的、人文空间的营造还可以加强。物质空间属于第一空间，精神文化空间属于第二空间，这都是一个城市特性的重要表征，有待作家的进一步发现和凸现。而作家更大的原创力还在于对这两个空间的解构和想象性的重构，在城市空间的物质、精神维度中导出第三个空间维度，也就是艺术的、审美的、形而上的空间维度，把真实与想象、具象与抽象、客体与主体、必然与偶然、意识与无意识融为一体。既然我们曾在福楼拜、雨果、普鲁斯特笔下看到了各个文学时代的法国作家对巴黎的不同风格的城市叙事，也曾在中国作家笔下浏览到各个时期的中国巴黎的生活图画，那么我们也有理由期待在当代作家的笔下，出现更多更新更好的抒写上海新与旧的文学作品。

2011.5.8原载于《解放日报》

上海：城市小说的过往和现在

　　近现代史上的城市文学首推上海。曾经从五湖四海先后汇集到大上海后来又风流云散的文人们，以及最后定居于此的作家，他们都为上海文学的繁荣发展作出过贡献。有的以上海作为他们叙事或抒情的出发点或归宿地，有的照旧写他们的乡土文学。后者正如当代从乡村进入城市已有许多年的作家们一样，对于他们来说，只有乡土才是童年和青春期诗意的栖息地，乡愁是他们终身的情意结所在，但他们的局限也在于此。一般而言，海派的城市文学首先以上海为其主要的表现对象，然而才能论及其他。

　　最早以上海为表现对象的还是近代上海的原住民。出生于晚清松江府的韩邦庆创作了《海上花列传》，被新文学的领军人物之一胡适誉为"吴语文学第一部杰作""给中国文学开了一个新局面"。虽然《海上花》承袭的是晚明以来"狎邪小说"的传统，只是里面所写已是十里洋场的上海妓院，从而折射了社会的新形异色，且对底层有了同情关怀，一扫倡优小说之烂俗，成为半殖民的都市风情长卷。鲁迅说它"平淡而近自然"，胡适为之写序重刊。张爱玲更是甘作"花粉"，加以评注，还翻译成英语。至三十年代，能承袭《海上花》衣钵的当推周天籁的《亭子间嫂嫂》。周是安徽人，但从小到上海谋生，"上海闲话"可以讲到滚瓜烂熟。《亭子间嫂嫂》写的是会乐里红灯区的一个地下性工作者的日常生活。因为深受当时各阶层读者欢迎，一直写到100万字才置"嫂嫂"于死地，而连载此小说的《东方日报》却起死回生，周天籁也被誉为"最能代表上海风情的作家"。亲历过新文学发展的贾植芳曾热情地介绍给当代的读者，指出"能这样有人情味地写下等妓女的生活，新文学史上还没有过。"

在晚清文学史上，除狎邪小说外，谴责小说也是一个重要的流派，对后世批判现实的作品乃至官场小说不无影响。陆士谔是青浦人，上海十大中医之一，除写过四十多部医书外，又写了百余部小说，遍及社会、历史、言情、科幻、武侠、黑幕等方方面面，其涉猎的类型之广之杂，出手之快，不输今天的网络签约写手，故有"奇人"之称。他的《新中国》被列为十大古典谴责小说之一，但在五年前重新走红，却不是因为它的"谴责"，而是它的预言性。原因是这部出版于1910年的小说竟借梦准确地预言2010年上海开办"万国博览会"，"一座很大的铁桥，跨着黄浦，直筑到对岸浦东""浦东地方已兴旺得与上海差不多了"。它还预言城市里地铁穿梭，洋房鳞次栉比，跑马厅附近修了大剧院，陆家嘴成了金融中心，长三角的经济大发展，等等。在小说预言的时间节点和空间地点上，一切都准确无误地实现了。仿佛作者早在一百年前为上海的发展画下了宏伟的蓝图和制订了时间表，而后人果然一一实现了。文学"未卜先知"的预言性，也由此可见一斑。

在现代阶段的海派城市文学中，即以上海为主要表现对象而论，最有代表性的，莫过于以茅盾《子夜》为代表的社会写实派、以刘呐鸥等人为代表的新感觉派和张爱玲为代表的都市女性文学。茅盾最初是以评论家的身份进入文坛的，在文学上主张为人生而文学。他写《子夜》试图"大规模地描写中国社会现象"，"使一九三零年动荡的中国得以全面表现"。作者通过以吴荪甫为中心的上海社会各阶层众多典型形象的刻画，以及各利益集团的代表人物在经济、政治等领域的联合或斗争，乃至工厂的工潮、农村的民变、外省的军事斗争等等，实现了史诗式宏大叙事的创作意图。瞿秋白说"这是中国第一部写实主义的成功的长篇小说"，"应用真正的社会科学，在（二十世纪）文艺上表现中国的社会关系和阶级关系"。对新文学持全盘反对态度的吴宓，竟对《子夜》的艺术大加点赞："笔势具如火如荼之美，酣姿喷薄，不可控搏，而其细微之处复能婉委多姿，殊为难能可贵。"但《子夜》在三十年代就把民族资产阶级引向穷途末路的描写，以及相关的社会学论断，似乎都为时过早。事实上民族资产阶级并未消亡，否则何来五十年代对私营工商业的社会主义改造？而周而复长达四卷本的《上海的早晨》，正是"以解放初期的上海为背景，形象地描绘了改造民族资产阶级这一重大历史过程"。五十年代以来能继承《子夜》衣钵的上海城市文学，非《上海的早晨》莫属，在不少方面可与《子夜》比美。但如下的评价很可商榷："深刻指出了中国民族资产阶级从'子夜'走向黎明后唯一的一条光明道路。"事实上经过这次改造后，民族资产阶级已经不复存在，以致在改革开放的时代，要重新扶植民营企业发展私有制经济。中国的现当代文学往往被某些现成的社会学论断所左右，而这些论断又不乏误判，这也是整体上缺乏伟大作品的一个重要原因。

　　如果说茅盾代表的社会写实派是现代文学的主流，那么受日本同名文学影响的"新感觉派"则代表了现代派的新潮流。与社会写实派重理性、重客观的传统相反，它强调以视听感觉来认识物质文明迅猛发展的世界，仅凭直观来把握和表现，通过瞬间的感觉和象征暗示的手法，来表现人的生存价值和存在意义。凡此都必然导致文体的新奇和词藻的陌生化。如刘呐鸥的《都市风景线》、穆时英的《上海狐步舞》等，那种时空跳跃、意识流动、电影蒙太奇手法的运用、新颖的文体，均令人在诧异中感到耳目一新。而都市的人欲横流和病态生活，也在快节奏的叙述中凸显出来。施蛰存《梅雨之夕》等小说高超的心理分析，更是令人刮目相看。八十年代后期中国先锋派文学崛起，在第一波中虽然没有上海作家，但在第二波中就出现了令人刮目相看的格非和孙甘露。他们都擅长建构叙事的迷宫，这多半来自博尔赫斯的启示，但也与三十年代的新感觉派有某种暗合。尤其是孙甘露的《信使之函》和《访问梦境》，更多地表达了都市审美的现代性。

在四十年代孤岛时期的海派文学中，尤其在女性文学中，张爱玲确实独占鳌头。她有显赫的家世，却有不幸的童年乃至青年时代。也许正是这种不寻常的痛苦，使她从尘埃里开出花来，在一个又一个市民的传奇中，书写着女性的命运和说不尽的苍凉故事。对于张爱玲来说，"生命是一袭华美的袍，上面爬满了蚤子"，"所有关于爱情的实验到头来都经不起乱世的冲击"。她笔下的一些人物，对未来迷茫，再要强也掌控不了自己的命运，有着大限来临时的悽惶。而作为书写者，又时时抱着冷漠、讥诮的态度，所以她的小说时时透出一股寒意。这也许可以视为一种性格上的缺陷，却是其市民小说高冷风格的心理动因。

到了八十年代，海派的女性文学再度崛起。以王安忆为代表的一些女作家先后完成了知青文学向市民文学的转型，新旧时代各阶层的市民生活几乎都进入了她们的小说世界，上至洋房里的大资产阶级、中至石库门或新式里弄的普通家庭，下至帮佣的仆人，几乎尽入囊中，且多半以女性为主人公。对于这些女作家来说，女性文学与市民文学没有什么区别，至少是相辅相成的。她们从不打出女性主义的旗帜，只是给笔下的女主人公以更多的同情。她们很少以张爱玲为榜样，王安忆就否认把她作为张的传人，至于她改编张的作品也仅是改编而已。就其实质而言，因为她们有着与张爱玲截然不同的人生见解和写作态度。与张爱玲相比，王安忆自有其更开阔的文学世界，而且不断地求新求变。她始终游走于纪实与虚构、工笔与写意、具象与抽象、感性与理性之间，并愈益明显地跋涉在不断自我解构的道路上，且未有穷期。

上海的市民文学，并非女作家所独霸。其实男作家的视野可能天然地更开阔一些，较少局限于一家一栋一弄。金宇澄的《繁花》就写了"上只角""下只角"的多个区域、多种格局的住房和职业不同的家庭，而不止一个的主人公就生长在其间。他们的读书、友谊、爱情、婚姻和工作，构成了上海人日常生活的风俗志；几十年的世事变迁和个人际遇，绘出了上海市民的风情画卷。看似热热闹闹、吃吃喝喝、谈风论月，却时时透出沧桑、悲凉或无聊。而沪语的叙述和对白，都增添了上海都市风情的浓郁和日常。日常性正是这部小说最大的特色，它使作者和读者全体放松，就像讲述和倾听一个又一个市民社会最家常的故事。

当70后、80后的青年作家经过多年历练后，上海的城市文学创作不再后继乏人。仅以80后为例，青春的苦涩和无谓曾是一个热门的主题，但在周嘉宁的最新长篇《密林中》，她对外部世界和内心世界都打开了视野。各种不同的性格和思想都有了鲜明的轮廓和内涵，他们的欲望、纠结、疏离和挣扎都活现了迷惘一族的特征。而在王若虚的小说里，城市的当代性特征十分鲜明。他尤其关注新新人类在现代都市校园内外的公共生活和心灵成长。如长篇小说《限速二十》就写了学生中的有车一族，揭开了校园内被遮蔽的一角。在价值观上，王若虚的小说似乎更易获得广泛的认同，却又不无新意。

本文的目的不在总结海派城市小说的成就，只是在近、现、当代的交叉叙述和前呼后应中，对其间的起承转合略示一二，并寄希望于年轻的作家们在承传中创新，在创新中发展。每一代作家所遭遇的城市与前代不再相同，他们需为自己所处的城市风情和市民性格塑形，并各取所需大异其趣。他们没有必要与前辈和同辈作家趋同，在另辟蹊径中确立自己的辨识度。

2016.1.12原载于《解放日报》

生动呈现现代道德生活实际展开的过程

上个世纪50年代出生的作家，至今都已进入耳顺或知天命之年，孙颙是其中始终敏锐着并不断与时俱进的一位。他是较早写知识分子家族史和命运史的，这有三部曲式的长篇小说为证（《雪庐》、《烟尘》、《门槛》），在当时是颇具前沿性的几部作品。他一直忙于公务，在沉潜较长时间之后，令人意外地抛出了书名为《思维八卦》的思辨性散文集，涉及经济、金融、宗教、哲学等多个领域，在写作中痛且快乐地"体验着迷乱和顿悟不断交织的过程"，记录了他对外部社会和精神世界探索的踪迹。之后他在《文汇报》上又陆续发表有关文化艺术、股市金融、国企改革、社会问题，乃至国际局势等时事评论和建言，俨然以时评家、杂家的面目出现，令知道他小说家、出版家等身份的人大出意料。这种逸出文学的写作活动和跨界思维，大大拓展和加深了一个文学作家对时代的认知和思考，使他在接下来的小说创作中充满信心并游刃有余地切入当下生活，触及多数作家还相当陌生荒疏的领域，以新的题材和人物、新的视角和立意、新的灵感和激情书写错综复杂变动不居的新时代。长篇小说《漂移者》塑造了一个跨国公司的冒险家马克在上海五光十色的生活和跌宕起伏的人生经历，把新兴行业和新的社会现象写进了小说，并融入了人生哲理。在事隔一年多之后，《收获》2014年春夏版长篇专号又发表了他的最新长篇小说《缥缈的峰》，更是令人刮目相看。

非线性的叙事结构

《缥缈的峰》是一部面向现实、立足当下，又不乏历史感的小说，这就决定了作者不采取按时间顺序发展的线性叙事模式，而是基本上从人物目前的状况、遭遇、行动的叙述开始，再对事件的前因或人物的前史进行回叙，把现在时与过去时交织起来叙述。在这种循环往复的叙述中，建立起自己的叙事结构。如第一章《千山鸟飞绝》就从成方与沙丽在加拿大一滑雪场极具画面感的描写开始，然后回叙二十多年前随父从加拿大来曼谷旅游的沙丽如何在古玩店见到帅气的伙计成方时怦然心动，在得知他被富婆欺凌后又独自去古玩店，决定以两千美元的原价买下被富婆撕碎的郑板桥兰竹图并请他修复，把他从老板逼迫的钱色交易的绝境中解救出来，后来在加拿大开始了二十多年交往、五六年同居的感情史。然而在这段浪漫爱情的背后，他们各自有过一段婚史。小说分别回叙了他们的过往，沙丽是因为丈夫抛下她坚决跟随公司返台湾参与政治而离婚。成方的故事更为复杂，他并未离婚，而是因酒醉脱离团队滞留香港，后又去泰国避祸使婚姻名存实亡。于是叙事又回到了当下，两人决定同飞上海，成方办理离婚手续，沙丽探视祖父当年在上海购置的别墅。当他们再次去滑雪时，沙丽意外撞到树上造成下半身瘫痪。这个飞来横祸像是宿命，于是作者笔锋便转到一个世纪前沙家的秘密故事——祖父在东南亚当外交官时曾收到华侨给清政府的捐款，辛亥革命后无人再管，因为怕革命党清算，便移居北美。四十年代他曾在上海购置了大房产，对这笔沉重的欠债祖父曾有遗愿未了，所以灾祸不断。在这一章中，作者避免了非线性叙事容易零碎凌乱的可能，对成方和沙丽各自婚姻的前因后果以及两人从邂逅到同居的经过作了完整生动的描述，可谓丝丝入扣，入情入理，引人入胜。第二章《城春草木深》和第三章《乱花迷人眼》之间的关联更见密切。从写少年吴语开始，揭示其身世之谜。原来他是成方与崔丹尼婚姻的结晶，却用了外祖母的姓，而成方在去香港前并不知道妻子已孕。小说追叙了吴语在父亲缺席下的成长史，他孤僻的性格和数学才能。然后作者宕开一笔，写崔海洋和崔丹尼兄妹是如何暴力斗争"反动学生"赖一仁的，而赖后来却成了吴语所读中学的教导主任，并且在下海办软件公司时，聘用大学毕业的吴语和另一个数学尖子俞小庆为助手。在这两章中，过去时与现在时的交叉叙事可谓平分秋色。就当下叙事而言，主要涉及在崔海洋的幕后操纵下，俞小庆盗用赖一仁公司的绝密软件从事黑客活动，窃取另一家公司的机密情报，导致老师麻烦缠身，公司不断被公安侦查。这两章的现实部分写得尤为出色，充分展示了商业阴谋和现代商战的高科技含量。而过去时的回叙主要涉及崔、赖之间的宿仇，撕开黑暗暴力的一角。第四章《长河落日圆》则主要写当下事件，成方单独返回上海，按沙丽要求捐赠祖产的计划受阻，与此同时崔海洋看中沙丽祖父的别墅，欲通过低价购进占为己有；成方与妻崔丹尼及子吴语见面；吴语临危受命；崔海洋坏事做绝，终于败露。

　　从上述非线性的叙事结构中可以看到，这部小说涉及了相当丰富的题材内容，它说明人生并非如人们期盼的那样繁花似锦，一马平川，马到成功，往往雾霾深深，陷阱重重，包含了诸多宿命和变故。如：婚姻的纠葛和裂变；漂泊他乡和故国难返；旧恨新仇与人心贪婪；宿债未清与世事难料等等。小说中的人物关系也颇为复杂，主要有成方与崔氏兄妹在国内的关系线和他与沙家在海外的关系线，赖一仁与崔家也是一条重要的关系线。

政治与海外漂泊者

　　爱情和婚姻是多数小说中不可或缺的要素。《缥缈的峰》中侧重表现在特殊年代里政治对婚姻举足轻重的影响，成方与崔丹尼的结合就是典型的案例。成方是来自小县城的青年军官，所谓"自古红颜多薄命，而今帅哥麻烦多"。他做梦也没想到一纸调令把他调到沿海大军区干休所，先是女所长对他盘三问四，然后年轻貌美的崔丹尼对他关怀备至，最后一个副部长出马。原来崔丹尼早在文工团时就相中了他，作为将门之后的官二代利用父兄权力关系对成方作了调动，并动用母亲、哥哥从中斡旋甚至软硬兼施，使他不得不作出"坚决服从"的回答。这既因权势的压力，可能也有高攀的诱惑，而崔丹尼的"飒爽英姿"也是符合那个时代的审美取向的。所以对这桩意外的婚姻，他是既"被动"又"欣然"接受的。小说描写的成方与崔丹尼的婚姻是典型的政治权力运作的结果，那是缺少男女双方感情基础并由一方包办的婚姻怪胎，这在"文革"时期高干子弟的婚姻中并非独一无二。作者并未简单附和自古以来强调"门当户对"的婚姻箴言，更没有归罪于平民和小地方出身的成方，而是归咎于缺乏感情基础靠家长权力的强制性结合，再加上以势凌人，妻子把丈夫当作"解闷的玩物"，妻兄又把妹夫作为发财的"垫脚石"，从而造成了一段不道德的"屈辱的婚姻"。双方原有地位的不平等，加上一方用不平等的态度来加剧不平等，这就必然造成很大的婚姻隐患。当成方被崔海洋派遣去香港走私一幅古画后，对自己被利用从事违法活动十分不满，这才是他滞留不归的深层原因。而在潜意识深处，也只有远离中国大陆，离开崔家的势力范围，才能摆脱愈来愈蛮横无理的妻子和阴险毒辣的妻兄，摆脱令他无比屈辱的婚姻。如果说权力政治既是缔结他们婚姻的纽带，那么它同时也是摧毁他们婚姻的利剑，独守空房二十多年的崔丹尼其实也是受害者之一。而成方虽然"受传统道德的束缚"，希望用合法的程序来结束这段名存实亡的婚姻，但他毕竟在海外享有了男欢女爱互相默契的同居生活。至于沙丽与焦先生的婚姻倒是有情有义的，可惜最终也毁于无谓的政治——公司的老板和职工都是台湾某一政治联盟的成员，他们为避免在台湾政治中被边缘化，作出集体返台的政治选择，最终导致沙丽与丈夫离异。小说从一个特殊的角度分别写了一则由权力强扭在一起的婚姻最终名存实亡，以及另一则美满婚姻最终被政治推垮，应该是寓有深意和令人感喟的。

　　成方与沙丽各自失败的婚姻在小说中构成了一种偶合，而成方与沙丽祖父都是因故不能返国的海外漂泊者，虽然发生的时代背景和具体原因各不相同，但也构成了一种偶合。像成方这样不告而辞或逾期未归的因公出境者，在特殊背景下是有可能定性为"叛国者"和"出逃者"的，这就是他们有国难投的苦衷。沙丽祖父在清末民初政权交替权力暂时真空的年代，有侵吞华侨捐赠购置私产之嫌，所以只能移民并长期羁留北美，直到临死也未能实现捐赠给学校的宿愿，只能由已经丧父的沙丽来实施。正如其遗嘱中提及的："我乃清之余孽，革命党人记着账，共产党断难饶恕"，"不得已丢下已置办之房产，兑现誓言之事推向遥远之将来"。成方在外漂泊阶段，因为有文物鉴定和修复方面的一技之长，尚可糊口，但毕竟是"黑户口"，过的是动荡不安的生活，甚至遭遇台湾特工的策反。即使后来随老板投资移民到加拿大获得了合法身份，也难以洗刷"叛国"的罪名。他一直以为像他这般命运乖僻者世间少有。当他读到沙丽祖父的遗言后，才知道前人的痛苦与挣扎，也许远甚自己。直到二十多年之后，领馆经过甄别，指出成方当年以那种方式离开肯定是错误的，但没有做过不利国家的事，也没有附和别有用心者的拉拢，没说过危害祖国的话。结论为"擅自滞留境外，鉴于已入外籍，不存在重新认定护照了。"成方终于获得了中国领馆签证，并"欢迎以海外游客身份回国观光，投资或经商"。小说有关成方签证过程的描写说明他的情况是记录在案并经过内查外调的，也反映了相关政策已变得相对宽松，同时也为他归国后故事情节的进一步发展提供了可能。沙丽祖父与成方两代漂泊者的坎坷人生，都是颇有代表性的。小说固然是虚构的艺术，却在虚构中描绘了众多因政治原因成为海外漂泊者的真实历史和悲苦心情。

从"文革"到网络时代

　　赖一仁与崔海洋的旧恨新仇是小说中另一条重要线索，他们的矛盾从

1966年一直贯穿到网络时代，而这几十年的历史正是《缥缈的峰》最基本的时代背景。他们本是同一中学的同学，崔海洋嫉妒赖一仁是出国留学的内定对象，在把赖一仁打成"反动学生"中，不仅抄了他的家，还趁机把赖家的两幅古画窃为己有，甚至把他扭送派出所，欲置他于死地而后快。如果崔后来能改过自新也就罢了，但他始终藏匿两幅古画，其中一幅就是靠打通海关关系走私出境的八大山人《听涛图》。崔复员后顺风顺水，利用父亲最后一点权力和人脉关系成了国企老总，很会"用权"，做事心狠手辣。他收买了俞小庆，盗用赖一仁公司的绝密软件非法进入一家公司的电脑窃取商业情报，使赖的软件公司有违法嫌疑，陷入险境绝境。在公安局侦破期间，他又花巨款作为俞小庆的封口费，并要求他从人间蒸发。在赖一仁的人生道路上，崔海洋始终是他的魔障和阴影。从小说艺术的角度说，赖、崔的旧恨新仇这条情节线，进一步刻画了崔海洋为所欲为、阴险毒辣的性格，他善于"用神圣的名义做龌龊的事情"，小说无情地鞭挞了这个"被恶欲统治的灵魂"。

在上述这条情节线中，作者还写了一个网络时代全新的行业——网络安全企业。黑客软件在这里被提升了能级，目的是通过不断的攻防演练制造出安全系数更高、足以阻挡黑客攻击的安全软件，一般包括杀毒软件、系统工具和反流氓软件，是对病毒、木马等一切已知的对计算机有危害的程序代码进行清除的程序工具。当然，这种被制造出来的安全软件是公司的核心机密，是由各个组室的研究成果经密室中的几台电脑来合成的，只有公司的核心成员——赖一仁、吴语、俞小庆才能进入密室，而密室中的电脑与其他办公室实行物理隔断，以防泄密。像这种网络安全企业做的是防止黑客攻击的安全软件，但因为需要攻防演练，必须提高有关黑客软件的能级，好比只有魔高一尺，方能道高一丈，而且这是一个不断PK的过程。俞小庆盗用的就是一个提高了能级的黑客软件，由于从所在公司的电脑上发动攻击，就使还蒙在鼓里的老板遇上了大麻烦。作者把这个新兴产业写进小说，为情节的发展提供了网络时代的契机，并且写得有声有色，惊心动魄，波澜起伏，是这部长篇的华彩乐章。几个相关人物的性格得到了充分的刻画，他们的道德品行也得到了淋漓尽致的展示。这不仅体现了作者的艺术才华，也反映了作者知识结构的更新和对人生的深入思考。如果说屈辱婚姻的故事、海外漂泊者的故事别的作家也能写出来，那么关于网络时代新兴行业的故事，能够写到这个地步的作家肯定极少。

开放的结尾

成方终于返回了阔别已久、恍若隔世的伤心之地上海，小说也进入了末章。按一般的规律，小说在此前积聚和展开的矛盾应该迎刃而解，欠情的还情，欠债的还债，无论是中国式的大团圆或好莱坞式的大结局，都很符合大多数读者的期待视野。但《缥缈的峰》似乎有所不同，所以我称之为"宿债未清，世事难料"。成方返国的目的有二：与崔丹尼正式办理离婚手续；收回沙家的房产权，然后捐赠出来办学校或幼儿园，这也是远在加拿大的沙丽时时催办的两件要事。然后当成方知道自己竟然有个儿子且在妻子含辛茹苦的养育下长大成人后，也不无愧疚之心。当妻子知道他当年滞留海外不归，还有哥哥让他做走私违法之事的原因后，也就不再谴责怨恨，而是坦然表示："你欠崔家的，崔家欠你的，两清吧。"这倒使成方感动之余无言以对，再也不便提出离婚之事了。在小说中，吴语虽然与成方见了面，也接受了成方从国外带来的新电脑，但他明确拒绝去加拿大深造，显然这个从小"没爹的孩子"与母亲有深厚的感情，如果父母办理离婚手续，他也就不大可能认父了。小说曾留下伏笔，提及沙丽的前夫闻讯回到了加拿大，并受成方的委托住在沙家悉心照料瘫痪的沙丽，两人是否会旧情复燃，也是成方在后悔时所担忧的。另一件宿债同样未了，那就是沙丽祖父的遗愿。要捐赠房产，首先要收回房产，确定产权，从理论上并无问题，因为当年的文书齐全。但是房地局提出了难题：由于产权人五十多年未交"地产使用费"，加上滞纳金和滚动利息至少达几千万之巨，由于借给一所幼儿园，历年收到的房租还不足以支付房屋维护费。如要收回房产，必须一次性付清连本带利的地产使用费。这可能也是中国特色，所以有类似情况的房主，面对几乎超出房价的巨额费用，大多只能放弃产权。而崔海洋恰好看中了沙家的房产欲占为己有，他可以利用在内地的势力和关系，把房产土地使用费的价格大大压低，在支付购房费用后还有足够的余额另购小房产，捐赠出来办学校或幼儿园。这当然又是中国特色，但因为他东窗事发，此事也就搁置了。

《缥缈的峰》的结尾显然是一个开放的结构，除了崔海洋因作恶多端并被自首的俞小庆揭发，且查出侵吞国有资产几千万元外，其他几个宿债均未了结。这也许是作者把它们作为悬念留给读者去发挥想象吧，但较真的读者是会有未竟之憾的。

有关理想与道德

作者在写作《漂移者》时就已经表示，"写作需要碰一碰当代生活"。其实我们都生活在当代，但当代生活在当代文学中时常被规避。或者在表面上也有皮相的表现，却很少进入生活的深层和内核。这跟许多作家宅在家里很少接触社会现实，满足于一知半解和想当然地臆测生造不无关系，或者仅仅把一己的经验观感视作写作的全部。孙颙的"碰一碰当代生活"应该是有感而发，不是说都去写当代，而是说在文学中，当代题材不应阙如，至少应该有写当代的意识；即使写已经消逝的过去，也需要以新的视角去表现和观照。在《缥缈的峰》中，那种靠权力强扭的婚姻，其观念和方式应该都是很陈旧的了，却复活于当代；那种血统论早该进坟墓了，却还魂于当代，而且成为腐败的一种根源，这些都值得深思。至于小说中涉及的网络安全和利用网络进行商业犯罪等，更是网络时代特有的新现象。现在网络不仅广泛运用于各个领域和部门，而且在中国早已进入数亿人的日常生活，在当代题材中描写网络活动不应只是80后、90后作家的专利。当代生活的所有基质和特性都可以也应该进入文学艺术表现的领域，其中自然包括社会结构、生活方式、人的价值观、伦理道德和人生追求等等的嬗变。在《缥缈的峰》中，赖一仁对女儿有一段颇具哲理的议论："没有理由，强迫你们按照前辈的头脑思考。如果理想过于缥缈，最后不免露出虚伪。我们曾经为此而痛苦。你们对理想反感，不是讨厌美好，而是讨厌虚伪。"而俞小庆以现实主义为借口，自甘堕落，必然走向另一极端。在整部小说塑造的人物中，赖一仁是较好地把握了理想和现实关系的一个人物，他志存高远，也善于捕捉商机。他不因为年轻人犯错误而歧视排斥他们，而是爱才惜才，尽力把他们培养为有用之才。当然，由于他求才若渴，也会有"重才轻德"的失误，但他决不纵容。作者在这位从事科学研究和软件制造的知识分子身上倾注了理想主义的精神：他相信可以运用数学模型和逻辑分析来解决未知世界的问题，并且助推社会走向公平和正义。至于小说中的主人公之一成方，虽然他有才且人帅，但毕竟懦弱，缺少决断，似乎始终是被动型的。崔海洋也很聪明，但基本上是"人渣"。此人为了自己的利益最大化可以不择手段，把别人全作为工具来利用，一旦妨碍了他，便让人从人间蒸发，在他加密的U盘里，就有把为他效犬马之劳的总经理列入了在国外"失踪"的预案。崔丹尼在历经婚姻悲剧和她的人生竟遭哥哥毁坏后，倒是一改原来的蛮横，变得平和，却是到宗教中去安放自己的灵魂。至于几位小字辈，吴语的性格是成长中的，从孤僻的"闷包"变得有所担当，这是生活的磨炼和老师培养的结果。而俞小庆为了迅速发财致富，不惜背叛老师投靠心狠手辣的崔海洋为虎作伥。赖一仁的女儿赖欢欢在回答父亲关于理想的问题时是这样说的："我们的内心缺少你们年轻时的理想，现实很灰，如果我们不是生活在优裕的环境中，像俞小庆的家庭，穷得恐慌，我？真得难讲……"这个话可能出自于对贫困家庭出身者的同情和缺乏信心，但还是显得偏颇和迷惘。理想和现实的矛盾是贯穿孙颙这部小说的重要思考之一，体现在人物的命运方面，是更偏向于现实主义的，但对于孙颙这样对生活仍抱有理想主义的作家来说，他不会放弃自己的信念，即使它是"缥缈的峰"，也将永远是一种美丽的愿景、召唤和希望。

美国艺术科学院院士、黑格尔主义者罗伯特·皮平教授在2014年1月接受《文汇报》采访时指出："关于艺术，黑格尔的最核心范畴是自我-知识，不是美、快感、对理念的表象、对神圣的表象等。艺术是达到自我-知识的一种集体性的努力。因此，通过艺术作品我们能够更好地理解我们自己。这是从黑格尔哲学的角度给出的一个最简单的回答。""生活中的那些规范"，"我们必须通过看到它们是怎样活生生地发挥作用的才能更好地理解它们，而我们在小说、戏剧、电影、绘画等艺术中才能直接看到这些，在哲学的命题中，是看不到的。"他进一步联系文学现象指出，亨利·詹姆斯笔下的人物都世故、聪明，他们身处一个古典的道德结构正在瓦解的世界，欧洲传统贵族等级制度及其所代表的价值被来自美国的金钱所瓦解；在美国，金钱又带来了新的危机，"人们试图用金钱来买'威望'，买人与人之间的新的等级关系。詹姆斯笔下最好的人物都试图在这种传统的评价体系已经崩溃的条件之下来寻找自己的人生道路。"皮平教授对艺术作用的理解和对詹姆斯作品的分析很值得参考。事实上詹姆斯的时代与今天不无相似之处。在中国作家孙颙的作品中，当然也在另一些优秀作家的作品中，我看到了某种伦理渴望、价值评判和试图生动地呈现现代道德生活实际展开的过程。我希望在当代文学中，有更多富有艺术创造力的作家致力于这个过程。否则"当代"将成为当代文学的一个空白。

2014.4.21原载于《收获》

城市小说的新收获

　　孙颙的长篇小说一向以刻画知识分子形象见长，《雪庐》、《烟尘》、《门槛》就是因连续描绘上海知识分子的历史和现状为人所知。可是他搁笔多年后写出的长篇新作《漂移者》却令人不无意外：故事的主要发生地虽然还是上海，而小说的主人公马克却是一位地道的美国人。这个特定的角色身份就引起了双重悬念：马克如何在异国他乡的上海生存发展？作者如何书写中国大陆当代文学中从未出现过的人物形象？我正是怀着这样的悬念，而且多少有点忐忑的心情来读《漂移者》的。当我读完小说的"上篇"后，忐忑的心情已经释然。因为在不到全书三分之一的篇幅里，一个"新冒险家"的初始形象已脱胎而出。作者用轻松调侃的笔调追溯马克如何在纽约一所大学里因为争风吃醋打断情敌的鼻梁骨而被开除研究生学籍，只得不远万里到祖父曾经的发迹之地来寻找机会。初涉上海的马克虽然住的是青年旅舍，在美领馆文化处当义工，却也不改其乐。凭着一表人才和乐观自信，以及一口流利的中国普通话，居然也如鱼得水。尤其在他意外应聘为外籍调酒师后，不仅猎获了性感的酒吧女招待，还得陇望蜀地对神秘的女老板想入非非。欲望与性在这年轻人的思维中占据着突出的位置，也为作者提供了妙笔生花的余地。但作者并未按类型小说的套路再跨前一步，而是让马克在似是而非的情境中被红模出身的女老板愚弄了一把。小说写马克在羞恨交加中辞职，同时打开另一扇门，把马克引向真正的冒险之旅。

在"中篇"一开始，马克果然浪子回头，加盟了旅美上海画家苏阳牵线的物流商业王国CW跨国公司，从一个上海滩的外国小混混摇身一变为国际大企业中国地区的CEO，苏阳的妹妹应邀担任财务总监。马克这一身份转换虽然有一定的传奇色彩，但作者却严丝合缝地写出了外在契机和内在素质的必然性，使马克的华丽转身不致流于天上掉馅饼式的海外奇谈。马克在中国分公司的顶层设计和投资方式中匠心独运，而且在理顺各种业务关系中能够运筹帷幄、因地制宜，很快地开展起国际性的物流业务。他本人也从一个浪荡公子脱胎换骨成事业有成的企业家。他的事业心，犹太人的精明，学习的热情，过人的聪明才智和洞察力，都在创业中充分地激发出来，不仅得到了美国总部的赞赏，也收获了上海才女苏月的纯真爱情。小说所展开的种种情节和细节，乃至叙述语言，都不断地在描绘着这一切，并且取得了令人信服的效果。但与此同时，随着情节的发展，小说还展示了这位新冒险家的另一面。例如他以保护上海地区公司的利益为借口，要苏月造假账；为了让北方分公司打开局面，答应分公司负责人张小山给从中帮忙的舅舅和他的同事以巨额回扣，用阴阳合约做账。马克面对苏月的责问，把这归结为入乡随俗的权宜之计，是在中国学到的。而忠于责守和职业道德的苏月认为他做的事比中国的某些不法企业家还离谱，且明显地违反了美国禁止海外行贿的法律，帮助了某些贪官。马克过于精明大胆的冒险家性格和由此导致的一系列失误，其中包括用人不当，最终使上海成为他人生的滑铁卢。他不仅失去了苏月纯真的爱情，并且最后被总部勒令放弃三年中从公司得到的所有报酬。在小说的"下篇"中，这位冒险家已落得了身败名裂、人财两空的下场。但是在小说的结尾，马克又应聘去浙江一家民营集团，作者非常善意地为他的主人公继续在中国的冒险开辟出一条东山再起并且看来是洗心革面的道路。

　　《漂移者》在上海这一正在崛起的国际金融和商贸中心的城市生活中，在跨国公司复杂的人事纠葛中，生动而有力地刻画了一位美国青年的形象。他在美国落难到中国讨生活，经历了冒险、成功、失败到东山再起的曲折过程，上演了一场大起大落的人生悲喜剧。除了事业，爱情也是小说的一条情节线。爱情中同样存在着文化差异，异国恋尤其如此。马克与苏月的爱情最终失败，除了工作上的分歧，价值观和道德观上的不同，与他自认的文化优势也有关，他很少考虑对方的感受和内心的需要。只有当失去之后，才觉得这份感情与过去的性爱游戏是多么的不同，才感到曾经忽视的爱护和忠告是多么可贵，从而觉得刻骨铭心。人生本来就是人性的演练场，人性的善善恶恶总是会在自己的人生中得到书写，并影响着自己和他人的人生轨迹。《漂移者》的成功之处是多方面的，不仅生动逼真地描绘了一个美国青年在中国的冒险经历，刻画了他的立体性格，也写出了这一经历与他个人的性格与所处的中国社会现状的关系。而他与恋人苏月以及雇员张小山的交集，也都互相改变着对方的人生轨迹。《漂移者》的"漂移"是赛车的专用术语，指飞驰中不减速的急转弯。把马克这位冒险家比喻为赛车手也未尝不可，他在人生的急转弯中也是不减速的"漂移"，"漂移"甚至成为他的一种性格或必需，决定着他的命运：拿到奖杯，或者翻车。当我们呼唤城市文学的创作和创新时，《漂移者》的出现应该是值得称赞的。因为它展示了一种新的题材，塑造了新的人物形象，表现了新的城市生活，其中包括新的经济关系和经济活动，乃至跨国公司复杂的权力斗争和运作方式。这一切并非一蹴而就，需要作家向生活学习，观察和感受新的人物和现象，并且学习相关的知识，参与到时代变革的洪流中去，把握时代的脉搏，体悟世道人心的变化。然后才可能在艺术传达中游刃有余，描绘出城市文学的新面貌。

2012.7.14原载于《文汇报》

诗外功夫诗内见

在上个世纪50年代出生的作家中，孙颙是始终对时代相当敏感并不断与时俱进的一位。有一段时间他很少写小说，却以杂家和时评家的面目出现，在报刊上发表涉及经济、金融、宗教、哲学等多个领域的文章，甚至对国企改革、社会问题，乃至国际局势等也时有评论和建言。这些写作看来与文学无关，其实都源于功夫在诗外，体现了他对外部社会和精神世界的探索，而且充满了"迷乱和顿悟不断交织的过程"。这种逸出文学的写作活动和跨界思维，大大拓展和加深了一个文学作家对时代的认知和思考，使他在接下来的小说创作中充满信心并游刃有余地切入当下生活，触及多数作家还相当陌生的领域，以新的题材和人物、新的视角和立意、新的灵感和激情书写错综复杂变动不居的新时代。在近两年多中，他先后发表了长篇小说《漂移者》和《缥缈的峰》，引起了评论界和读者群的关注和好评。

长篇小说《漂移者》塑造了一个跨国公司的冒险家在上海五光十色的生活和跌宕起伏的人生经历，刻画了他的立体性格，也写出了这一经历与他个人的性格与所处的中国社会现状的关系。把新兴行业和新的社会现象写进了小说，并融入了人生哲理。当我们呼唤城市文学的创作和创新时，

《漂移者》的出现应该是值得称赞的。因为它展示了一种新的题材，塑造了新的人物形象，表现了新的城市生活，其中包括新的经济关系和经济活动，乃至跨国公司复杂的权力斗争和运作方式。这一切并非一蹴而就，需要作家向生活学习，观察和感受新的人物和现象，并且学习相关的知识，参与到时代变革的洪流中去，把握到时代的脉搏，体悟世道人心的变化。然后才可能在艺术传达中游刃有余，开创出城市文学的新面貌。

今年发表出版的长篇小说《缥缈的峰》更是令人刮目相看。《缥缈的峰》是一部面向现实、立足当下，又不乏历史感的小说。这就决定了作者不采取按时间顺序发展的线性叙事模式，在循环往复的叙述中，建立起自己的叙事结构。这部小说涉及了相当丰富的题材内容，包含了人生的诸多宿命和变故。如婚姻的纠葛和裂变、漂泊他乡和故国难返、旧恨新仇与人心贪婪、宿债未清与世事难料等等。小说从一个特殊的角度分别写了一则由权力强扭在一起的婚姻最终名存实亡，以及另一则美满婚姻最终被政治摧垮，应该是寓有深意和令人感喟的。赖一仁与崔海洋的旧恨新仇是小说中另一条重要线索，他们的矛盾从"文革"一直贯穿到网络时代。在赖一仁的人生道路上，崔海洋始终是他的魔障和阴影。小说刻画了崔海洋为所欲为、阴险毒辣的性格，他善于"用神圣的名义做龌龊的事情"，小说无情地鞭挞了这个"被恶统治的灵魂"。小说还写了一个网络时代全新的行业——网络安全企业。作者把这个新兴产业写进小说，并且写得有声有色，惊心动魄，波澜起伏，是这部长篇的华彩乐章之一。几个相关人物的性格得到了充分的刻画，他们的道德品行也得到了淋漓尽致的展示。这不仅体现了作者的艺术才华，也反映了作者知识结构的更新和对人生的深入思考。

作者在写作《漂移者》时就已经表示，"写作需要碰一碰当代生活"。其实我们都生活在当代，但当代生活在当代文学中时常被规避。或者在表面上也有皮相的表现，却很少进入生活的深层和内核。孙颙的"碰一碰当代生活"应该是有感而发，不是说都去写当代，而是说在文学中，当代题材不应阙如。在《缥缈的峰》中那种血统论早该进坟墓了，却还魂于当代，这些都值得深思。至于小说中涉及的网络安全和利用网络进行商业犯罪等，更是网络时代特有的新现象。当代生活的所有基质和特性都可以也应该进入文学艺术表现的领域，其中自然包括社会结构、生活方式、人的价值观、伦理道德和人生追求等等的嬗变。在整部小说塑造的人物中，赖一仁是较好地把握了理想和现实关系的一个人物。作者在这位从事科学研究和软件开发的知识分子身上倾注了理想主义的精神。理想和现实的矛盾是贯穿这部小说的重要思考之一，体现在人物的命运方面，是更偏向于现实主义的，但对于孙颙这样对生活仍抱有理想主义的作家来说，他不会放弃自己的信念，即使它是"缥缈的峰"，也将永远是一种美丽的愿景、召唤和希望。

在孙颙的作品中，我看到了某种伦理渴望、价值评判和试图生动地呈现现代道德生活实际展开的过程。我希望在当代文学中，有更多富有艺术创造力的作家致力于这个过程。

2014.8.8原载于《解放日报》

非虚构的城市文学

——评陈丹燕的城市书写

　　陈丹燕在当代城市文学作家中可谓独树一帜。80年代她曾是一位有影响的儿童文学作家，自1990年她转向成人文学的写作后，情况发生了很大的改变。尤其在城市文学的创作方面，拓展出别具一格的文学样式和别开生面的文学景观，与其他以上海叙事为主的城市文学作家群判然有别。她至少在如下几个领域里建立了自己独特的优势、品牌和声誉。

　　一、海外行走文学。她是中国第一个走出国门的背包客作家，往往是利用几本书的国外版税和外方邀请出国访问的，有时一去就达五个月之久。所到之处，多半是高度城市化的文化之都。她一边行走一边看书，也就是"行万里路，读万卷书"的意思，如在都柏林读乔伊斯的《尤利西斯》。她会冒着大雨到凡·高画过并最后饮弹自尽的麦田里去缅怀沉思。她不仅行万里读万卷，还边走边看边拍边写，是一个颇为专业的拍客。她泡过无数的咖啡馆后写咖啡馆；看过大量的博物馆写博物馆。1994年她整天泡在新泽西一家意大利咖啡馆写了一部长篇小说。积20多年跨国跨洋跨洲的行走和写作，她出版了多卷本的《行走时代：陈丹燕旅行文学书系》，以纪实性和文学性著称。由于她的旅行足迹遍及世界，甚至到达北极，这大大开阔了她的国际视界，使她在写作中往往独具慧眼，具有相当开放的现代意识和中西比较的眼光。

二、在世纪之交前后出版了上海传记小说三部曲，这是在大量采访上海名媛和钩沉旧时代遗闻佚事的基础上写成的。那就是名闻遐迩的《上海的风花雪月》、《上海的金枝玉叶》和《上海的红颜往事》。出版后一版再版，拥有大量读者，至今她在青年人中还拥有许多粉丝。在为同代写作和同代阅读的今天，是很难能可贵的。

三、出版于2008—2012年的上海外滩三部曲：《外滩：影像与传奇》、《公家花园的迷宫》和《成为和平饭店》。这花了她差不多10年时间的阅读采访、实地踏勘和辛勤耕耘。为写和平饭店，她甚至住了进去，半夜三更从顶楼一层层走下来寻寻觅觅，清晨又走到外滩陈毅塑像的皮鞋脚边坐下沉思，仿佛穿越了两个迥异的时空。为什么叫《成为和平饭店》？因为犹太人沙逊出资盖的远东第一大饭店原名叫华懋饭店，建成于1906年。1949年歇业，1956年重新营业后改名为和平饭店。"成为"与"和平饭店"合成的是一个动宾结构的词组，作为书名是很少见的，却隐含了其间从"华懋"到"和平"的变化，是"成为"的，而非原本如此。事实上外滩三部曲就写了外滩近150年来的前世今生，虽然在悠长的中国历史上这不过是短暂的瞬间，却浓缩了从半封建半殖民地到当代的曲折历史。作者通过自上海开埠以来最具代表性的几平方公里的外滩景观和万国博览会建筑群归属的变化，以及出没其间的中西人士的生动描绘，在外滩景观空间、建筑群外部和内部空间、人们的物质空间精神空间等的精细描绘中，营造了一个巨大的历史空间和勾画了一条曲折的时间曲线。作者自有其特定的历史观，她在外滩三部曲中既写了一部租界史、万国博览的建筑史、中国人的屈辱史，以及中国现代性的建构史，还有一种折腾史。沧海桑田、历史巨变、人生遭际，均跃然纸上，令人扼腕叹息。

外滩三部曲在文体上也自创一格，可以说是影像、历史资料和传奇合一的文本样式，作者自己认定为非虚构文学。她在《成为和平饭店·后记》中，第一句就说"本书为非虚构小说，地点与事件皆建立在真实的基础上，但活动在其中的人物为虚构。非虚构小说写作并非在于记录事件，亦非在于塑造人物，而是企图在尽量真实的历史事件中表现人物内心世界与外界的联系。因此活动在本书中的人物，会在真实的环境中显出他们的文学意义。非虚构小说并非实录，它呈现出的现实、历史与虚构的关系，是富有象征和隐喻的。"虽然学界对"非虚构小说"或"非虚构文学"一直存有争议，但陈丹燕是结合自己的创作而言的，完全可以聊备一说、自成一格。世间万物总是先有事实后有概念，创作亦然。在《成为和平饭店》和其他两部作品中，确实有些篇章一上来像是小说。如《外滩：影像和传记》第一篇《黑白马赛克》，写一对母女走进旧渣打银行所在地寻访，虽然她们没有收到请柬但仍到处游走。原来母亲在6岁时来过此地，因为她的父亲在1960年曾作为中波航运公司的中方党委书记在旧大班的办公室里办公。她曾迷失在一条走廊里，还怀疑这栋楼里有鬼魂和外国间谍，作品写得颇为惊悚悬疑。这一切应该是在历史事实基础上的虚构，因为1951年为打破对中国的禁运，中国和波兰创办了中波轮船股份公司，这是一家远洋运输企业，也是新中国第一家合资企业，目前仍在运行。作品通过对办公室和走廊陈设物的如同法国新小说派般的描写，以及英国领事馆几十年后在此举办活动的描写，使两个时空发生了错位，写出了物是人非的沧桑变化。《公家花园的迷宫》第一篇《爹爹》的小说叙事更见突出，时代背景是1975年。在上海市中学生文艺汇演中，吉迪与史美娟一见钟情，后者主动约前者到黄浦公园见面，但最终因出身阶层和谈吐教养的差异，吉迪深感不适，就匆匆告辞了。这个故事本身也是很有意味的，但作者需要在故事中穿插进外滩的历史，所以在吉迪赴约途中，插叙了他在小学时由老师带领参观外滩和到黄浦公园野餐的回忆，女教师用革命语言对外滩历史的叙述；史美娟则向吉迪叙述她的爹爹老早在外国人的船上做水手，见过的世面大了。凡此虽是寥寥数笔，却也引进了"非虚构"的历史维度。更符合我对"非虚构小说"想像的是该书的第二篇《颜永京》。颜永京是留美学生，回到阔别已久的上海后不做父亲期待的买办之类，却做了一个传教士，后在虹口圣公会教堂做牧师。他努力创办新学，成为上海圣约翰书院的主要创办人，并翻译西学。颜永京实有其人，作者叙述了这位早期海归人士所作出的贡献，想像他在中西政治的夹缝中生存的困境和突围。其中有关他力争让华人进入外滩黄浦公园而与工部局屡屡交涉并在媒体上呼吁的经过，以及他和宋耀如等六位留美归来的华人传教士与公园门口的巡捕发生混战，也都有历史记载。凡此，都塑造了一个正直的华人传教士形象和他捍卫华人权益所作的努力。作者是作了许多实证考据后写作的，符合非虚构文学的要求。在本篇的最后几页，这位死于1898年的华人传教士却现身于2002年的黄浦公园门口，邂逅到吉迪师生们在游园。他为黄浦公园回到人民手中高兴，也目睹了公园里种种不文明的行为，回想起当年与工部局的分歧争执；他似乎还遭到了小孩的怀疑和跟踪，是吉迪劝他逃走。总之，他已不认识这个公园了。这穿越一百多年的神来之笔，旨在书写外滩的前世今生和物是人非，也寄托了作者的复杂感情和重塑上海文明的期待。《成为和平公园》的最后一篇《私人生活》，本是叙述2007年一对夫妻在和平饭店七楼套房里的私密生活的，写了丈夫的"力比多转移"，特别幽默。更有趣的是，作为历史学家的丈夫独坐大堂深处的咖啡座，竟看到了华懋饭店的老板沙逊闯进门来，那天中国飞机误炸了南京路，炸毁了饭店面向南京路的大玻璃，还炸死了在甜品店里吃冰的美国女教师（1937年8月14日）；又看到了为沙逊当总经理的犹太亲戚，因付了昂贵的地租却付不出员工工资而逃离（1952年）；他又起身与想做和平饭店改变见证的强生握手，只见许多从世界各地赶来的外国人来向整修前的和平饭店告别（2007年）。如此这般的类似幻觉或意识流的碎片，在历史学家的眼前和脑海——闪过。作者显然是把一些真实的历史片断镶嵌到她的小说里面，以建构她那独特的"非虚构小说"的样本。小说中"阳痿的历史学家"并非文学家对历史学家的嘲弄，而可能是作者对一段阳痿的历史的隐喻。事实上陈丹燕虽然还不能称为历史学家，但她显然是有历史考据癖的。为了使她的非虚构小说都有上海历史的依据，不仅曾静坐于英美图书馆检索查阅，向历史学家如上海史专家熊月之虚心求教，还做了大量的口述历史的"田野考察"。历史癖的考据、记者式的实录、小说家的穿越式想像，均是陈丹燕非虚构小说的特征。

外滩三部曲等上海城市文学，在历史事实的基础上进行文学想像，让真实的历史人物或完全虚构的小说人物穿梭于不同的时空之间，营造出亦真亦幻的艺术氛围，构建了完全属于作者对于上海历史的文学想象。小说与历史，虚构与真实被融合在一起。这里既有她的文学上的独创，创造了上海城市文学的一个独特的文本系列，同时也始终隐含了虚构与非虚构的永恒的悖论。

2015.2.7原载于《解放日报》

笔端凝聚时代风云

——评俞天白的《银行行长》

　　原创力是衡量文学作品价值的重要标准之一，但对原创力的理解不能仅仅局限于文本的实验、叙事方法的创新等形式方面。对新题材的重要开拓，对时代的深层次观照和描写，对人性在新的历史条件下变易的发掘，更是一种原创力的表现。从这个角度看，俞天白自80年代末由以往写知识分子命运转向写大都市生活的一系列长篇小说和纪实类作品，都体现了他进一步拓展城市题材的创作、以大城市的经济改革作为切入点来表现时代变迁和人心变化的巨大努力。

　　上海始终是这二十多年来俞天白长篇系列的真正主角，从最初的《大上海沉没》到后来的《大上海漂浮》、《大都会》、《金环套》、《大赢家》等，直至新作《银行行长》，几乎无一例外。上海作为曾经的中国和远东的金融中心，作为正在崛起中的国际金融中心，金融乃百业之首，它的衰落和发展，标志着这座城市的沉寂和繁荣。在《银行行长》里，时代已经进入到21世纪的当下，中资国有银行和外资银行遍布外滩、浦东陆家嘴和每个区县，民间的股份制银行也正在崛起。小说中的金都银行正是一个由民间企业集资的股份制银行，由董事会选举董事长，再由他推荐行长和副行长。这种与国际接轨的银行体制体现了改革开放的成果，具有金融资本运作方面的自由度和灵活性，但也同样面临着国内国际的严峻挑战，包括政治和人事上错综复杂关系的牵掣。作者选择股份制银行作为小说的依托，显然是为了有更大回旋余地和自由发挥的空间。故事开始时，原行长因经济问题落马，暂时的权力真空使副行长杨尚方与司徒湄构成权力的角逐，而背后则是"黄埔系"和"少壮派"。前者主要是行政干部出身，后者主要是科班出身，他们各司其职，各有各的举措和失误，在金融理念上也有不小的分歧。作为拥有巨大财富的金融机构在国民经济发展和权力运作中具有举足轻重的影响，因此金融又与政治和利益集团不可分割，以杨尚方为代表的黄埔系和以司徒湄为代表的少壮派分别有开发区的褚主任以及退休的高官甄求真为政治靠山。金融愈是进入市场经济的运作，就愈是国际化，在得到更大发展际遇的同时，也必然会受到国际金融危机的冲击。小说并没有把笔墨完全集中于银行内部的权力之争，因为那样充其量是一部变易了的官场小说。作者的高明之处是以复杂的权力之争为契机，写出了不同金融理念和利益集团的较量，写出了金融改革对发展国民经济的重要作用，以及通过扶植民营中小企业培植中产阶级改善民生的意义。小说还在国际国内错综复杂的背景下，写出了金融海啸中的资本博弈。而小说最具悬念和动人心魄之处，则是在杨尚方和司徒湄的权力之争的背后，隐含了一个螳螂捕蝉黄雀在后的连环故事。先是资本大玩家欧逢春董事暗度陈仓坐上了董事长的宝座，由他推荐自己派系的新董事担任行长和副行长，杨尚方、司徒湄双双出局；更令人意外的是甄求真的三公子渔翁得利，用国际资本收购了金都银行，成为最后的资本大赢家。

《银行行长》在国内金融业发展改革和国际金融危机的宏大背景下展开故事，显得大开大合，富有强烈的时代感和现实意义。由于作者长期关注金融，结交金融界，并撰写过《海派金融》的论著和相关的纪实作品，在金融方面具有专业的知识修养，所以在小说中能充分而形象地展示国内外金融最新的动态和理念，游刃有余，切中时弊。其所涉及的特定题材的宏大和扎实新颖，在目前中国作家中尚无人可及。其次，小说借金融题材，写一个引人入胜的故事，刻画各色人等的性格，并揭示人性的形形色色。就题材而言，事关金融改革、金融风暴、时代走向等宏大的主题，这就不同于日常题材的小说，但又超越了行业化的"金融小说"或"财经小说"，而是定位于新的城市小说，写新的城市、新的城市精英和其他社会群体。所以作者要做的是"城市叙事"，而非单纯的"金融叙事"，刻画人物始终是叙事的核心。小说涉及的矛盾冲突和人物塑造很有新意，尤其是主要人物之一司徒湄的性格较具立体感。随着情节的发展，写出了她在权力的角逐和博弈中渐次出现的较为复杂的一面。正如她的对手杨尚方估量的：这位少壮派的女将虽然品行端正，为人本分，不是那种张牙舞爪权力欲很强的人，但人是复杂的，泡在这种金滩银滩里，也不可能不起变化的。小说生动形象地写了她如何在对手的进逼和各种情势的压力下，不得不放弃"真诚开道走天下"的一贯形象。她在对手咄咄逼人的进攻下，尤其在险些遭遇对手派系制造灭口的车祸后，心里充满了报复的邪恶，恨不得将世界上一切神圣、高尚、伟大都踩到脚下。她自认过去的她已经一去不返了，在经历了那么多风风雨雨之后，出现的"将是一只凶恶的不择手段的豺狼"。当然，这也许是她怒从心底起、恶向胆边生的愤激之言，但她也确实通过全方位的摸底调查，向杨尚方发出了无言的宣战。小说对甄家三少的描绘也很有新意，这位北京的哥儿一炒国际金融资产，二炒国内资源资产，收购了一条高速公路，通过父亲身边女秘书提供的信息，踏准金都银行的每一个节拍，神不知鬼不觉地把这个股份制银行玩弄于股掌之上，最后一举鲸吞。他玩得如此无情和高超，连资本大玩家欧逢春也措手不及，瘫倒在刚刚坐到的主席位置上。甄家三少在小说中从未出场，但小说用草蛇灰线式的神来之笔就把这个"当代英雄"勾勒得惟妙惟肖了。在这场金融之战和相关的描写中，小说入木三分地揭示了我们这个时代产生的种种弊端，并直指人的兽性是如何在权力、金钱的诱惑下激发出来的。小说除金融行业外，对权贵阶级、富裕阶层和社会底层，乃至黑社会，均有广泛的涉及，反映了广阔的社会生活面。小说要有叙事的场景才能有声有色、独具特色地叙事。《银行行长》里的精英们出入于上海崭新的地标建筑、私人会所、高尔夫球场、豪宅、高级餐馆乃至地下风月场所。这些一般老百姓从未涉足的场所，就是新一代冒险家的乐园。作者对这些都市场景的描写，既构成了人物活动的环境，也使现代大都市的风貌跃然纸上。

　　俞天白是一位始终关注现实、富有社会责任感和道德理想的作家。《银行行长》的题材新颖，新到与国际金融危机接轨，相关的视野也很开阔，并组织起有机的生活内容，涉及金融弊端、反腐倡廉、中小企业处境、股市、环保、小区物业、下岗、婚姻等等，触及时弊，很具警世意义。小说透露的金融理念也很新，如金融体制改革和金融创新等。原来我担心他表达的金融理念会游离于故事之外，但事实证明融合得较好，自然而然，没有太生硬突兀之处。稍感不足的是，由于涉及的方方面面太多，而不足30万字的小说容量有限，还是有溢出之感。

2012.6.22原载于《文汇报》

注：文中提及的年代均为20世纪。

为"大师"造像

——评史中兴的《才子》

当今文化学术界正处在人才辈出、大师空缺，而人们又急于填补这个空缺的时代，于是就有了自命或册封的"大师"出现。一般而言，"文化大师"的名号乃文化集大成者或重要的开创者才能享有，而且有道德操守方面的要求，是需要经过时间考验并得到文化界历时性公认的。自封固然表现了"舍我其谁"的勇气，册封也体现了某一机构的体制认定，但毕竟都缺乏真正的合法性。这与竞技层面上可以认定的"象棋大师"、"网球大师"、"斯诺克大师"毕竟有着很大的区别。

史中兴以作家敏锐的眼光观察到这一文化现象，在他最新出版的长篇小说《才子》（作家出版社出版）中塑造了一个自命为文化大师的才子形象，并描绘了他由才子到"大师"的发迹历程。

主人公卜晓得是大学教授，应该说是一个真正的才子。他单篇发表又结集出版的《先秦漫游》，创造了文史最佳结合的新文体。因为观点新颖、见解独特和文笔优美受到了读者和媒体的热情追捧，由此名动天下，一版再版。他也不负众望，再接再厉，在诗歌、散文、小说、剧本等各种文类中屡有作品问世，成为作家化的学者和学者化的作家。我们这个时代是学而优则仕的时代，卜晓得没有太多争议就担任了人文学院的院长，还因记者写的"内参"呼吁，作为优秀人才破格分到了住房，但当他后来期待晋升校长并动用关系后却意外受挫，这使他备受打击。不过他没有一蹶不振，很快调整了方向。他的导师、学术权威过昆仑教授希望他专注于学术，甘于坐冷板凳，不要沽名钓誉。可是卜晓得认为那是过时了的迂腐之论，他偏要把"冷板凳坐成热板凳"。他提出"应该给'沽名钓誉'这四个字恢复名誉，现在谁也不反感'炒作'，'炒作'是什么？不就是沽名钓誉吗？这个时代，你不沽不钓不炒，谁知道你是谁啊？"卜晓得的这番高论，确实道出了这个浮华时代的普遍心态，以及随之而来的怪现象，可以说各界都如此。以学界而论，现在某些学者确实很少有像老一辈学者那样甘于寂寞的，出名要早、迅速占领学术制高点控制话语权已经成为时代趋势。卜晓得自小就喜欢受人关注，长大了又生逢其时，他既有文才又有口才，更善于把自己做大做强，成为浮华潮流的先觉者、引领者和时代宠儿。小说以生动的情节描绘了他如何深谋远虑、一步步走向大师宝座的辉煌历程。首先，他深知传媒的影响力，三天两日地要在各种媒体上闹出动静，尤其会利用电视这个大众传媒混个脸熟，使得"天下无人不识君"，后起的网络新媒体对造势也至关重要；其二，利用签名售书、学术讲演等各种机会与全国读者观众近距离接触，大大增加亲和力；其三，与各地的政府官员亲密接触，成为他们的座上客和地方文化发展的决策顾问；其四、与商界大款密切交往，提供企业文化方面的咨询，取得实际的经济实惠。卜晓得这几招招招得益，达到了口惠而实至的好处。如他忽悠C市政府建造庞大的"中华文化园"，"用一个园子装载五千年文化"，并制定了策划书，得到了100万的启动经费；他与房地产开发商、老同学范开渠联手举办"大师赛"，解决了举办经费，还邀请到市委书记参加颁奖典礼。当然他也投桃报李，违规把博士学位授予范，担任范开渠全力赞助的模特大赛的评委，并组织了"看房团"踊跃购房。他在与商界的联合中，不仅得到了一套优惠价的房产，更通过其投资的公司获得股权，在公司上市后一夜暴富，被誉为理财高手。凡此种种都表明，卜晓得左右逢源，深得现代成功人士的生存技巧，利用大学的文化资源和知名学者作家的身份，广泛结交政界、商界、金融界、媒体界人士，用自己握有的文化资本与他人握有的权力资本、经济资本、媒体资本进行实质性交换，实现了个人利益的最大化，从而成为人脉最广、人气超强的学术明星和文化超男。

小说侧重描绘的"大师赛"是卜晓得一手策划的闹剧。他把副手推到前台掩人耳目，利用商人范开渠提供的经费，以"人文学会"的名义举行全国性的"大师赛"。他故作姿态地玩谦虚，到最后一刻才在众人的鼓噪下报名参赛。因为比赛是他幕后操纵，朋友又让手下一干人在网络上作弊注水投票，卜得以高票胜出，市里的郑书记又亲自出马颁奖给他，各家媒体纷纷报道，于是就俨然成为一代大师了。可是正如他的旅美同学长脚不无惊讶的感叹："国内还有大师赛，新鲜！"连声称要"搞个造山运动"的范大老板后来也改了口，说"假山也是山"。

小说作者对他所塑造的主人公的刻画是多色彩的。他肯定卜是才子，是不可多得的人才，但又让人思索真正的大师不能是"注水的"、"泡沫化的"、"伪大师"。且不说他在学问上的差距，如有把老子的话误以为是孔子说的这类硬伤，在人品、做派、道德上更是与人们心目中的大师南辕北辙。所以作者一方面充分写出了这位才子文思泉涌、文采飞扬的一面，对他头头是道的演说也描摹得惟妙惟肖；另一方面，又写了他八面玲珑、看风使舵、趋炎附势、迎合权贵、勾心斗角、文过饰非、自我炒作的一面。事实上过去的大师是绝不会自命自封的，也不会随便给人戴上大师桂冠的。

其实当代大师的空缺还有时代社会的原因。美国已故学者萨义德在《知识分子论》中作过深刻的分析：现代社会各种科层、社群崛起，各种利益的交错，使得知识分子往往以某种机构附属者的形象出现，机构的需要，机构的利益往往成为知识分子思考与行为的出发点，这样一来，成为社会良心的古典主义知识分子角色设定常常被撇在一边，回避、妥协通常成为知识分子自觉不自觉的选择。这类知识分子不能称之为真正的知识分子，而只能说是职业化的知识分子，或者严格地说，犬儒。在他们身上，自古以来薪火相传的知识分子传统没有得到延续，而是无情地中断了。知识分子的社会影响也因此日见式微，其本身沦落为芸芸众生中的一员，不再具有任何异于常人的特质。萨义德的话说得非常尖锐，也发人深省。如果真正意义上的知识分子已经成为濒危动物了，那又何来那么多的大师？

　　《才子》不仅为我们塑造了一个伪大师的艺术形象，带有立此存照的含义，而且触及了制造和热捧种种文化泡沫的"机构"需要，这才是这部小说发人深省的人文内涵。

2011.9.5原载于《文汇报》

沪语 · 市井 · 浮世绘

——评金宇澄的《繁花》

在今年《收获》秋冬卷长篇专号中，金宇澄的《繁花》是夺人耳目的一部。"夺人眼球"已屡见不鲜，"夺人耳目"一般少有人赞。我之所以要这样讲，是因为《繁花》是一部方言小说，用地道的上海口语和书面语言写成，对于吴语方言区的读者来说，会倍感亲切。如果用普通话来读，也没有太多障碍。即使非吴语区的读者也会有耳目一新之感，不知不觉学上海话来赞：上海味道哪能伽浓？

在金宇澄以前，已经有不少作家用吴语或沪语（吴语之一种）来写作。早期的名著如韩邦庆的《海上花列传》和周天籁的《亭子间嫂嫂》。但当代作家受制于普通话的强势，或者怕影响作品的销路，即使用到上海话，多半也只是在人物对话中用用，至于叙述人的语言，一般还是用普通话。上海作家运用方言的幅度，其实是大大小于鲁人莫言、陕人贾平凹等外省市作家的。金宇澄的《繁花》之所以与众不同，是因为当他使用上海话来写作时，没有太多的顾忌或条条框框。叙述人语言和人物语言的区分，在《繁花》里也不是什么问题，因为前者虽然有，却少之又少，而人物的对话几乎充斥整个小说文本。某个场景如果只有两个人，那就是连续的对谈。如若多至一桌八人，那就让他们挨个说或插花着说，而且通常兼着叙事的功能。作者常常不在第一时间把事情的原委说破，而是在延宕良久后，才在另一场合让当事人或知情者来陈述。其中陶陶因为是包打听，经常充当"民间说书人"的角色。既然去掉冒号的人物对话充溢小说文本，各色人等又常常充当叙述者，那么方言的使用必然是海量的。除了几句北方话、理发师的苏北话和保姆阿婆的绍兴话外，就全是上海话了。《繁花》由作者自画了四张市区地图，第一图是静安区的核心地段，第二图是卢湾区（2011年并入黄浦区）的核心地段，第三图是普陀区，第四图则是浦西的广大地区，它们是几个主人公的居住地和主要的活动范围，实际上也涵盖了上海市区方言的主要区域。在方言学上，上海市区的方言才是上海的主流方言，郊区的方言是非主流的。所谓"上海闲话"，是现代吴语区最有影响的方言之一，是各地吴语最大公约数和代表语言之一。《繁花》地图所标示的恰好就是作为上海主流方言的"上海闲话"流行的范围。

　　但是任何非常口语化的方言，与文绉绉的书面语言毕竟有着雅俗之别。上海方言也绝不例外。在很多场合下，它是更适合于表现市井生活的。《繁花》一上来的"引子"部分似乎就表明了小说描写市井生活和市井人物的定位和倾向："这天下午，沪生经过静安寺菜场，听见有人招呼，沪生一看，是陶陶，前女朋友梅瑞的邻居。沪生说，陶陶卖大闸蟹了。陶陶说，长远不见，进来吃杯茶。沪生说，我有事体。陶陶说，进来嘛，进来看风景。沪生勉强走进摊位。陶陶的老婆芳妹，低鬟一笑说，沪生坐，我出去一趟。两个人坐进躺椅，看芳妹的背影，婷婷离开。沪生说，身材越来越好了。陶陶不响。沪生说，老婆是人家好，一点不错。陶陶说，我是烦。沪生说，风凉话少讲。陶陶说，一到夜里，芳妹就烦……"陶陶的烦，固然有夫妻生活间的隐情，其实关键与他的"七花八花"有关。《繁花》中有名有姓的写了六七十人，其中贯穿前后四十年的有主人公阿宝、沪生、小毛及其父母亲眷朋友邻舍等。他们出身的阶层不同，住处有"上只角"和"下只角"之分，长大后从事的职业也大相径庭。但无论是少年时代的生活，还是成年后的生活，都与街区小巷、充满变幻和杂乱无章的市井文化相生相伴，息息相关。如住茂名路洋房的沪生在六十年代校舍和师资紧缺时上"民办小学"，小学就办在民办老师家里，才几个学生，粗通文墨的家庭妇女就穿着家常衣服甚至非常不文明地上课。《繁花》对六十年代上半叶上海的城市生活并未美化，但因为写的是主人公们的青春年华，还是有着青梅竹马两小无猜的温馨，或者同性之间纯洁的友谊。他们读外国诗、穆旦的诗，还有俄苏小说，听流行歌曲，流连于艺术美的领域。如果说六七十年代上海市井为紧张的政治氛围所包围，那么到了八九十年代，因为经历了全民经商、人人言商、金钱至上的阶段，市井气就越来越浓了。《繁花》所描绘的这一时期的市井生活图景，可以说直逼三四十年代，某些方面还青出于蓝而胜于蓝。阿宝终于离开了里弄生产组，做起了对外贸易。沪生考出了律师执照，不再做采购员了。陶陶做水产和卖大碟发了。他们与商界人士过从甚密，如康总、徐总，还有一干已婚未婚暧昧不明的女人。或饭局，麻局，或旅游。红男绿女觥筹交错，K房里与小姐胡天野地，一夜情家常便饭。物质利益总是放第一位优先考虑，亲情爱情都可以靠边。人人都在脚踏两条船，只是船里的货色各异而已。小到个人，大到企业团体，再无诚信可言。《繁花》里的许多人，表面上亲如兄弟姐妹，却不乏钩心斗角甚至撕破面皮。连梅瑞母女，也会为已成梅端继父的香港小开争风吃醋。追求金钱和情色正是市井生活中最引人注目的风景线。当一切都变得赤裸裸后，谈话就没有什么顾忌。男人的谈资除了生意经，就是有关男女风月的黄段子了。以"作、嗲、精"著称的上海女人呢，也少风雅可言。正如小说中的汪小姐所言："女人开口谈理想，谈情调，谈巴黎，谈吃茶，是十三点。开口谈小囡，奶瓶、尿布，标准十三点。一开口就是老公长，老公短，是妖怪。"

　　作者在上海市井生活的描绘中，采取的是欲望叙事的策略。六七十年代与八九十年代分31章两两交叉式的叙事，虽然与蒙太奇无关，却也不无张力。三教九流，芸芸众生，都市的风物人情，少男少女的成长或沉沦，时代的沧桑变化，都市的林林总总、琐琐碎碎，在《繁花》里无不跃然纸上。这些又通过上海闲话娓娓道来，就构成了独创的"繁花体"。它仿佛一个巨大无比的万花筒，更如一幅浩浩荡荡的浮世绘。笔调是冷峻的，又带着冷幽默。作者熟知这繁花喧闹里的空虚和无聊，而这恰恰是芸芸众生的人生之旅。

2012.11.16原载于《解放日报》

　　注：文中提及的年代均为20世纪。

权力、身体和死亡的奏鸣曲

——评宁肯的《三个三重奏》

《天·藏》的高远和哲思曾经令我神往，没想到作者紧接着的长篇小说写的是有关权力和腐败的，我指的是去年在《收获》上首发，接着在北京十月文艺出版社出版的《三个三重奏》。官场小说一向是通俗文学的地盘，这似乎是约定俗成了的，从晚清的《官场现形记》开始就已如此。但宁肯却宣布："中国官场不应再让纯文学畏惧"。对此可以作出多重读解：纯文学不应该再回避官场腐败这一严重阻碍中国当代史进程和引发民众极度不满的社会现实；纯文学可以染指官场现形而不减其"纯"；为保卫纯文学之"纯"，应探索不同于通俗小说的写法。概而言之，纯文学并非不食人间烟火，应该更具担当意识，勇于介入现实，拓宽自己的题材领域，同时在艺术上作出创新和探索。

拓扑学的三重结构

关于《三个三重奏》大致的故事情节，《收获》在新浪博客上有过一个相当到位的简介，在此不妨引用。但为了更准确，我更动了几个字，因此不用引号。

　　小说写了三个既独立又互相穿插的故事。故事一：被调查的兰陵王老总杜远方作为房客，隐身于海滨小镇女教师敏芬家。敏芬离异，女儿在北京上大学，敏芬一直困扰于步步高升的单位领导黄子夫的性骚扰。男房客和女房东陷入了一场匪夷所思的情爱。敏芬的女儿云云回家度假，让杜远方感受到从未有过的温情。得知杜远方的过去，敏芬让杜远方离开，他消匿于茫茫人海。在安静的小岛别墅，杜远方致敏芬的电话都会在固定时间响起。敏芬遭遇了已升官的黄子夫强奸，悲愤中她接听了杜远方的电话。杜远方兴奋地迎接如约而至的敏芬，却发现了随之而来的警车。故事二：回溯到1988年，历史系大学生居延泽来到杜远方的兰陵王公司实习，却疯狂地爱上了杜远方的情人——财务处长李离。居延泽拒绝青睐他的杜远方安排的仕途，回校读研打算做学者，但几年后的九十年代初，落魄的居延泽通过李离再次投奔杜远方。在杜远方的运筹下步入政坛，步步高升，成为省一号首长的秘书。在一片厂房深处，一切皆白如艺术工作室的秘密审讯场所，居延泽和身患绝症的审讯专家谭一爻的角力惊心动魄。故事三：2003年，杜远方与居延泽先后在看守所的死囚室成为"我"的朋友。"我"有段时间在校友杨修的强力安排下成为死囚室的准神职人员，给予死刑犯临终关怀，听取他们的故事，允诺将写进书里。某天，"我"和穿着囚衣的杨修擦肩而过，"我"魂飞魄散，逃之夭夭。三个故事，不同维度的讲述，构成"三个三重奏"看点之一。"恶之花"一般的权钱腐败中，通俗的现实如何转换为纯文学表达，人性编码如何像音符一样演奏出来，是该小说另一看点。纯文学VS腐败，是否毫无胜算可言？没有答案的答案，尽在小说的字里行间。

　　上述的概括梳理了这部作品的"拓扑学"结构和看点。"拓扑学"作为数学的一个分支，研究几何图形在连续改变形状时还能保持不变的一些特性。在此指的是小说文本的"三重结构"中变化和恒定的特质，包含了在不同时空中出现的人物和他们之间因为或长或短的交集而发生的故事。

如果按时间顺序，叙述人"我"的故事可以追溯到八十年代初思想解放的年代。出身古董世家的"我"和部队中级干部子弟杨修以及高干子弟李南其实也是一个"三重奏"，自然中间还有一个不起眼的"鸡胸"。1980年因李南的提议一起从北京骑自行车到北戴河，那正是意气风发互不设防的年代，荷尔蒙与使命感同样充沛。三个男生都喜欢李南，帅气的杨修和我行我素的李南在北戴河曾夜不归宿。后来李南嫁给了"我"，又离婚去美国，鸡胸成了孩子的继父。"我"的这段历史大多是放在"注释"里叙述的，而"注释"是宁肯从《天·藏》开始至《三个三重奏》臻于完美的实验文本，它与正文构成了互文共生的复合文本，对正文起了重要的补充、引申、拓展、映射、对话等作用。作者本人非常看重《三个三重奏》中的注释功能，认为它比《天·藏》更加强大，已完全可以和另外两重结构"分庭抗礼"，"注释与正文切换，有一种奇妙的时光互映的效果"。因此，"第三个故事"应该发生得最早，除了"我"对几个死刑犯——杜远方、居延泽的"临终关怀"，还有"我"作为劫后重生的大学生和受到拨乱反正启蒙一代的思想和经历。小说在注释中展开的那一代大学生的精神风貌和他们生活的年代，读来有恍若隔世之感，却处处映衬了八十年代末至新世纪以来时代的转型和精神向度的下行。后者正是权力腐败愈演愈烈的年代。

小说的拓扑学结构之说来源于法国"新小说"作家罗伯一格里耶的小说《一座幽灵城市的拓扑学结构》。这部小说类似于由他编剧的电影《去年在马里昂巴德》，其中的人物没有确定的名字，没有家庭，没有令人信服的职业或必然的性格。人物都有幽灵的气质，独立于现实，纯粹的叙述是最适合于他们的生存空间。《三个三重奏》显然大异其趣，因为其中的时空、背景、人物、事件都是明确具体的，在风格上更接近现实主义而非现代主义。但其中的某些人物在某些特定的时刻，也有某些幽灵的气质，如潜逃中的杜远方、审讯室中的居延泽，以及身患绝症的审讯专家谭一爻等。在他们身上也都有某种不确定性，我们难以对他们作出明确的二值判断。

权力控制下的身体和感情

　　杜远方在小说中是最重要的角色。出场时已经年届七十，在三个三重奏中是最年长的一位。他在担任酒厂工程师时的1957年被打成右派，二十多年后平反复出担任了酒厂厂长，凭他的才干、技术和眼界，把兰陵王公司搞得风生水起名闻遐迩，成为国企中的佼佼者，本人也成为全国人大代表，与许多达官贵人平起平坐。早在创业阶段，他在流水线上一眼相中了青年女工李离，把她培养成财务主管，同时成了自己的情妇。李离的聪明、性感和善饮，也成了他公关的法宝，助成了他的事业。从此不难看到，在男人积聚权力的过程中，女人的身体往往成为媒介和助推器。她们不仅点燃了男人的荷尔蒙，满足了他们欲望的饥渴，同时也得到了相应的回报——肉欲、物欲、虚荣乃至情感上的满足。李离为他而离婚，当他也办理离婚时，太太却一病不起使他于心不忍。到此为止，杜远方不失为有道德底线却又陷于道德悖论的人。面对日渐拥有且缺少约束的权力，在权力寻租和贪污腐化成风的大环境下，任何一个缺乏强大自控力和抗腐力的官吏，都难以做到洁身自好，更何况杜远方直接掌控着财源滚滚的酒业公司，还经营着房地产业。杜远方不仅擅长经营之道，还懂得用人之道。他从居延泽身上看到了不凡的见识和卓越的潜质，因此要悉心栽培他，将来送他到省里的关键岗位上为自己开路。没料到在公司红五月歌会的两重唱排练和演出前后，李离和居延泽竟从姐弟恋发展成如胶似漆半公开的情人关系。更出人意料的是杜远方泰然自若，邀请他们共进晚餐。杜远方确实虚怀若谷求贤似渴，甚至暗中鼓励他们"越线"，以便让居延泽为他所用，同时也取消了李离嫉妒他另有新欢的资格，可谓一石二鸟。小说中这一举重若轻的一笔，省却了通俗小说中多少俗不可耐的醋海风波的描绘，而杜远方的老谋深算如阴谋家的性格，在不露声色的刻画中呈现给了读者。居延泽因为心虚，也由于自尊，拒绝了杜远方的挽留，最终却因为读研后没能留校，屈才了的他只能央求杜远方收留，而杜远方也慨然允诺，并悉心教诲。杜远方的宽容和精通业务，使居延泽内心认他为精神上的教父和人生楷模，对他有感佩臣服之心。李离的身体并未专属于居延泽，她一直没有答应与他结婚，这使得三者的关系类似于乱伦。对于李离来说，她欲罢不能，因为她一生就爱过杜和居延泽两人。对杜还有恋父般的依赖关系，她感激他的无边的宽容；同时她被居延泽的青春和激情所裹挟，除了情人，还有类似母爱的成分。对于居延泽来说，这种不伦的感情也是出于无奈，因为他不能放弃对李离的挚爱，其中也不无对"教父"的叛逆。而对于杜远方来说，李离对居延泽的魅力显然具有笼络作用，而自己还没有到放弃的时候。小说极其生动，又十分深刻地写出了在权力扭曲下三人之间发生的太过复杂而微妙幽深的情欲关系。在准确的意义上，李离的身体和情感不再是统一和自主的，而是被撕裂为二，前后站着的是杜和居延泽。如果说他们曾经是情感上的对手，最终却成为你中有我、我中有你的共谋。在居延泽身上，也不无于连的影子。他终于在杜远方的培养和运筹下，经过省政策研究室的历练，当上了省二把手的秘书，并且按照杜的策划，成为"老板"的竞选助手，利用各种人脉把他推上了省一把手的宝座，自己也成了一人之下万人之上的副厅级大秘。杜远方因此得到了他想得到的，拿到别人拿不到的地。涉案金额巨大，涉案人员几十个，上至省级，下至处级。而居延泽也得到了巨额的回报。

正如作者借叙述人"我"之口所说，他对"具体怎么贪污腐败、侵吞公款、买官卖官，诸如此类的现象并不感兴趣"，"也不想过多描述这类技术性的事情"。对他这方面的惜墨似金，看惯了官场小说的读者也许会感到意犹未尽。但这可能就是在官场题材上纯文学与通俗文学的区别之一。他"感兴趣的是其中具体的人，每时每刻的人"。杜远方无疑是这部小说中着墨最多也最具立体感的人。他在青春年代度过了二十多年的颠沛流离艰难屈辱的生活，终于迎来了八十年代废墟上的春天。他为爱李离付出过许多，但为了挽回道德，却不能实现他的爱情至上主义，便从此与理想主义告别，坠入了内心的黑暗。其实他不再有真正的道德，也没有了真正的爱情，有的只是日见增长的智慧，愈来愈成功的事业和愈来愈多的光环。作者是从他与李离不能终成眷属的角度来解释他内心世界的剧变的："情之既去，色之登场，色不异空，空不异色，色即是空，空即是色"。在这空无一有的内心，由于智慧变得玄奥精密一如钟表，苦难变成了计算、布局和深谋远虑的防卫。甚至在处理自己与李离和居延泽的关系时，始终把利益的算计和权谋放在了第一位。小说深刻地写出了在杜远方一类人内心存在着"要出事"这种"恐惧性的黑洞"，"他绕不开那个无所不在的黑洞，他必须同黑洞打交道，洁身自好根本不可能。'你必须跳进黑洞，与黑洞握手，与它拥抱，那时我就觉得自己是烈士。'"

帝王感觉也是许多大权在握者的普遍感觉，在今日，即使七品芝麻官也有僭越为帝王的妄想和作为。杜远方也不例外，他高高在上日久，已经产生了"不自觉的帝王般的感觉"。只有当腐败的真相开始暴露时，才会有高处不胜寒的恐惧，于是杜远方成了机敏的潜逃者。在他隐居的敏芬的住所里，由于他是潜逃者，不再握有昔日的权力，因此最初是以相对平等的心态来对待素昧平生的女房东的。从受庇护的角度，他还是受惠者，安危全系于敏芬一身。所以一开始他做作夸张地恪守男女大防的规则，还处处出力出钱来奉承这个楚楚动人的女主人。孤男寡女同居两室一厅的小屋难免日久生情，更何况携带巨款的杜远方出手大方懂得生活，更兼风度翩翩气场强大。温情脉脉的圈套既已设下，敏感多情的敏芬也就自愿成了他的猎物。当可爱的女儿云云回来度寒假时，他们亲密得就如一个最幸福的家庭。在《三个三重奏》所描绘的几个女性中，唯有女大学生云云是最冰雪聪明，也最纯洁可爱的宁馨儿。也许天体物理专业使她远离了尘世的污浊和计算，把自我交付给无穷的宇宙。云云对他"具有毁灭性"，在她面前涉世太深的杜远方也自惭形秽，他被这位纯洁少女的纯洁所控制，甘心把她作为女神来膜拜。云云把他当作可爱的父亲来承欢撒娇，却没有接受他馈赠的所有钱物，虽然她并不知道他是个贪污嫌犯。但云云毕竟是涉世未深的少女，谁也无法保证她的纯洁的心灵不会被滚滚红尘所污染。这是否是她的母亲决心让杜远方离开的潜意识最深处的动因呢?

拉康说过，"父亲"不是一个人而是象征界秩序的一个结构性原则。在与杜远方有亲密关系的人中，李离、居延泽和云云，都曾经把他视为"父亲"，其实在杜远方和敏芬的相互"酿制"中何尝没有这种非血缘的特殊关系。因为他始终是这个复杂系统的中心，控制着整个结构的中心，他几乎重新建构了他们，而他自身并无实质性的改变，因为他就是权力的化身。

宁肯本人似乎没有在权力的江湖上真正行走过，因为他太热爱在宇宙图书馆般的书斋中探寻世界的奥秘，甚至设想坐上升降自如的轮椅。但他敏感地领悟到权力的逻辑也就是齿轮的逻辑，那是一种必然。就权力的逻辑而言，更明确的表述应该是：握有权力者的征服和被征服者的臣服。如果我们从社会冲突方面着眼，权力表现在社会不同团体或阶层间主从关系的形态里。在上者握有权力，利用权力去支配在下者，以他们的意志去驱使被支配者行动。而在两性关系中，权力的握有者同样具有强烈的控制欲和占有欲。杜远方对黄子夫利用权力的威慑力打敏芬的主意觉得"这很正常"，"对权力而言，所有人都是它的猎物"，这也是他的夫子自道。他还说，"我不相信单纯的男女关系，对我这种人，女人必须和我的最重要的东西联系起来我才会爱她们，在床上也才特别带劲。我必须征服她们，彻底地让她们臣服。要让她们臣服首先在床上。""把她们钉死，钉在床上，钉得她们希望你把她吃掉，她们才会彻底忠于你，忠于你的最重要的东西。""成功如果不具有强迫性和支配性就不算成功。"这也正是他的可怕之处。对于杜远方这样霸气十足的男人，交媾也是政治，性成为他展示权力的方式，他以性变态的方式强暴了敏芬，就是他对业已丧失的权力的一种追认。这是他在权力原教旨无意识控制下于性关系上极度扭曲的表现，而这最终导致敏芬的极度反感，毫不犹豫地要他即日离开她的家，并且声明不管他离开与否，她下班时都会带警察来。无独有偶，后来黄子夫这个人渣在强奸敏芬时，同样用了这种性倒错的方式。男性采取这种粗鄙的性行为方式，就是一种出于极端征服欲的雄心权力在作怪。朱利安・巴思在评论当代英国画家卢西安・弗洛伊德时，指出他在画《戴蓝围巾的男人》时，让一个业余男模特每天用同一姿势跷了整整七个月的二郎腿，蓝围巾和呢外套从十二月穿到次年的七月。巴思还披露他具有性虐倾向：卢西安・弗洛伊德拥有众多的情妇。他明确说过："除非她愿意和你玩后庭花，不然她就没有完全交给你。"

《三个三重奏》在权力和情欲的交汇点上展开身体叙事，使丰饶的身体成为政治、性和道德叙事的承担者，从而展示了权力对于爱情的扭曲，政治对性的侵入，在此维度上构建了小说叙事中关于人性异化的意义世界。

权力和现代审讯术

如果说《三个三重奏》对权力与身体关系的叙事涉及杜远方、李离和居延泽的故事，以及杜远方、敏芬和黄子夫的故事，那么关于权力与审讯的叙事就涉及到特聘审讯员方未未、谭一爻和受审者居延泽的故事了。后者其实也算一个三重奏，而且占据了不小的篇幅。

居延泽一出场就在一个特别的关押地兼审讯室里，关押地置于一个由废弃工厂改造成的创意园区中的一个独立区域，内有现代化全方位的监视监听设施，与隔壁的监视室都属于包豪斯风格，日夜有人守卫，游人被禁止入内。这个选址本身就显示了ZAZ组的秘密性质和案件的机密性，事实上此地既不是看守所，也不是监狱，只是一个内部秘密机构。关押地全部被布置成白色，包括软床和床上用品，卫生间、审讯用的桌椅都包上了白色海绵，最后连审讯员和其他工作人员也全部穿戴白色系列。在艺术家、色彩学专家方未未抵达后，白色审讯变本加厉地进行。这是在居延泽死不开口旷日持久的拉锯战中创造出来的色彩学审讯术，据说有奇效。

福柯的《规训与惩罚》恰好论述了关于现代灵魂与一种新的审判权力之间相互关系的历史，论述了现行的科学——法律综合体的系谱。ZAZ与法律无关，却可以将人送上法庭；他们是省内最高端的神秘机构，深不可测，没有什么他们不能查的，没有什么方法不能用的，没有通常的法律程序的约束。当然，对待居延泽这样涉及贪污的有较高层级的官员，自然不可能使用刑罚。通常他们完成的是政治任务，有来自上峰的压力。如果居延泽不开口，不交代他们想要的东西，那么无论他们掌握了多少证据，都不算完成了任务。这些虽然是福柯当年未能采信到的东方材料，但他的论述仍然具有覆盖性："惩罚制度应该置于某种有关肉体的'政治经济'中来考察，因为惩罚最终涉及的总是肉体，即肉体及其力量，它们的可利用性、对它们的安排和征服。"在方未未的创意中，白色本来是用来镇定安静，就像医院的功能，这会儿变成了惩罚。白色作用于视觉神经，然后影响人的心理。当一个人终日且旷日持久地接触白色，"这的确有点致命"，因为已经引起居延泽的幻视幻听。虽然如此，意志力颇为坚强的居延泽还是坚持住了以无声对付白色的较量，即使审讯者抛出大量的事实，他都不为所动，因为他认为老板不会坐视不管，可能是"老板和更上面出了问题"，他需要了解到"上面斗法的信息"再相机而行，另一方面也是因为他瞧不上那些审讯者。方未未的先锋艺术与高科技结合的办法虽然未能引出什么口供，但对受审者肉体和心理造成的压力还是相当可观的。"如果居延泽内心是魔鬼，那么方未未也是，或者更是。没有比一个魔鬼对付另一个魔鬼更有效的了。"居延泽承认某种程度的失败，于是不仅闭嘴，而且干脆耷拉着脑袋不再睁眼了。显然，审讯本身就体现了权力的惩戒，即使没有施加任何刑罚。在《三个三重奏》中，前卫艺术家方未未这种行为艺术式的审讯术，其实是"旁门左道"和"太不人道"的，因此被ZAZ的负责人巽炒了鱿鱼，虽然巽也很冷血。而方未未心有不甘，竟然在审讯室私自装了一个监视器，从而在距离不过一百米的一个画廊里接收，偷偷地把这儿的审讯变成了他的画廊影像艺术的一部分，这应该是无声的，却是最前卫的实时播出的非虚构艺术了。如果说小说对方未未的色彩审讯术不无揶揄，那么对谭一爻的人性化审讯显然持肯定的态度，并且塑造了他的立体的形象。

在小说中，谭一爻是一位法学教授，著名的审讯专家。作者从多个角度塑造了他的立体性格。首先，这个人物的爱情婚姻观似乎具有浓厚的浪漫主义理想主义的色彩。他在不惑之年与自己的博士生同居却未结婚，并且以"拜访式同居"为理想的两性关系方式。他们各有各的私人居所，周末才去对方的住所同居。双方不持有对方住所的钥匙，没有事先的预约不得擅自拜访。只要任何一方提出分手，就不再见面，分手即生效，无需申明或求证理由。从表面上看，谭一爻的这个约定保证了一个人的绝对自由，但对于他的爱人蓝而言，却意味着绝对的不自由，而绝对不自由就是爱，她愿意用绝对不自由的爱来换取老师绝对的爱。在外人眼里，这种奇葩的爱，像两个无性的外星人的爱，不做爱对他们是自然的事情。其实谭一爻的这种爱情观和两性关系观是颇为前卫的，在国外也已经流行，但前提是两性的平等和相互遵守，而非一方的规定和强制执行。谭一爻的生死观也值得肯定，或者说他对死很坦然，事实上他的癌症已经扩散。他一个人上了建于悬崖绝壁之上的寺庙，无人知晓，知道了也难以攀登。他情愿在大自然的怀抱里安静地死去，这个境界应该说也很高妙。他并不信佛，只信仰法律，虽然法律常让他伤心。但他接受了佛法圆寂的理论，并希望方丈同意让他在"坐缸"中圆寂。由于他从事的职业与杀人有关，方丈认为他业力过重未予同意，但最后还是得到了通融。效法高僧坐缸圆寂不失为一种追求，但显然他在业界的声望，使他自信能够获得佛法方面的很高礼遇，这应该是相当过分的奢求。谭一爻不是庸常之辈，所以有非常之心，说到底还是与权力有关，无论是对"圆寂"的分外企盼，还是对女友蓝的居高临下的规训。

谭一爻终于应老友巽之请下山审案，他在审讯室里与校友居延泽之间不是寻常的审与被审，而是一场死亡与死亡的博弈。当居延泽确证审讯权威、老校友已病危时，反倒产生了惺惺相惜之感，一下子从"沉默的墓碑"变成了话痨。谭一爻也答应"自传式"的审讯，听任他滔滔不绝地回忆，而关键的部分要留到谭濒死前讲述。果然，杜远方的名字终于浮出水面。在谭经抢救一周后再出现并口吐鲜血时，居延泽兑现了自己的承诺，讲出"所有一切"。其最终的结果是：一息尚存的谭一爻被运上寺庙坐缸圆寂；杜远方枪毙；居延泽注射而亡；李离在墨尔本海边自杀。谭一爻的死亡方式带有涅槃或救赎的性质，尽管他并不相信宗教，而只相信法律；而杜远方和居延泽的死亡体现了法的惩罚，权力对权力的滥用者最终从肉体上消灭以示惩戒。正如福柯所说："惩罚措施不仅仅是进行镇压、防范、排斥和消灭的'消极'机制，它们还具有一系列积极的、有益的效果。而它们的任务正是提供和维持这种效果。"具体到中国而言，更需要从制度上防止权力腐败的发生。小说中的杨修由于索贿、受贿、行贿数额巨大，还非法摘取和买卖人体器官获取暴利，被判处死缓，后来竟减刑20年，而且他自信还能减刑。司法腐败可见一斑。

纯文学的突围和探索

宁肯自言《三个三重奏》是一次"低地写作"、"大俗"的写作，其实自谦了。准确地说，他是以大俗出大雅，手写低地，心存高原。他认为"文学要有政治，要碰政治"，"远离政治已使文学严重缺钙，缺乏一种拉美式的想象力和冲击力"，"文学不触及老百姓关注的话题必然式微"。这些对当前文学严重缺钙症的严肃反思，促使他"用腐败做一道菜，做出来的却不是腐败"，而是写出权力的原教旨和对权力的无约束，如何使一些有抱负也有才干的人异化了权力，也异化了人性，最终走向了毁灭。但是这并不意味着他把写作的重心落在政治上，或仅仅落在反腐上，而是落在文学和与文学有着必然联系的人性的刻画上。

在宁肯的笔下，没有非黑即白、非此即彼的人物和事象，人性是完全可以逆转的，命运也是瞬息便可改变的。坎坷如杜远方，单纯如居延泽，在流水线上卑微的李离，心比天高命比纸薄的敏芬，他们从出场到终场，其命运变化之大，人性蜕变之巨，可用传奇来形容。不仅命运改变了他们，他们也改变了命运乃至相互塑造互相改变。作者用柳叶刀的锋利剖开了他们最幽深隐秘的性格肌理，用阐释学般的深邃，解释了他们的机心。他并不满足于小枝小节的生动描述，而用心于对人物和小说结构的整体性的把握。通过描写心理变化的过程展示人物思想性格的演变史，感兴趣的是心理过程本身的形态和规律，描述出一种感情和心理怎样转变成另一些感情和心理，展示心理流动形态的多样性和内在联系。他倾心于把人物置于特定的人际关系和交往史中充分展示其各种可能性。这在描绘居延泽、李离的情爱关系以及杜远方与敏芬的互相"酿制"时显得尤其出色，契合了"心灵辩证法"或曰心理动力学。前者的概念来自车尔尼雪夫斯基对托尔斯泰心理描写的评价，后者是弗洛伊德的理论。心理动力学把人看作是由内部和外部力量组成的一个复杂的网络推动的。如果纯文学遵循心灵辩证法和心理动力学来塑造人物，必然会提高一个很大的档次，而目前的中国小说往往满足于生活表象的罗列和心灵碎片的拼贴。而宁肯用了自己的术语，认为他做的是"对灵魂共同体的书写"，是"瞬间"和"正面的心理描写"。"完美"是他的至高追求，他写的主要人物杜远方和居延泽虽然是足够判处死刑的罪犯，但对这两个特定的人物，他也力求"完美"。正如他在序曲前面所引用的后现代理论家鲍德里亚的名言："在完美的罪行中，完美本身就是罪行，如同在透明的恶中透明本身就是恶一样。

不过，完美总是得到惩罚，对它的惩罚就是再现完美。"（《完美的罪行》）这倒是对宁肯这部小说最完美的注脚。

这部小说另一个创新在于，把注释作为小说文本的一个有机组成部分。小说正文外由作者自行加入注释在小说史上是偶一为之的现象，宁肯在《天·藏》中开始较多地加注，在《三个三重奏》中注释多半是整页乃至数页，总数多达约85页，且用小号字，其篇幅约占全书的20％，可谓世界小说史上空前之举。由于其篇幅之大、内容之广，如果阅读时跳过，显然会影响整体感，因为它们承担了隐含的作者和阐释者等多种功能，与出现在正文中的叙述者具有同等的话语权而不可忽略不计。宁肯在一则微博上谈到："叙述者一分为三——作者、叙述者、阐释者——的时候，一种更复杂的小说诞生了。"宁肯不是繁琐主义者，也未必是巴洛克艺术的爱好者，但他明确指出"文学反对简单"。宁肯热衷的这种"复杂的小说"，肯定不适合把文学作为"二次元"消遣品的读者，因为它需要读者"不得不调动自己更多的智力和经验来和这三位一体的叙述者打交道，并在这个过程中加深对自我和世界的认知。"对付这种"三维的、立体的、多项的、思维的"复合文本，读者需要有必要的耐心，但必要的付出也会带来更多的收获。

毫无疑问，《三个三重奏》是一部很有创意的纯文学之作，它以锐利的洞察力和表现力抵达于人与事的秘境，自有一种先锋却澄明的品质、素养和调性，为大多数作品所无。

原载于《小说评论》2015年第四期

爱的醒世恒言

——藏尽楼兰《16/32》序

　　美籍华裔作家藏尽楼兰的第四部华语长篇小说即将在中国出版，付梓前她表示希望我作序。当时我正阅读她寄来的电子文本，在其优美的文字中徜徉流连。

　　小说篇名《16/32》，但这不是一道分数算术题，所以是不可约的。它只是用一个分隔符号代表了一个女人的两个"影像"，或者说，代表了小说女主人公的两个年龄段。前者约16—20岁，正好是情窦初开的大学阶段；后者恰好是16岁的倍数那个年龄段，已经阅尽人世了，至少在感情方面如此。那时她已走过很多国家，居住过很多个城市，与操持着不同语言的人恋爱。小说主要通过第三人称的叙述方法，"剪下一段风月读取那些逝去的往昔"，展示了一位女性的生命轨迹。

　　藏尽楼兰的爱情故事总是很凄美的，这次尤甚，在《16/32》的爱情经历中，前后两位未婚夫都遭遇了飞来横祸。在这篇序文里我无意于"剧透"，悬念还是让读者自己去找。但我需要阐释一下小说在形式结构方面的特点，因为对于具有强烈形式感的作品来说，在某种意义上，不是内容决定形式，而是形式成就了内容。小说明显地存在着分别属于两个时空区的情节链，一个是16岁时与缅因州同龄男孩的爱情，另一个是32岁时遭遇的诸多感情和一段堪与初恋比美的爱情，也即与华盛顿男人的恋爱。小说在结构上的主要特点，就是将两个年龄段中的爱情经历如梳辫一般，构成了交叉蒙太奇式的系列叙述方法，从而产生了对比、映衬、逆反、回归和重合的张力，塑造了部分错位部分叠合的两个影像。16岁的爱情追求纯粹，情与性融为一体；32岁的爱情掺入了金钱物质的杂质，由此陷入了情与性、灵与肉的分离，爱成了游戏，充斥着理智与情感的博弈。最终走出困境，回归到16岁时的纯爱。在这时空交错、循环往复中，叙述的是当年的"此刻"，又不时穿插着现时的"此刻"对当年那刻的追忆。时间在这里变得非常微妙，它不再是线性和连续的，那种直指未来的过程，而是瞬间的，迂回的，甚至是耦合的，是过去与现在的交汇点，成为圣奥古斯丁所称的"永恒的瞬间"的那个心灵时间。但另一方面，作者在这部小说里再次把死亡作为故事和人生的收束，而且是先后两次的宿命。正如本雅明所说，叙事是在死亡的尸体上温暖自己的手。从中我们可以发现作者在叙事中表现出来的传统与现代在小说时间上的游移和衔接。她不放弃对永恒的追寻，却用瞬间来取代永恒，用此刻来表征久远。

作者把人性比作复杂多变的"多元函数"，它不是单值的，而是多值的，随着多个自变量的变化而变化，映射着它所对应的所有曲折。由此，细致入微的心理分析成为进入女主人公复杂内心世界的重要窗口。缅因州的那断断续续的十几章描绘的是纯洁的爱情、灵与肉结合的原初状态。16岁刚入大学时叛逆，向往自由独立，在一次校园的邂逅中陷入了互不设防的爱情。他们的爱情是那么纯真温馨浪漫，有着超脱于爱之上的相互赏识及理解。彼此都确定地爱对方胜过自己，心甘情愿地为对方付出一切并轻松地享受着对方的付出。这种人间至爱，是女主人公青春期生命的发光源，需要不断地回溯和重温。这就决定了它在小说的叙事结构中占有一半的分量，且延续至最后。而与此同时，另一叙述线却如逆向的次旋律不断地缠绕着缅因州爱情的主旋律，发出不和谐音。32岁的女人似乎判若两人，但事实上她是一个陷入了自相矛盾的女人：一方面，她坚持与财产丰厚的男人恋爱，另一方面，她也拒绝世俗的男人，鄙视自己对爱情的物质主义要求，念念不忘纯真的初恋，希望有一天有个男人牵着她的手重新走进爱情。这是一个经历了情殇不能释怀，内心寂寞的女人。体会过爱到窒息的极致的幸福，以及无限绝望的痛苦的时刻。保留了一份对新生情感强烈渴望和对性的需要，取悦自己，消费男人。在她前任男友去世后，她度过了太长时间颓废消极的生活。辗转于没有生命的荒野，却处处有记忆中初恋的刻骨铭心。记忆就像一道符咒，使她成为一个在性爱中享受与绝望交织的女人。"在三十二岁的标准中，早已经没有了令她心动的男人，只有不厌恶的男人。""对于爱情她不仅一无所有，且一无所求。"小说通过她与不同国籍的男人寡淡乏味的"情感小品"，写尽了曾经沧海难为水，除却巫山不是云的那种旧情难忘、知音难觅的失落空缺，以及情殇造成的心灵创伤和阴暗。F.杰姆逊教授认为，一般意义上的情感（emotion），如愤怒、悲哀、爱恋等是属于可以被命名和对象化的情感经历。这一点同样在藏尽楼兰的这部小说中被充分对象化了，即通过故事和人物的感情生活绘声绘形地呈现了出来。当然，我们在许多小说中同样可以看到这样的表现。但是，正如杰姆逊指出的另一种情感（affect）则是肉体的一种存在状态，有点类似海德格尔存在主义理论中的情绪，如烦、畏等等，是比较难以用语言来描述的无名状态。杰姆逊所说的这种情感虽然难以表达，但我至少在藏尽楼兰的这部小说中，强烈地感受到了这种说不清、道不明的存在主义意义上的情绪和身体感知。当然，那不是一种直抒胸臆式的倾泻，而是在对人物的极其剔透的心理刻画和洞幽烛微的心理分析中达到的。那种出于女性身体感知的无名状态，也只有神经末梢特别发达敏感的女作家才能如此出神入化不着痕迹地传递出来。

　　小说对32岁女人与华盛顿男人的爱情描写，虽然只占后面几章的篇幅，却是富有深意且在艺术上独具匠心的。华盛顿男人并非事业有成，也不富裕多金，低端的学历和工作，却有执著的追求，独到的见解，终于赢得32岁的芳心，使她沉迷在他的睿智里。她感到自己正在重新迈进入生中最美好的年华重新打开感情的闸门。读到这里，读者也会感到欣慰和庆幸。因为她不再计较对方的富有与否，重新把感情放到第一位。她甘心"将生命的原本呈现给他，将纯净的内心交付于他。"这段爱情如同一只木筏，协助她的心灵渡过人生的浅滩及暗礁，使她重新回到了纯爱的原点。可见这段爱情对于这个曾经消极颓废的女人来说，是一次诺亚方舟式的"爱的救赎"。小说的匠心独运还在于，在最后几章才出现的32岁与华盛顿男人的爱情，与一路逶迤而来的主线，也即16岁时与缅因州男孩的爱情，渐次同步地交叉进行，写他们如何在经济比较拮据的情况下，准备了婚戒和进行了出其不意的浪漫的求婚仪式。而当缅因州男孩一人外出去刻婚戒上的名字，华盛顿男人与32岁恰好开车经过当年那条路线时，不幸的灾难先后发生了，在小说中只隔开了一章的距离。实际上这中间是长达16年的等待，不幸重新走上16年前恋人的死亡之路。但是对于幸存的32岁女人来说，她已经获得的救赎没有因此幻灭，现实与记忆就如两个遗存的婚戒，彼此叠合地套在一个手指上，成为对纯爱永远的纪念。两个时段两个年代凄美的爱情故事，非常巧妙迂回地叠合在一起，写出了爱与死亡的人生故事。死亡使爱凝固，永不变质。从而谱写了一曲纯爱的颂歌，它不是抽象和说教的，而是包含了一个女性自我展示和自我救赎的过程。在这样的过程里，性爱的描写也成为一种必然，一连串的连类比喻维持了小说整体上的唯美和知性的风格。

藏尽楼兰初期的爱情小说，其中的人物曾给我"不食人间烟火"之感，除了爱，还是爱。国内的许多80后写的青春小说，大抵也是如此。其实爱情小说也罢，青春小说也罢，对世态人情的描写仍然是不可少的，因为文学的世界再小，也得折射出大千世界的一角，何况爱情不可能与社会和日常生活隔绝。《16/32》则有了大幅度的突破，值得赞赏的是，它把不同国别的文化现象在女主人公的跨国恋爱中自然而然地展现出来。除了前后两位美国未婚夫外，瑞典小提琴手、荷兰商人、伦敦牙医、慕尼黑本地人、匈牙利广告人、佛罗里达的"爱国主义者"、澳大利亚主持人等，在作者带有调侃揶揄的笔墨下，他们除了各现个性外，也带上了民族性或地域性的印记，给读者以饶有趣味的跨文化博览。作者的跨文化比较，与她本人广阔的文化背景有关。她对不同国家男人习惯性的爱情表白的比较，令人忍俊不禁；她对德国某些地域保守性排外性的批评，对美国式爱国主义及价值观的剖析，应该是很有力度的。当然，一般来说，小说不适宜作直接的文化批评，但当这成为展现人物对世界的见解时，却仍然是可取的。藏尽楼兰的跨国背景和对多国文化的深切体验，使她打开了小说的跨文化视界，成为一种特色和优势。她对科学前沿的了解，对时间的哲思和对叙事时间的实验，关于爱的醒世恒言，以及对第三次工业革命后的乌托邦理想，都为一个现代小说文本增添了浓郁的文化气质，成为她精心构筑的思维矩阵的有机组成部分。虽然她有时候有点儿炫智，还很文艺范儿，但我还是颇为欣赏的，这就算是一种偏爱吧。

2013.11.2原载于《解放日报》

为产业工人树碑立传

——《工人》序

工人题材的小说，在上个世纪五六十年代一直很红火，由此成就了一批来自工厂、颇有文学才华的工人作家。这个创作群体的曾经辉煌和工人题材的走红，是与当时特定的文艺政策有直接关系的，在当代文学史上也曾留下了令人瞩目的一页。只是进入上世纪九十年代以后，多数人的写作与工人、工厂、工业渐行渐远了。这与工人的社会地位发生变化有没有关系？我的回答是"不确定"。

因为，作为旁证，以农民为主人公的乡土文学现在依然盛行，其中并无政策导向在起作用。而且吊诡的是，乡土文学现实题材中的主人公在现实生活中大部分已经跑到城里来打工了。可见当下以哪个阶层为小说的主人公，与其社会地位之高低未必有铁定的必然联系。关键是作家们（包括非工人出身的作家）是否在关注工人这一社会群体，他们与出版社是否还有热情以相关的优秀作品来吸引读者的注意力。

现在，由管新生、管燕草父女创作的三卷本长篇小说《工人》为我们提供了一个难得的个案。

管新生在工厂工作了四十多年，长期从事业余或"准专业"的文学创作，是名副其实的工人作家。工厂生活是他最熟悉不过的，一直是他重要的创作资源。在通俗文学相对畅销的情势下，他也写了大量的警匪、武侠、悬疑、惊险的小说和电视剧，而且稿约不断。难能可贵的是，他始终有个魂牵梦萦的情结，那就是梦想写一部关于中国工人百余年历史的长篇小说。为了集中"优势兵力"，他把女儿、青春文学作家管燕草也"拖下水"，一起完成这一雄心勃勃的创作工程。功夫不负有心人，经过长达八年的酝酿采访、查阅史料，又经过寒窗四载的辛勤笔耕，他们终于如切如磋、如琢如磨地合作完成了三卷近一百万字的皇皇巨著。

书名最后命名为似乎缺少卖点的《工人》，作者表示不可更改，可见其决心之大，情结之深。当我从头至尾阅读小说定稿后，种种疑虑悄然冰释了。第一、第二卷的情节呈团块结构，写得相当扎实，充分显示了作者对历史题材的想象和驾驭能力。第三卷则呈开放结构，来回穿插，主体情节则写得淋漓尽致。从阅读效果来看，全书做到了环环相扣，前两卷在情节设置和行文上吸收了通俗小说的诸多元素，带有一定的传奇色彩，第三卷则更接近现代的叙事语境。总体而言，三卷珠联璧合，前后照应，一以贯之，读时常有欲罢不能之感。每一卷的主要人物和几个次要人物都很有性格，有的扁平，有的立体，在国事、厂事、家事的复杂纠葛和个人的爱恨情仇方面展开了色彩斑斓的时代画卷和各不相同的性格命运。

我国20世纪以来的百余年历史，既是革命与战争频仍的历史，也是工业现代化和产业工人崛起壮大的历史。作为一部叙述时间跨度长达百年，又以工人为主人公的长篇小说，能否体现时代的风云变幻以及工人阶级的力量和命运，往往是评价其高低优劣的重要标准。"史"的线索以及文学人物如何参与其间，在创作的酝酿构思阶段是首先要考虑周到的。作者设想的是"编年史"体，在一、二两卷《天之光》、《地之光》中，祖孙三代的人物先后亲历了20世纪上半叶的一些重大的历史事件，并在复杂的社会关系之中，生动地展现了那个时代的风云际会和工人的遭遇命运。第三卷《人之光》的重点是写国企改革，写得有声有色，入木三分。毕竟作者熟悉这段生活，并对其有深刻的理解。

《工人》对历史事件的表现不刻意求全，熟悉的多写正写，不熟悉的则侧写或虚写。为了始终紧扣工人的生活和命运，三卷小说写的是祖孙几代工人家族的生活和斗争。整部小说把中国现代史、上海工业史和工厂史，以及工人的家族史融为一炉，叙述了中国产业工人在前现代、现代和准后现代社会中崛起壮大和蜕变涅槃的过程。我本人最感兴趣的是小说第三卷对国企改革、工人下岗失业、工厂兼并、干部分流、改制转型的描述。它们不仅是过去时的，也是现在进行时和未来时的。小说结尾处，作者实际上已经预感到即将来临的世界范围的第三次工业革命。中国如果不先声夺人或迎头赶上，那就意味着将丧失世界第二大经济体的优势，至少很快会发生部分制造业岗位重新回流发达国家的情况。

"天"、"地"、"人"，构成了这部长篇小说内在的涵义。中国工人有过光荣的历史，也背负了时代的压力。在经历历史性的阵痛之后，他们将挺起胸膛顶天立地，在第三次工业革命中为中国社会的进步发挥正能量。

2013.2.11原载于《解放日报》

感按到时代脉搏的跳动

——评《雷鸣时分》

　　上海的第二波改革开放如果从浦东开发算起，始于上个世纪90年代初，至今不过二十多年，却取得了举世瞩目的成就。埃及《金字塔报》在本世纪初刊发《上海：改革开放的奇迹》，称"人们每一次来到这座城市，都可以感受到它巨大的变化与革新"，"它被寄予厚望"，道出了世人最直接朴素的感受。即使生活在这座城市的居民，同样惊讶于她日新月异的变化，所以在网络上上海素有"魔都"之称，即享有魔幻之都、魔力之都的美誉。然而在文学上，上海的跨世纪现代性变化一直缺少表现，而更多地停留于上海的怀旧。即使有所表现，也还是一鳞半爪式的，缺少大格局大气象。文学可以描写上天入地、穿越古今，但要真实地表现当下，尤其是一座城市的沧桑变化，有待于整体性的视野和及时深入的观察和了解。文学可以以小见大，但也需要清明上河图全景式的开阔博大。当然这很难，需要雄心和胸境，需要亲历亲见的资源和感受，还要有丰富的想象力和表现力。就表现宏观视野下的当代现实尤其是城市改革而言，大多数作家是尺有所短的，可谓非不为也，乃不能也；但也不排斥非不能也，乃不为也的另一种可能，认为距离才能产生美，过于贴近会影响文学的生命力。《雷鸣时分》写的恰恰是近二十年来这座城市的巨大变化，为了避免对号入座引起不必要的麻烦，用了"临州市"的别名，相应地路名和一些地标建筑也全都改名换姓，但读者自可一目了然，一种亲切感也就油然而生。其实其中所写的重要事件几乎全是真实发生且是作者亲历亲为过的，而人物则是虚构的。与上海多数作家仅为目击者不同，这部作品的作者钱景林先生直接在改革开放的第一线，长期担任过区长和区委书记等职，这就是他的优势。当然与有丰富创作经验的作家相比，他也是尺有所短的，在此之前，他虽有创作冲动，却未曾涉足文学领域。好在他受到了热情的鼓励，也有虚心求教的诚意。功夫不负有心人，他调动了丰富的生活积累和文学阅读的积累，意在笔先，布局谋篇，构造情节，设置冲突，塑造人物，成功地完成了处女作——长篇小说《雷鸣时分》。

作者选择90年代前中期以来城市土地批租、旧区改造的重要事实构筑情节，并以城市高层管理者的所作所为为主要情节线，高屋建瓴地从一个重要侧面反映城市改革开放的全貌。主人公雷声在90年代初担任市长，当时城市旧区亟待改造，却缺少改造的资金，如用集资改造旧房的方法，至少需要100年，于是加快了始于80年代末土地批租的步伐。即把国家土地使用权有偿转让，开发商支付土地使用权出让金，动迁居民后建房，到期土地收归国有。土地批租解决了城市旧区改造资金匮乏的困难，也改善了当地居民的住房条件，推动了城市的改造和建设，可以说是一举几得的事情。但由于当时一些人的陈旧观念，也由于土地批租的复杂性，以及动迁中存在的困难或弊端，曾引起过激烈的争论，乃至上纲上线，被指责"搞新的洋人租界"。大力推行土地批租、招商引资的市长雷声因此受到质疑和人身攻击，被斥为"批租市长"，以致惊动了上级领导，停止了土地批租。但雷声不改初衷，在澄清事实和一再陈情后得到上级和同级的理解，实施了规范化、法制化和宏观调控的政策。小说以此为情节主线，塑造了敢于探索、勇于实践，亲民为民的改革者形象。小说写雷声改变视察路线突袭棚户区，以及亲自接待拆迁户上访者解决民生疾苦的情节，尤其令人感动。小说追叙了雷声在北大荒艰苦的知青生活以及他与老领导的忘年友情，为他坚毅果断不计私利的品格作了铺垫。作者在刻画他的性格时，也渲染了他性急冲动的一面；在私密关系上，他在与青梅竹马的肖丽娜重逢后，也曾产生遭遇红颜知己后难以克制的感情。因为肖此时已有港商的身份，而雷也有妻室，成为别有用心者制造谣言的口实。小说这样来描写一段未曾酿成严重后果的情感波澜，并未损害这位改革者的形象，只是如实描绘了感情的复杂性和主角止步于出轨之前的自律性，但对情节的发展却起了推波助澜的作用。金无足赤，人无完人，像雷声这样的改革者，以及小说中刻画的有点保守却顾全大局、有力支持雷声的市委书记朱理栋的形象，还有青年才俊的形象，代表了执政者中的正面力量和后备力量，他们才是使城市重新焕发青春并在未来可能有更大作为的健康力量。副市长顾刚的性格却更为复杂。就能力和魄力而言，他不在雷声之下，而且在雷声眼里，他还是悟性高、办法多，关键时刻能够冲锋陷阵的得力干将。但正如《红楼梦》中所说，人有正邪两赋，在野心和私心的驱使下，正不压邪，邪取代了正。由于他早就觊觎正职的位子，不惜纠集小兄弟们出谋划策，呼风唤雨，设置陷阱，造谣生事，并利用土地批租的复杂性一箭双雕，让雷声出纰漏，自己却从中牟利。而雷声却浑然不觉，毫无防范之心。顾刚的恶劣还表现在陪曹市长访港时诱使他接受贵重礼品，在鼓励他接受异性按摩时又偷偷录像，还派狗仔队偷拍雷市长去肖丽娜住处的照片。这种卑鄙的行径暴露了他乃奸诈小人的一面。小说中顾刚是因受贿劣迹败露而被侦查判刑的，以他为主的情节副线反映了干部队伍腐败的一面以及人性的颓败与堕落。但作者在塑造这个人物时，没有流于公式化概念化，而是写出了一个有血有肉的形象。顾刚利用土地批租和分管城市建设的机会，进行违法乱纪的权力寻租，从而中饱私囊，严重损害国家和人民的利益。作者塑造这一腐败分子的形象具有相当的典型意义，在一定程度上反映了腐败的严重性和反腐的紧迫性。当然，要根治腐败还有待于从制度上作出保证，关键要有公开透明的体制机制作保障，不断铲除滋生腐败的各种寻租空间，要有反腐的顶层设计。在《雷鸣时分》中，虽然市委书记和市长都是廉洁自律的，但他们在最可能产生权力寻租和滋生腐败的土地批租中，恰恰缺少警惕，没有严明纪律，严格管理和及时发现问题，而是过于相信过于依赖自己的副手，应该说也负有一定的领导责任的。小说虽然没有明确表现他们在这方面疏于管理的缺点，但也恰恰如实反映了一种由来已久的现状，一切自在不言之中。

作为一个初学的文学写作者，一出手就写了一部反映国际大都市改革开放的长篇小说，表现了观念的冲突、思想的交锋和灵魂的搏斗，以及一场史无前例的城市改造的攻坚战，成功塑造了几个城市高层执政者的生动形象，情节较引人入胜，立意也颇高远。长篇小说是一面多棱镜，如果再多一些城市生活的侧面，对人生有更多的洞见，对城市的发展和建设时有反思，不满足于尽写已经发生的事，也写可能发生的事，那就会更加出色。《雷鸣时分》的出现，还说明文学创作需要有更加熟悉这个时代并有志于文学者的加入，这将使文学更具时代感。在日前召开的"两岸新锐作家座谈会"上，涉及文学与当今时代以及作家如何书写的话题。《文艺报》用《让文学以"在场"姿态与时代相遇》为题作了报道，我赞成这样的提法。当然，文学与时代的关系是一个复杂的论题，对于不同的作家来说也会因人而异，有的可能很密切，有的可能较疏离，有的有志于做时代的书记官，有的更愿意回望历史，这是作家各人的自由。但不论距离的远近，都需要有关怀现实的精神和勇气。我期待钱景林先生继续投身文学创作，完成从政到从文的角色转换，以更强的文学表现力和对生活的洞见，完成上海三部曲，让我们进一步感按到时代脉搏的有力跳动。

2014.6.16原载于《文艺报》

大视野新视角

——评《穿越上海》

很多作家都写过上海，着眼点、侧重点会有所不同。有怀旧回望的，也有呈现当下的，有的则兼而有之。一般来说，怀旧回望之作以有历史的厚重感为上品；着眼当下的，则以观照的敏锐和视角的新颖独特为佳。吴崇源的长篇小说《穿越上海》应该属于后者。着眼当下也有各种题材可写，可以从不同角度切入。社会和个人生活的多样杂色，时代的变动不居，是所有作家亲历的，但多数作家避免写较大的题材，他们限于生活经验的狭小也只能从平凡世界中择取一角，然后苦心经营，并发掘出某些人生真谛，虽已如此也难免显得平淡；写得精致细巧，大抵是这类作品唯一的取胜之道。《穿越上海》摒弃了这类写法，它的视野显然大大拓宽了，视角也更见新颖。它侧重写了一个民营企业家在创业奋斗中的曲折历程，他在创业过程中与政府、国有企业、银行、中外投资者乃至法院等方方面面发生交集；他有亲属、同事、男女朋友、贵人、敌手种种复杂的人际关系。凡此都构成了一张更庞大的社会关系网，多角度多方位地打捞起社会生活的形形色色，并予以有力度的发掘和表现，使读者看到了大时代的多个面相以及社会人群的众生相。

小说描写了多种所有制交集下的企业经济活动，人与人的交往纠葛，以及从中表露出来的人性。作为正规优质的民营企业，苏泰达的实业公司得到市、区两级政府的支持，与此同时，他的优质资产也受到某些人的觊觎。当苏泰达在美国寻求风险投资未见眉目时，公司却遭遇了空前的危机乃至灭顶之灾。先是产品"吃死人"的投诉和媒体不实报道，接着法院送来了传票，股东要求退股，联合调查组要求进驻，有关方面来电要求停产，大有黑云压城城欲摧之势。所有这些异常活动都出于一国有企业老总盛昌发的策划，目的是整垮苏氏的企业并购之。小说一上来就开始了惊心动魄的博弈，写一方如何步步进逼，一方如何危机公关逐一化解。前者拼凑了遍及司法、媒体、银行等的联合阵线，实际上是利用职权公器沆瀣一气为非作歹的一群腐败分子结成的利益集团。小说逐渐揭开了他们的丑恶嘴脸和卑鄙用心，给予了有力的批判。其中盛昌发的性格刻画尤显深度。他口口声声要保卫和增强国有企业，实际上国有企业已经被他们一些高管蛀空化为私产。小说写了盛昌发如何从反感国企改制中的化公为私，到眼红别人暴富自己也如法炮制，乘改制之风，轻而易举地通过将其中一个企业抵押，又用银行贷款买下化为私产的乾坤大转移，以及挪用公款炒股，私分房产，包养情妇，生活奢侈糜烂等不正行为。盛昌发不是老虎，不过是只苍蝇，但他与许多贪官一样，总能在社会变化中找到寻租的机会。围绕着一群贪官污吏和富商的奢侈生活，小说写了KTV包房、夜总会、私人会所以及种种豪华场所，男人们一掷千金，女人们沉浸在奢华的物质之中，她们互相展示着各自拥有的独一份的奢侈品。丁婕的初恋男友甫从美国归来，惊讶于上海的声色犬马纸醉金迷甚至超过了上个世纪的30年代，与美国也大异其趣。在女性形象中，丁婕其实是许多男性倾慕追逐的"奢侈品"，她不承认自己是交际花，而是公关专家，靠融资公关或危机公关赚取项目费，但她公关的最后法宝可能就是性交易，最后"金盆洗手"。小说围绕主人公刻画了爱慕他的几个女性形象，发妻是义字当头，再婚妻是情字当头，大学女副教授是痴字当头，丁婕应是情、性兼有。

小说将主人公苏泰达定位为海归的中青年才俊，他抱着用实业报国的志向从美国回到上海办厂，并且恪守"待人以仁，独立思考"的立身行事的原则，这就使他不同于一些靠不正当手段或仅靠机遇发家的暴发户，真正代表了今日社会新兴的经济力量。可以说他是在历经艰难中创业的，即使在化解"吃死人"风波后，又因借贷无门，不得不签下被盛昌发并购的协议。即便在盛昌发东窗事发无力并购时，也屡屡为资金短缺所困，差不多要到手的美国风投公司的贷款，也因该公司的倒闭而失去。美国的金融危机也影响了苏泰达公司产品的销售和资金回收，只得变卖部分家产才转危为安。虽然政府支持和鼓励民营企业发展，但由于国际金融危机，也由于社会的腐败现象，民营经济的发展不可能是一帆风顺的。小说把这种困难曲折的过程化为生动丰富波澜起伏的情节，并使这一情节链构成了从不平衡—平衡—不平衡再到新的平衡的叙事结构模式，相当引人入胜。作者在这个人物身上赋以理想主义的色彩，他不仅长得气宇轩昂，宽以待人，成为许多女性的爱慕对象，也同样得到企业职工的爱戴。他提高管理和劳动的分配比例，实施"劳动价值回归"，使职工买得起住房；他放弃资本分红，只领管理工资，用于发展企业和做慈善：他在市区办起了多个"拉兹洗浴中心"，并带领职工进入汶川参与救灾。甚至他打算把企业送给国家，这自然不切实际。所有这一切并非出于沽名钓誉，而来自于他的职业理想、人生理想和生命价值观。他所做的一切，是为了自己获得心灵自由，也为了让他所能惠及的人群过上体面和有尊严的生活。

《穿越上海》以独特的姿态完成了对新世纪上海的一次"穿越"。作者曾担任过"中国企业未来研究会"常务副会长兼副秘书长，这使他得以近距离地观察许多企业家，并在小说的典型塑造中带上了未来学的眼光，从而使他在穿越中对社会的新经济力量情有独钟，因为作为中产阶级的中坚力量，他们可能影响上海的未来。

2014.12.5原载于《解放日报》

擦边球也是球

——2016年诺贝尔文学奖之我见

在今年诺贝尔文学奖揭晓以前，评论界和媒体乃至博彩界众说纷纭，可谓"答案在风中飘荡"。10月13日19时，答案终于给出，一切尘埃落定，相关的热门人选和高赔率者全部落马，最惨的仍是村上春树。新科状元的桂冠授予美国流行歌手、今年75岁的鲍勃·迪伦。一时舆论哗然。

我个人其实是无所谓的，因为一：我从不参加诺奖的博彩，即使想博还不知如何博法；二：对诺奖早有基本的判断，不乏慧眼，也没少误判。推而广之，任何奖项莫不如此，再推而广之，任何依赖识别力的判断，包括康德所说的审美判断，大抵也如此。毕竟都是凡人，不是全知全能的上帝。

引起争议的重点在于这位得主到底是歌手还是诗人？或者说，他的主要成就在词曲创作还是在诗歌创作？前者着眼的是身份认同，后者着眼的是创作的文学定位。恰巧在这个关节点上，很有点模棱两可。在一般人眼里，鲍勃·迪伦显然是一位歌手，而且是风靡全球的流行歌手——从民谣到摇滚再回到民谣。有评论认为，在整个上世纪六七十年代，世界乐坛是属于他的，迄今宝刀未老，去年还发行了全新专辑。他代表了美国摇滚和民谣音乐的最高成就，是全球流行音乐的旗帜性人物。这个评价够高的，而且有迪伦已获得相关高级别的所有音乐奖为证。虽然在视听感觉方面，我个人觉得英国的披头士列侬和美国的猫王更受用，可惜他们在四十岁上下都往生去了。与他们相比，迪伦不仅长寿还是位多才多艺的大咖，因为他同时是有相当知名度的诗人、回忆录《像一块滚石》和超现实主义小说《狼蛛》的作者，以及画家和评论家。正因为他在美国是有影响的诗人，所以与他同时代却比他年长资深的美国诗人艾伦·金斯伯格提出："作为美国20世纪最重要的诗人、歌手，迪伦用他的创作影响了几代人。这种强大的普世的文字力量足以让他跻身诺贝尔奖获得者的行列。"金斯伯格并非诺奖获得者，他并无直接的推荐权，但他在1997年与英国作家鲍尔迪成立了"提名迪伦小组"。同年戈登·鲍尔代表竞选委员会为迪伦作出的推荐词也十分给力："虽然他作为一个音乐家而闻名，但如果忽略了他在文学上非凡的成就，那么将是一个巨大的错误；事实上，音乐和诗是联系着的，迪伦先生的作品异常重要地帮助我们恢复了这至关重要的联系。"他们的努力都促使诺奖评委会把迪伦作为文学奖的备胎，并且迪伦多次获得提名，他的网页20年来也一直挂在博彩公司的诺奖博彩网上。可见迪伦并非横空出世的一匹黑马，也非半路杀出来的程咬金。

首先，他是歌手、诗人集于一身的人，这就使他获得诺贝尔文学奖具有更充足的理由。事实上凡是原创歌手，他们已具备了成为诗人的可能。披头士组合成员之一的列侬就是歌手兼诗人。当然，与他们在音乐方面的巨大成就和名声相比，诗歌领域的成就可能有所不逮，或者被忽略和覆盖。毕竟，人们主要把他们作为歌手和音乐人看待。在这种灯下黑情况下，诗人的身份甚至成为一种匿名而消失。多少有诗歌天分的歌手，也在演唱的盛名和诱惑之下，埋没了另一种更多依赖语言的才能。尤其在商业社会中，写诗可能终生潦倒穷困，演出可以带来巨大的名利。迪伦拥有的豪宅名车以及名贵的吉他，均来自他的商演，而非诗作或曲作。尽管如此，迪伦似乎更珍视他作为诗人的身份："我觉得自己首先是个诗人，然后才是个音乐家。我活着像个音乐家，死后还是个诗人"。说此话在获诺贝尔文学奖之前，而非之后。

显然，诺贝尔文学奖评委授奖给歌手迪伦，是因为他同时还是一位诗人，也就是说授给了有文学托底的一位音乐人。但即使他拥有诗人的气质，人们还是理所当然或固执地认为，真正打动他们的是音乐，也就是说，主要是旋律，而不是语言。正如《纽约客》刊文称，"鲍勃·迪伦是伟大的声乐家和歌手，这些是他身上不可剥离的部分，而且是超越他的语言。"以致美国人叹息，"诺奖颁给音乐家，这无疑在给作家伤口上撒盐"，因为事实上这次提名中包括了两位美国作家，作家想不通为什么要颁给文学的边界以外。

我无法推知投票评委的内心活动。但有一点似乎可以逻辑推演：美国自1993年黑人女作家托尼·莫里森获奖后，已有23年空缺了。不给有点说不过去，但给提名榜上的两位，似觉有所不足。最终投给迪伦，是一个出人意料却也合乎情理的两难选择的结果。按照乒乓比赛的规则，即使落球点擦边一点点也算对的球。如果落点在桌边的下檐，那就是失球。通常擦边球都是碰巧，球员不会故意去打，因为不可能计算并运力如此精准。但在人事的运作上，却是可能的。窃以为诺奖评委把票投给流行歌曲大王迪伦，是打出了一个巧妙的擦边球，改变了运动的方向，出人意料以至让人惊呆了，却又在规则之中。

就算迪伦在流行歌曲——民谣和摇滚——以外，没有再写过别的诗歌，但歌谣，难道不是诗歌的一种吗？有人虽然承认是诗歌，但有意无意地降低一两等，那也是不折不扣的偏见。在中国，《诗经》里的风雅颂都是配曲歌唱的，所以孔子曾一一弦歌之。乐府是汉以来的民间音乐，可以歌唱，有乐谱也有歌词，其中包括了大量的民间诗歌。事实上中国的诗、歌、乐三位一体，即使文人的诗词也大多可以吟唱的。许多大诗人还是精通音律的音乐家。外国的情况虽然有所不同，但歌诗相通则是一律的。

正如前面引述的戈登·鲍尔的推荐意见：音乐和诗是联系着的，迪伦的作品异常重要地帮助我们恢复这至关重要的联系。且看他的《答案在空中飘荡》和《暴雨将至》等歌谣集，它们深广的内涵和充分的诗意表达，即使插入伟大诗人的诗集里，也不会有违和感或逊色的感觉。

鲍勃·迪伦是美国六十年代具有世界意义的文化先锋，同时又使美国民谣的传统得到了诗意的表达。我认为这是他获得诺贝尔文学奖的最根本的原因所在。而诺奖评委在继去年把文学奖授予白俄罗斯记者，今年又授予美国的民谣和摇滚歌手，确实传递了顺应文学创作趋势、扩大文学边界的信息。这两个连续性的动作，不是行为艺术，而是"观念艺术"。通过两次有意为之的擦边球，推动文学作一次跨界的旅行，也许外面有更多的诗意和风景。

2016.10.20原载于《解放日报》

商女应知亡国恨，隔江犹唱安魂曲

——评严歌苓的《金陵十三钗》

在快阅读时代，读一部短长篇小说可能是更受欢迎的，情节不会太复杂，头绪也不那么纷繁，工作之余花上十几小时就看到了结局。严歌苓的新作《金陵十三钗》就属于这样的小说，却因了结构的巧妙，写得跌宕起伏，腾挪有致，险象环生。更重要的是，小说承载的意义不同凡响。

从叙述学角度看，多数故事都遵循了从平衡到不平衡再到新的平衡的叙述模式，也有从不平衡开始的，继以常规的模式。《金陵十三钗》的故事就是从不平衡开始的——1937年12月14日侵华日军已经进入了中国首都南京，而一群本来有望逃生的教会学校唱诗班小女生却错过了机会。当她们由美国神甫带回教堂后，准备天亮后继续找船逃生。没料到天刚亮时，秦淮河边堂子里的十三个"窑姐"死乞白赖地进入教堂避难，造成了更多困难。正如英格曼神甫用生硬的中国话说的，"粮没有，水没有，地盘也没有，人藏多了安全也没有"。可见"香艳的洪水猛兽"的涌入，足以使条件进一步恶化。但英格曼认为两天之后，局势一定会稳定下来的，因为他"去过日本好几次，日本人是世界上最多礼最温和的人"。在暂时无事的几天里，虽然有女生与妓女的小纠纷和生活资源的匮乏，但表面上也达到了相对的平衡。窑姐们故态复萌，竟然在地下室睡懒觉、打麻将、弹琵琶、打情骂俏，还喝库藏红酒。可这种短暂的改善很快被打破，已潜伏了两天的戴涛少校终于露面，与两个从屠杀现场死里逃生的中国军人一起进入教堂避难，这样，军人的进入使教堂就不再是战时的中立区，而此时教堂外面已经血流成河。可就在这危在旦夕的几天里，厨师陈乔治与妓女红菱做起了食与色的交换；妓女玉墨与少校眉目传情，翩翩起舞，窑姐们似乎开展起"劳军"的活动。连偷窥的女学生孟书娟也认为，副神甫法比"再不干涉，秦淮河的生意真要做到教堂里来了"。真是"商女不知亡国恨，隔江犹唱后庭花"啊。小说的这段描写，正是为了表现末日来临前的相对平静，实际上已经是山雨欲来风满楼了。

三批中国人的进入，就像一个又一个套，结成了环环相扣的连环套。表面上他们都得到了庇护，但条件却没有得到改善，相反却在日益恶化。随着邪恶势力的进入，暂时建立起来的平衡终于被一再打破，一幕幕悲剧不断上演。日军第一次侵入是借口找吃的，结果发现神甫的"老福特"，便作为战利品开走了，事实打破了神甫的幻想，再"没有任何地方对占领军是禁地"；第二次是日军得到情报强行进入教堂搜捕，当戴少校看到教堂里的厨师遭枪杀、法比神甫遭枪伤、战友被指认后，便毅然暴露自己的身份，企图保护大家过关，结果中国军人当场被残忍杀害；中国军人的遇难，激发了头牌窑姐玉墨的献身精神，当日军第三次找借口搜寻女学生时，在她的带头下，"金陵十三钗"毅然假扮成女学生赴难。

显然，小说解套的程序恰好与结套的程序相反，因为在小说里，后来者总是成为殃及先来者的原因。当然，日寇的屠城才是最终的原因，但是由于他们的长期占领，使得这个根本原因难以消除。这样，解套只可能从牺牲最后来避难的中国军人开始。中国军人的挺身而出，暂时救了教堂里所有的中国女人，他们以自己的死亡作为代价。而最后妓女们的挺身而出，又救了所有的女学生，保全了她们的童贞，却以自己遭受蹂躏乃至牺牲生命作为代价。多少年后，成为"我"姨妈的孟书娟完成了对13个秦淮河女人下落的调查，其中2个因反抗未遂被当场杀害，其余11个都成了慰安妇，大多死于非命，只有赵玉墨逃跑成功，在战后南京举行的对日本战犯的审判大会上，正是毁了容换了身份姓名的赵玉墨指认了日本高级军官的一次有预谋的、大规模的对中国妇女的强暴行径。

与全景式表现南京大屠杀的作品相比，《金陵十三钗》的笔触只是选取教堂的一角，以文学的手段表现了南京大屠杀的一个"细部"，叙述一个"最后的绿洲"的沦陷，却能以小见大、由点及面。教堂宛如当年南京的一个缩印，财物被劫掠，男人遭屠杀，女人被奸淫，深刻暴露了当年日本侵略者无端入侵一个主权国家，制造令人发指的人间惨剧，其罪行足以与纳粹制造的奥斯维辛集中营的大屠杀相提并论。他们欺骗被俘的中国军人，集中到一处集体屠杀，继之又对手无寸铁的平民百姓大开杀戒，还奸淫中国妇女，总计在南京屠杀了30万之众。这种灭绝人性的反人类罪，可谓罪恶滔天、罄竹难书。小说使教堂惨案与南京大屠杀构成了以小喻大的喻指关系。作者作为一个华人知名作家，多年来一直关切南京大屠杀的历史，现在根据有关史实记载，演绎了这段国耻民愤的历史，提醒我们不忘耻辱，永远记取历史的教训。

小说总是通过人物的行动和相互关系来推进故事揭示主题的。在《金陵十三钗》中，两个美国神甫的形象是以"庇护者"的角色出现的，刻画得相当成功，表现出真正的基督精神。而在性格描绘上，形成了鲜明的反差。少校等中国军人在小说中担任了"求助者"和"义士"的双重角色，因为最后他们以牺牲自己庇护了20多个女人。女学生是战争中最柔弱的生命，在小说中担任了"受庇护者"、"幼兔"的角色，她们在窥视孔中目睹了教堂屠杀的全过程。神甫的庇护、中国军人的义勇、窑姐们代自己去受难，无不震撼她们幼小的心灵。她们不再懵懂，从此懂得了感恩和仇恨。

小说的特别之处在于着墨的重点是一群妓女，在严歌苓的笔下，她们既是"求助者",又是"替死者"。后一个角色定位,英格曼神甫已经为她们"残忍"地预设好了:"为了保护一些生命,他必得牺牲另一些生命。那些生命之所以被牺牲,是因为她们不够纯","他被迫作出这个选择,把不太纯的、次一等的生命择出来,献上牺牲祭台,以保佑那更纯的、更值得保存的生命"。然而,玉墨不待神甫开口,就带头站出来"垫背",为保全比她们更为孱弱的生命宁愿担当替罪羊的角色。当她们以拯救他人来拯救自己时,她们的罪孽得到了消除,灵魂得到了清洗,就像提香名画中"抹大拉的玛利亚"一样,具有了并不轻贱的灵魂。所以,当小说中,她们易装走出教堂时个个夺目,"她们是南京城最漂亮的女学生","因为女学生对她们是个梦,她们是按梦想来着装扮演女学生的,因此就加上了梦的美化"。严歌苓将低贱与高贵、纯洁与不纯这种天平两端的概念,拉开又聚拢,其具有的巨大的表现张力,是属于小说本身的震撼之感。

2011.7.16原载于《文汇报》

阶层区隔和性别错位的感情冒险

——评小说《舞男》

　　《舞男》的题目总会引发丰盛的联想，在严歌苓的笔下更是充盈着引人入胜的故事情节和入木三分的内心剖析。小说里的主人公海归女博士张蓓蓓在出生地上海开了个"律师行"，打国内外官司，事业风生水起，有过两次未遂婚姻。在舞厅的消遣中，她被小她十几岁的舞先生杨东所吸引，供他养他，乃至"爱入膏肓"。杨东几次失踪，事隔一年多后竟带回一个小男孩，蓓蓓却视同己出，母性萌发，并主动向杨东求婚。然而拆白党却步步紧逼，危险正在袭来。在小说结尾，两个地位悬殊的女人发生对决，蓓蓓对入侵者实施搜身，遭到小孩生母小勉凶猛反击。在以往的小说中，严歌苓常常写人物惨烈的遭遇和结局，以致让人觉得她下笔很重，几近残忍。但她在写出主人公命运多舛的同时，总是有力地鞭笞了黑暗。而《舞男》既不同于她以往的干预生活小说，也不同于旧时代的黑幕小说，所涉及的更多是感情、阶层、性别的问题。蓓蓓所受到的更多是精神上的内伤，是她倾其所爱的杨东带着孩子不告而辞。最终导致她抛下国内的律师行和事业，黯然离去。

　　小说在一个貌似通俗故事的背后，首先力透纸背地刻画了一个中年精英女性的感情冒险。蓓蓓一开始也只是把杨东当作打发寂寞时点的一杯酒或一道点心，但因为单身又相对单纯，很快当真起来，把同样单身的舞先生当作真正的伴侣乃至婚姻的对象。然而这次感情经历可能一开始就是错的，且不论他们的职业和社会地位的悬殊，在文化背景上的差别实在太大，在世界观、人生观和价值观方面几乎有难以弥合的鸿沟。杨东除了生活习惯上有所改善外，其实他并不想真正改变自己。所以当蓓蓓要求他听电脑课考证书时，他宁愿舍弃优裕的物质待遇重新回到舞男的世界，由此与小勉苟合在一起。毫无疑问，作者的价值取向是偏于精英阶层的，但作为优秀的小说家，必须给人物以充足的理由和行为依据。杨东的职业除了帮富婆们学舞，也有引逗性幻想的成分，所以带有屈辱性，使他既自卑又敏感自尊。蓓蓓的呵护体贴、慷慨大方，既使他感激，也使他自喻为宠物，一个吃豪华软饭的人。蓓蓓要求他做一个可以栽培和体面的男人，反而伤了他的自尊心而令他赌气离开。在年轻野性的小勉那里，他获得了男性生命的滋养，在蓓蓓那里受挫的尊严在小勉那里找了回来。他甚至有个长远的谋划，最终让小勉成为亿万富翁儿子的母亲。尽管他后来发现小勉已与流氓朋友同居，且沦为妓女，俩人组成拆白党企图敲诈蓓蓓，这自然违背了他的本意，但在蓓蓓对小勉私自搜身后，压翻了他心里的天平。他不仅庇护了小勉，而且抱着小孩离开了蓓蓓的豪宅，与自己的儿子重新过起了底层的生活，当然他与小勉做了切割，把她送出自己和儿子的生活。在顶层和底层的两个女性的对决中，他倾斜了内心的天平而倒向与他相差无几的小勉。应该说这是同一阶层的习性起了作用，这似乎也反证了蓓蓓一开始的选择就是徒劳和错误的。

但是阶层的区隔还不是杨东与蓓蓓决裂的唯一原因，性别的错位可能是更重要的原因。中国社会虽然与以往有了很大的不同，尤其在男女平等方面有长足的进步。但在金钱主宰一切的场域，"女人归有钞票的男人"，或者"男人也归有钞票的女人"。金钱和权势，成为男权或女权的实力依据。蓓蓓能够控制杨东于一时，首先是因为她拥有可以为他一掷万金的实力和豪情。但她最终失去杨东，除了由于顶层和底层的天然鸿沟，还在于传统观念里女强男弱、女主男副是难以被认同的。杨东在蓓蓓那里一方面得到了奢侈的物质享受，另一方面却经受了前所未有的精神压抑。试想天天面对一位无论在智商、财富、社会地位都高于自己且有断崖式落差的女性，日日受她的豢养和支配，稍有自尊的男性都会产生一种强烈的挫败感和自卑感，作为男人的存在感荡然无存。这时候他就不再是行走的雄性荷尔蒙，而成为精神上的被阉割者乃至肉体上的失势者。在小说中有一个细节描写耐人寻味，就在白天杨东接受蓓蓓慷慨的物质赐予后，晚上就失败了。这个具有隐喻性的细节自然是出于作者的精心安排，其喻指也是不言自明的。阴阳颠倒、娇屋藏金恰恰是他们最终分手的性别原因。当我们读过波伏娃的《第二性》后，不妨再读读同样是法国学者泽穆尔写的《第一性》，以及美国学者哈维·曼斯菲尔德的《男性气概》，以便找到两性之间的平衡点，让男人更像男人，女人更像女人。《舞男》所涉及的男色和女大亨的包养，正好触到了这个时代的一个新的畸点。表面上这也可视为女权的胜利，其实却是变相的沉渣泛起。

　　《舞男》在叙述上也颇有特色。除了第三人称的叙述视点外，第一人称的叙述视点几乎平分秋色。而第一人称的"我"竟然是30年代的当红作家，后来又被特工杀害的石乃瑛。据我推测，这个角色的原型应是新感觉派作家穆时英和刘呐鸥。他们在1939年曾先后任汪伪政府主持的国民新闻社社长。翌年相继遭狙击身亡，有传言都是锄奸组织所为。小说中的石乃瑛是舞场老手，疯狂追求舞女阿绿，正如蓓蓓追求舞男杨东一样。虽然隔了大半个世纪，却在小说世界里构成了时空的穿越。甚至石乃瑛的幽灵在同一个舞厅里时常与杨东、蓓蓓擦肩而过，所以他是"知道整个事情的人"。石乃瑛之所以必要，还因为他是杨东和蓓蓓少有的共同话题，后来蓓蓓作为律师又受委托调查七十年前的旧案，终于使此案水落石出，得出新的结论。围绕着诗人石乃瑛和舞女阿绿是一部时断时续的悬疑小说，围绕着蓓蓓和舞男杨东是一个完整的世情小说，两者穿插交叉，形成了一个互文关系。而后一个故事也具有一定的悬疑性质，就是杨东失踪一年多究竟去了哪里？小孩又是从哪里来的？调查人恰恰就是法学博士蓓蓓。当杨东自以为瞒天过海时，真相早已大白，而且连亲子鉴定也出来了，甚至杨东未成年时的流氓犯罪也被调查出来。可以说故事的后半部正是由蓓蓓来编撰的，一切似乎都在她的掌控之中，甚至她已编好了与杨东父子共赴美国远离威胁的结局，但是她恰恰没有料到杨东抱了孩子离她而去。《舞男》的双叙述人组成的复式叙事结构，扩大了小说的时空范围，历史与现实交错，悬疑与世情互渗。这也是这部新的长篇的一个亮点。

2016.11.17原载于《文学报》

叙事焦虑中的文学探索和突围

——以贾平凹、刘震云、莫言、张炜、余华为例

　　小说是叙事的艺术，在小说创作中叙事总是第一位要考虑的问题，长篇小说创作尤其如此。叙事不只是方法技巧，也涉及小说的叙事类型和叙事模式。纵观新世纪以来的长篇小说创作，可以发现叙事方面的种种变化乃至转型，但一切尚处在"摸着石头过河"的阶段。可以说，中国文学正处在叙事的困惑和纠结之中，现在的种种表现都体现了叙事焦虑中的探索和突围。

　　把叙事焦虑表达得最明白的是贾平凹。他在一次访谈录中指出："原来的写法一直讲究源于生活，高于生活，慢慢形成了一种思维形式，现在再按那一套程式就没法操作了。我在写的过程中一直是矛盾、痛苦的，不知道该怎么办，是歌颂，还是批判？是光明，还是阴暗？以前的观念没法再套用。我并不觉得我能站得更高来俯视生活，解释生活，我完全没有这个能力了。""所有的知识、思维方式都不起作用了。""实际上我并非不想找出理念来提升，但实在寻找不到。""抽象的理念，不知道应该是什么，好像都不对。"这种"矛盾"和"痛苦"就是典型的叙事焦虑，正是在这种叙事焦虑中贾平凹写出了《秦腔》。曾经束缚其创作的"那一套

程式"完全被冲破了，把"俯视生活，解释生活"换成了"写的是一堆鸡零狗碎的泼烦的日子，它只能是这一种写法"，它的意义在于表现了传统农耕文明的终结。之后的《高兴》写的是都市边缘人——一个来自乡村的拾荒者在都市中的生活；《古炉》则从"自下而上"的角度写了一个村庄里的"文化大革命"。贾平凹是变化中中国乡土生活的叙述者，他的作品总是能够紧扣时代的脉搏并直抵时代的病象，在几近贴地的原生态的叙事中揭示出中国社会的蜕变。从叙事模式和类型上说，他基本上放弃了宏大叙事和现实主义的美学原则，更多地倾向于自然主义的写法。对于琐屑生活的偏执和方言土语的过度运用，也容易遭到诟病。但从贾平凹的主观愿望来说，《古炉》"都是从中国这个角度整体出发进行思考的。写的是古炉，其实眼光想的都是中国的情况。"整体性仍然是他的艺术追求。

　　法国后现代理论家利奥塔认为，在后现代语境中，宏大叙事或元叙事不但没落了，而且变得不可信了，取而代之的是细小的叙事。细小叙事关涉的是日常经验世界，而宏大叙事关涉的则是超越性层面。利奥塔的基本思想是以解构元叙事的方法来反对整体性，正如他在《后现代状况》的结尾中说的："让我们向统一的整体开战"。所谓"元叙事"是指知识从自身以外的话语中获得合理性的理论体系。无需论证的"元叙事"所传达的是一整套构成社会契约的语用学规则。现代社会正是依靠"元叙事"统合成一个有机整体，"现代"的核心是推崇现代理性的总体性"元叙事"。因此在现代主义那里，"宏大叙事"的合法性来自于"元叙事"中关涉到未来所要实现的自由等目标的形而上学理念，"宏大叙事"的合法性建立在"元叙事"的基础之上。但在现代迈向后现代的进程中，"元叙事"的合法性正逐渐消失。随着"元叙事"的合法性本身发生危机并走向衰落，"现代性"也出现了合法性危机。利奥塔是在现代向后现代过渡的语境中来讨论"元叙事"和"宏大叙事"的"合法性"危机的，中国社会虽然起步较慢，但作为世界第二大经济体已经正在提速迈向后工业社会。事实上即使不知"元叙事"为何物的普通老百姓也已体验到了元叙事的危机，更何况以知识叙事为己任的包括作家在内的所有叙述者。而贾平凹在访谈录中所提到的"所有的知识、思维方式都不起作用了"、"抽象理念""好像都不对了"，不正好说明了中国作家已经切身体验了现代知识社会的"叙事危机"了吗？

与贾平凹相比，刘震云似乎不存在叙事焦虑的痛苦，因为他像王朔一样称知识分子为"知道分子"，尤其在他不再"扮演"知识分子，完全以"草根"的立场写作时，"元叙事"的合法性被纯粹的"细小叙事"解构了。在《一句顶一万句》里，他写的人物除了已经中国化、草根化了的外国神甫外，全部是引车卖浆者之流，如卖豆腐的、剃头的、杀猪的、贩驴的、染布的、做厨师的、破竹的，乃至喊丧的。书中的主人公杨百顺（杨摩西）就做过许多贩夫走卒的行当。《一句顶一万句》是一部复式结构的小说，上部《出延津记》写的是杨百顺从河南乡间来到县城延津后来又出走的故事，下部《回延津记》写其非嫡亲外孙牛爱国在山西沁源的经历和回到延津的故事。两个故事虽然相隔很久，跨越了从清末到当代不同的历史时期，却因为非血缘的祖孙关系发生了若即若离的关联。小说并没有浓墨重彩地展开一百年左右的宏大历史，这显然不是它的主旨，作者只是通过两个跨世纪的流浪故事，展示了不同时代小县城里最底层老百姓的贫穷生活和坎坷遭遇。由于作者对底层生活的深切了解和出色的语言能力，民间的疾苦和人情物理、知识掌故均能跃然纸上，栩栩如生，且出语幽默，常令人忍俊不禁。而作者的构思还不仅止于写出民间的众生百态和地域的风土人情，更在于通过两个不同时代"假找"的流浪故事，喻示了人与人之间的难以沟通和人生走向的不确定。在作者看来：《论语》说的"有朋自远方来，不亦乐乎"很可能出于一种孤独；《圣经》说有神指引，而芸芸众生却可能无人指引也无处可去。"一句顶一万句"从反讽的角度寄托了这样的寓意，因为很难找到真正沟通人心和指引人们的这个"一句"，但小说的主人公杨摩西、曹青娥和牛爱国三代人还是在执着地寻找。《一句顶一万句》并不追求形而上的言外之意，只是说出了"一个人找另一个人难，一句话找另一句话更难"的朴素真理，为了寻找能说上一句话的另一个人，可以四处漂泊，到处流浪，而最终也没能找到。通常认为孤独感或精神流浪的主题只可能出现在知识分子题材的小说中，而《一句顶一万句》恰恰表现在底层草根的题材中，这绝对是作者的一个独创。在利奥塔的《后现代状况》中恰好讨论到交往、交流的问题："在叙述者与聆听者之间，一句含有真理要素的话，要通过'共识法则'才能被接受，必须要在理性心灵之间，尽可能获得一致性认同，这句话方可生效。"这种"正统的叙事学说"由于在"后设论"中用历史哲学的方法将知识合法化，也必然要受到质疑。而在《一句顶一万句》里，寻找的是情感沟通和心灵感应，自然具备了"合法性"，问题是最终也未能找到，这就构成了悖论和悲情。小说充分运用作者家乡也即故事发生地——河南延津民间特有的"喷空"的说话技巧，演绎了一个又一个连环故事。确实具有出人意料、张致有趣，且富有想像力的民间叙事（讲故事）的特色。但在另一方面，也造成了信马由缰，头绪过于繁复、人物不够集中，缺少节制和掌控的缺点。

　　如果说刘震云靠类似"喷空"这种民间细小叙事的方式，避开了宏大叙事，那么莫言并不回避宏大叙事，而且追求"史诗性"。对于莫言来说，他的叙事焦虑主要是一种传统阴影下的"影响的焦虑"。他在一次访谈录中提到《生死疲劳》的创作体会："1997年曾试图动笔，后来感觉还是不行，原因是找不到好的表述方式。如果按过去的传统历史小说写法没什么意思，无非是《创业史》式的作品，虽然在思想上跟它有很大差异，但手法上不可能有新意，而我认为史诗性质的现实主义作品，必须在技法上有所发展，否则的话我们永远不可能超越或达到巴尔扎克、托尔斯泰他们已经达到的高度，因为这类小说在上世纪、十八九世纪已经达到一个顶峰了。作家脑海深处都有史诗情结，都有写一部大作品的欲望，如何写？社会历史家族历史最好写的技法就是那些大师的技巧，可再那样写我们势必是二流货色，所以除了延续这种对史诗的热爱与崇敬，保持写大作品的狂热，还必须寻找到一种我们自己能立身的方式，唯一能让我们施展的就是小说的叙事技巧，这个问题如果不解决，故事再感人也不要写。"

按照布鲁姆的观点，传统影响的焦虑感反映了诗人对传统影响扼杀新人独创性的焦虑情结，显示出敢于同传统决裂一薄前人的气概。莫言无论在意志力、想像力和创造力方面都具备这样的气概。他从古典小说和民间文化中寻找灵感，又从福克纳、马尔克斯等西方文学大师那里学习技巧，更多的是误读或逆反式的修正，或者强化次要的方面，在日积月累的反复磨砺中终于拔地而起，自成一家。莫言其实是最不拘一格并且求新求变的作家，他善于把浪漫主义、写实主义、超现实主义、魔幻现实主义、民间故事、血腥叙事、佛教等等作为小说元素融合进带有原始主义绚烂色彩的乡土叙事中来。作为小说叙述者，在与传统的关系上，他始终扮演着俄狄浦斯式的角色，以此来摆脱影响的焦虑。他并不顾忌后现代文化对宏大叙事的解构，他认为宏大叙事是每个作家内心的情结，谁都想写史诗性的皇皇巨著，长篇小说就是要长，需要长度、难度和密度，依靠作者胸中的大气象、艺术的大营造。在《生死疲劳》中，他借佛教中周而复始、无有不遍的"六道轮回"构筑了中国式的魔幻，通过主人公在"人道"、"畜生道"中的交替轮回，叙述了半个世纪的农村史，阐释了农民与土地的血肉关系。《蛙》以书信小说、戏剧的跨文本形式，通过讲述高密东北乡的生育故事反映了近六十年来中国波澜起伏的生育史，视角独特，意义重大。在中国广大农村，科学的新法接生代替了落后的接生，保证了母婴的生命安全，也提高了出生率。进入二十世纪六十年代，人口的急剧增长促使政府推行计划生育的基本国策，经过二十多年的艰苦努力，终于控制了人口暴增的局面，为中国和世界作出了贡献。小说在这生育史的背景下，浓墨重彩地塑造了乡村妇产科医生姑姑的形象。她既是优秀的助产师，又是计划生育严格的执行者，曾接生了万名婴儿，也曾人流了2000多个胎儿。她高超的接生技术获得了农民的信任拥戴，而推行极端的计划生育方式，又遭到了恶毒的诅咒和强烈的反抗，但一切都在她的掌控之中。小说写了她事业的辉煌、爱情的受挫、未婚夫的叛逃、"文革"的被斗，以及工作上的有勇有谋乃至达到疯狂的地步，表现了一个对党和事业无限忠诚的基层党员的形象。但作者的笔触并未到此为止，在小说中，关于姑姑看到群蛙恐惧的描写，以及晚年的姑姑让泥塑艺人郝大手——复原她记忆中的被她夭折的婴儿形象，都体现了主人公内心的纠结和歉疚。"姑姑手上沾了两种血：一种是芳香的，一种是腥臭的"，她是"功臣还是罪人"、"干净还是肮脏"？当我们承认"为达目的可不择手段"的原则时，可以心安理得，但作为有良知的人，仍不得不面对加缪说的"干净的手"和"肮脏的手"的两难选择。小说中的蝌蚪也是一个重要的形象，他是姑姑亲手接生的侄儿，他的前妻也因计划生育死于姑姑的手术台上。姑姑始终伴随着他的成长史，同时他也是姑姑经历的见证人和故事的叙述人。他洞悉了姑姑喜与悲、善良与罪感的内心世界，同时也因自己的名利、怯弱，以及让一个弱女子为自己代孕而忏悔。小说围绕着姑姑的形象描绘了众多的人物，并紧扣了生殖与限制生殖的命题立意谋篇，可谓匠心独运。而末章同名九幕荒诞剧与前四章的小说文本构成了互文关系，进一步升华了《蛙》的主题。"蛙"既是小说的题目，也是贯彻始终的重要意象。"蛙"是中国传统文化中生殖崇拜的原始图腾，与造人女神女娲氏的"娲"同音，蛙的形体如婴儿，婴儿的哭声也接近蛙声。作为整体的小说意象，不仅构筑了一个整体的叙述框架，也非常贴切地暗示了小说的寓意。

张炜则是另一种类型的宏大叙事者。如果说莫言、贾平凹始终通过他们各自的出生地山东高密乡和陕西商州与农民保持着血脉联系，抒写的是土地之歌，表现的是农民与土地的关系，反映的是乡土中国的经验和历史，那么，出生山东的张炜有的是半岛情结，尤其是靠海的齐东文化情结。在他的作品中还可以看到欧洲人文主义、启蒙主义文学以及俄罗斯文学的深刻影响。家族、大地、民间、五十年代生人、行走、诗意等等都是读解他小说的一些关键词。因为行走，他提出了"融入野地"的思想，其实他的作品并不局限在某处，而是在城市、乡村、原野间穿梭。准确地说，他抒写的是一曲又一曲的大地之歌，又始终保持着飞翔的姿态。《你在高原》是张炜倾20年的精力写出的长长的"行走之书"，主要描绘了几个五十年代生人的生命历程。作者在自然、社会、人文、历史、传说的广阔背景上描绘了他们的生活史，以及他们在理想与现实的尖锐碰撞、在探索与追求的坎坷中迸发出的生命火花和自尊自强、坚执勇敢的心史。作者以10集450万字的巨大体量，开放的结构和丰富的艺术手法聚合成一个巨无霸式的小说系列，其中有一个贯穿的主人公和几十个来自知识界、商界、官场、流浪汉、边地异人等社会阶层的人物。每集作品独立成篇，又有机地构成一个连贯的总体。如其中第七集《人的杂志》写了主人公宁伽辞职离开城市远行，追寻家族的渊源和血脉，与几个志同道合的朋友在半岛经营了一个葡萄园和葡萄酒厂，再以此为经济来源办了一个杂志，其间经历了创业的艰辛和磨难，与大地的亲密接触和劳作，与地方利益集团的斗争。小说批判了丑陋愚昧的社会现实，描绘了驳杂纷乱的文化界，高扬理想主义旗帜，拒绝世俗和平庸，表达了对自由、自然的向往。小说熔叙述、抒情、议论于一炉，具有一种充沛的思想力量和自由奔放的艺术魅力。张炜博大的文学情怀和文学思想者的角色选择，决定了他选择宏大叙事的模式。事实上中国文学需要解构的元叙事并非利奥塔站在后现代立场上所指称的"关涉到未来所要实现的自由等目标的形而上学理念"，而是站在现代立场上，反对歪曲描写客体的极权主义、独断论、简单的二元对立等。因此，自启蒙运动以来发展起来的一套思想观念和理论体系，仍然是中国文学的现代性可以选择的资源之一。

值得注意的是有着先锋派倾向的作家在叙事方面的转变。先锋派小说家有着反小说、反叙事的冲动，以此与传统作家划清界限。苏童倒还不是这样的极端派，事实上在他引以为"偶像"的作家中就包括了鲁迅、沈从文、托尔斯泰、陀斯妥耶夫斯基、福楼拜等人。在他看来"写什么"和"怎么写"都需要关心，至少他较早地从形式退回故事。对这种转换，他认为是"自觉的革命，多半是出于内心的需要"。苏童的小说创作一向与时代颇为疏离，但在《河岸》中，正如他自言的，"时代和小说的联系从来没有这样紧密过，时代赋予人物的沉重感也是前所未有的。我最大的叙述目标，就是用我的方式来表达那个时代的人的故事和处境。"小说虚构了一个发生在上个世纪七十年代的小镇故事，人群以"河岸"为界，岸上是未获罪者的乡土，河上是被放逐者的居所。小说以父与子的光荣血缘遭受怀疑为契机，展开了获罪、被放逐、救赎和寻找的过程，惩罚、压抑和负罪感成为人物重要的生命印记。作者对一个时代作了个人化的书写，揭示了血统关系的时代密码，以及人物悲剧命运的荒诞性。小说语言精妙，叙述流畅，想象力充沛。小镇人群对"胎记"狂欢式的热衷，具有发人深省的意味。阴冷、残忍、荒谬就是小说人物的处境，"刺青时代"的少年血和性压抑仍然是其中的叙事目标，性是历史的根源和动力的观点也同样隐含其间，只是从此不会再是苏童小说的"元叙事"。

　　以上只是我从优秀作家的作品中寻找到的几个有限案例，用以说明在新世纪的语境下，中国文学如何在叙事焦虑中探索和突围，开辟着自己的道路。宏大叙事和细小叙事完全可以并存，但"元叙事"正在解构，代之以作家自我的洞察和潜心之思。然而，这将是一个漫长的征程。

原载于《南方周末》2011年第6期

华亭鹤唳，可复得闻

—评邹平《陆机：乱世文豪》

在上海，教授写小说已不再是稀罕的事了。这令我想起在现代文学史上，那更是司空见惯的现象。有先教授后作家的，也有先作家后教授的，更有兼而有之的。而邹平是先当教授、批评家，再从事文学创作的。当他离开大学进入戏剧圈后，近水楼台先得月。除编戏剧杂志、写评论和组织创作外，如食评家下厨掌勺，亲炙戏剧，乃至于一发不可收。所写剧本竟有十个之多，大多在舞台上演出过，遍及多个剧种。而在长篇小说《陆机：乱世文豪》问世前，他已创作了历史剧《陆机》，前者为后者之改写。

在我阅读此小说的过程中，始终被作者创作的严谨、精心和才情所打动。陆机是1700多年前的诗人和理论家。"少有奇才，文章冠世"，"才高词赡，举体华美"，是西晋太康年间最有声誉的文学家，至今仍有数量不少的诗文遗存。其中一篇《文赋》发前人所未发，上承曹丕《典论·论文》，下启刘勰《文心雕龙》，在创作论方面，有划时代的价值和地位，使他成为中国古典文论史上的大家。陆机因其声名卓著，在《世说新语》和《晋书》上是有记载并有列传的人。这既为小说创作提供了可靠的历史依据，也限制了小说家向壁虚构、信手挥写。当然永远存在戏说历史、把历史人物任意拿捏的作家，可是邹平显然是位与之格格不入的严谨的学者型作家。他依据历史记载，按时间线索展现了陆机在吴亡后的整个人生经历：先写陆机从亡国之都建业隐退故里华亭（今上海市松江区），十年闭门勤学；继写晋武帝太康年间，陆机陆云兄弟来京城洛阳寻求发展，遭遇世态炎凉，也获得过权贵文人张华的器重；再写陆机转辗吴地又返洛阳，时常陷于官场黑暗和宫斗之中，甚至有过减死徙边，遇赦而止的坎坷经历；末写陆机得到成都王的重用，统帅二十万大军进攻洛阳，结果出师即败，又被小人诬为谋反，未经审问就立斩于军中。所有这些经历都是有史可据的，统统经得起史实的检验。但是作为一部历史小说，自然需要铺陈其事，编织一次次的风云际会和连绵不断的大小故事，想象人物在特定情境中可能发出的言论和行动，乃至复杂的内心活动。只有这样，才能将陆机的一生予以生动形象的展示，也才能令读者欲罢不能。这部小说需要面对的时代背景极其复杂，因为陆机身处的西晋时代极度动荡不安，先是贾后专权引起宫廷内乱，紧接着的八王之乱更是造成连绵不断的战乱，波及大半个中国。陆机就身处如此险恶的环境之中，有时甚至陷进漩涡，险象环生。作为一部历史小说，对政治斗争不可避免地要有所反映和具体的描绘，这也是对作者历史功底和文学功底的双重考验。作者显然出色地经受了这样的考验，因为他不仅没有回避或藏拙，相反，他总是正面描写重大的历史事件和场面。他写由贾后专权和淫乱引发的宫廷斗争，此起彼伏、惊心动魄；写八王之乱引发的一次次动乱和战争，来龙去脉一清二楚。小到具体的一场格斗，大到一次战场上的进退厮杀，都写得从容不迫，章法井然。从全景到特写，从将军布阵的运筹帷幄，到战士搏杀的刀光剑影，都使读者有亲临现场的感觉。凡此都足以表明小说对于大事件和大场面的描写和掌控，都已达到了游刃有余的境界，想必作者对中国古代历史演义中有关宫廷政变和战争的描写有诸多借鉴。在这样严酷的政治斗争和战争环境中去描写陆机，自然能给读者以一种身临其境的紧张感和苍凉感。

魏晋风尚的描写也是这部小说的一个亮点。鲁迅在1927年做过一个题为《魏晋风度及文章与药与酒的关系》的讲座，提到了建安七子、正始名士和竹林名士，后面的两派名士中不乏空谈和吃药的大师，行为乖张，放诞无礼。邹平的小说写到陆机兄弟初到洛阳拜见达官贵人时，阅尽北方士人的这种余风流韵，也受尽了他们傲慢无礼的气。其中崇尚空谈、竞相服用五石散就是一景。陆机兄弟在路上亲见光禄勋寺主事王戎（竹林七贤之一）褒衣博带，一路行散发热的风采。他们在王戎府邸的一席谈话，更显示了当时品藻人物和清谈玄学的风尚。王戎又详论五石散之构成、用途，服用之后的身体状况："体内会燥热无比，必须以吃冷食来散热，还要不断地饮酒，所以又称之为寒食散。""如今人人以服五石散为荣，可是此药又价格昂贵，一般人买不起。""服药后人会摆脱一切束缚，变得举止任诞，飘飘欲仙，可惜内热让人受不了，须多饮热酒，尽快散去内热，这酒又醉人，更让人欲仙欲醉。那种滋味真是妙不可言哪。"王戎又追忆当年在山阳县嵇康家中和竹林里的七贤聚会，西晋士人怪诞放达的风气尽现笔底。小说对当时洛阳文人狂饮和食五石散的风尚描写可谓栩栩如生，是对魏晋风度及文章与药与酒关系的生动写照，当为此书华彩段落之一。

据历史学者的研究，"与魏国灭蜀不同的是，晋平吴后，并没有对江东大族采取或迁移入洛或赶尽杀绝的措施，而是采用了一种'经济上不触动，政治上不使用'的特殊措施，抑制江东大族势力的发展，西晋政府允许留在原籍的吴世家大族保有富贵财产，却尽量不让他们享有政治权利，由此滋生了一种社会风气，即北方士人对江东士人的严重鄙薄，而此阶段内入洛求仕的南方士人，都有着一定政治尊严的驱动。"（王韧勉：《气节与事迹》，见豆瓣读书）邹平的小说生动再现了以陆机为首的江东名士集团在西晋京城洛阳与北方贵胄士人集团之间的周旋、摩擦、冲撞的过程。陆机陆云兄弟虽然得到了张华的激赏，但在张华遇害后，境遇就发生了逆变。他当年因语言冲撞得罪了小人，以及他被成都王授予兵权后，受到了原有势力的嫉妒和抵制。小说对此都有情节与细节上的铺垫和伏笔，最后对陆机的悲剧结局都发生了至关重要的作用。

陆机的江东士人地位和悲剧命运使他不可能对西晋的政治发生什么实质性的影响，但他的《文赋》却彪炳史册。邹平作为一位文论研究者，在塑造陆机的形象时，把《文赋》的写作过程予以特别的强调。在小说中它贯穿始终，并与他坎坷的经历、在洛阳与文士的交往切磋，一一紧密地联系起来，甚至与虚构中的情人——流亡的吴国公主孙露，以及萧娘的感情均发生了关联。后者当然是小说家言，但《文赋》可能与陆机入洛阳后知人论世的丰富阅历有关，这倒是可以聊备一说的。至于把北上洛阳的主要动机说成是为了与更多的文人切磋交流《文赋》，而不是为了事业功名，这样的强调则有点过了。但作者对《文赋》的构思过程作了许多形象化的推测，包括对《文赋》内涵的演绎，都有不少别出心裁之处。

作为吴国名门名将之后的陆机，竟在西晋王朝的官场政治中落得身首异处、株连三族的悲惨下场，其命运良可哀也。1700年来，人们也曾从时代和个人方面探讨过这悲剧的原因，叹息陆机再也听不到华亭鹤鸣。现在上海却有一位学者型作家，用小说再现了陆机悲剧的一生，发出了魂兮归来的呼声。因此我说：华亭鹤唳，可复得闻。

2013.6.28原载于《文汇读书周报》

对生命价值的艺术探索与描绘

——评王萌萌的志愿者三部曲

"王萌萌志愿者长篇小说三部曲研讨会"日前在北京举行。历时六年，她深入生活第一线，甘于清贫、寂寞和孤独，以志愿者的身份和精神讴歌志愿者，先后写作出版了反映中国志愿者群体和跨国志愿者的长篇小说三部曲。

其创作也体现了"80后"作家作品中少见的关注社会、勇于承担责任，这种沉甸甸的创作使命感使得作品显示出一些独有的特质，值得深入研讨。这里我们发表评论家王纪人在会上的发言，以飨读者。

王萌萌是80后作家，当同年代作家大多还执着于青春小说的时候，她却另辟蹊径。正如司马迁在《项羽本纪》里说的"异军苍头特起"，她自2008年出版《大爱无声》以来，又先后出版了《米九》、《爱如晨曦》，构成了书写志愿者的长篇系列三部曲。且不说在80后的创作中，就是在中国当代文学中也是个案特例，所以用"异军特起"来形容，应该不过分。

可以说，她以实实在在的创作业绩在中国开拓了一种新的文学题材，并且率先以志愿者的身份写志愿者，这不能不说是一个新的文学现象。

一

　　王萌萌的小说使许多宅在家里向壁虚构、毫无生活底蕴的苍白之作或鼓吹消费主义的时尚化作品黯然失色。真实的生活和真情实感，对世界的大爱和一往无前的奋进与探求，贯穿于三部曲的始终。

　　《大爱无声》写了一个去云南山区支教的故事，塑造了几个支教志愿者的生动形象。其素材和灵感来自作者本人赴云南贫困山区为孩子们送书的经历，以及后来三赴云南山区的支教活动。小说真切地描绘了贫困山区恶劣的生存环境和办学条件，在这样的环境中却生活着一群淳朴的百姓和懂事的孩子，而艰苦生活的历练也丰富了志愿者的人生。他们在潜移默化中自我完善，真正领悟了无私博大的爱。正因为作者是亲历者，因而在字里行间流露出真情实感，在写作上也真切动人。

　　小说艺术不同于写真人真事的报告文学，需要在生活的基础上赋以丰富的想象和独特的艺术构思。小说写了青年女志愿者沙默的故事和中年男子尚天野的故事，写了他们各自的关系人的故事和共同的关系人的故事，以及在山区见到和听到的故事，还有沙默与尚天野因忘年交而发生恋情却被克制的故事。

　　全篇以准书信体的形式，由第一人称"我"（沙默）来叙述自己的故事并包办了第二人称"你"（尚天野）的故事，实际上形成了一个全知的视角，叙述了两代人的经历和感情。

　　叙述人在两个人称不同的时空和交集的时空中来回穿梭，展开了一个又一个生活的剖面和场域，所以比局限于志愿者写志愿者所表现的生活内容更加宽阔，从中揭示的人生内涵也更见丰富。

二

　　《米九》则转向了环保的题材，包括了救助小动物、珍禽保护、野生动物保护和自然生态保护等广泛的环保内容。王萌萌是体验派作家，小说写到的重要内容，她都必须亲力亲为过。

为此她进入成都郊区的动物救助站，前往盐城国家级珍禽自然保护区参与丹顶鹤的养护，至藏北羌塘体验野生动物保护工作者的生活和工作，冒险徒步穿越雅鲁藏布江大峡谷，并大量查阅动植物学和生态学的著作。

作者声称自己是个环保主义者，事实上《米九》这部作品已经超越了志愿者的题材，而向生态文学突进。

近几年来，我国学者受国外生态文学批评的影响，开展了生态文学批评和生态美学的研究，但生态文学的创作却相对滞后。至少缺乏厚重的作品作为例证和研究对象，造成了理论与国内创作实践脱节的遗憾。

《米九》却是一部地道的生态小说，它以全知的第三人称视角，塑造了志愿者、环保主义者米九的形象，野生动物摄影家齐修远、齐思翰父子的形象，美国著名动物学家、国际动物保护基金会科学考察部主任罗杰的形象，以及与他们相关的人物形象。

小说通过爱心园小动物救助之家的救猫活动、绿色环境保护协会的湿地开发项目之争、丹顶鹤保护工作者的辛勤和悲喜，以及羌塘野生动物考察和雅鲁藏布江大峡谷的探险，揭示了环境保护工作者和志愿者在大自然的考验中付出的巨大代价，以及他们同危害野生动物和小动物，与破坏生态环境的种种恶劣行径所作的斗争。

小说对"保护动物，拯救地球"的环保理念，并未作简单的口号式宣传，而是通过丰富的故事情节和人物形象的生动刻画来展现的，米九则是其中刻画得最成功的女主人公。她大学毕业后在上海也做过白领，但商业性的工作使她感到压抑，不能给自己带来真正的幸福感。

她发现自己很享受公益活动，享受原本互不认识的人聚在一起，为了一个美好的目标齐心协力的感觉。她热心、真诚、善良，但又坚守原则，宁愿辞职，也不愿意让自己设计的湿地开发项目用来牟利。米九热爱动物，喜欢有激情有意义的工作。

她 "不想混混沌沌地度过自己的一生，她要活得明白，活得有意义，活得有意思"。

"我觉得人是为了爱和被爱活着"。"爱的范围其实很广泛，不仅仅包括我们对于亲人、朋友和情人的爱，还包括超越血缘亲情的，甚至超越物种的更广博的爱，一个人想要收获爱，就先要付出爱，付出的越多，收获也就越多。""超越物种的爱"是破除人类中心主义后遍及所有物种的博大之爱，而且它还应该扩而大之，遍及整个大自然，即古人说的"天地与我为一，万物与我同在"。

这才是环保主义者追求的最高境界，鼓舞我们与一切破坏大自然和生态环境的思想和行为作坚决的斗争。

米九虽然很年轻，但她在志愿者的工作中，乃至在个人的爱情生活中，都践行着自己的人生哲学和价值信仰。她与齐思翰以及童佳琪之间复杂的爱情故事，在小说中显得特别感人。米九为了使齐思翰幸福，不得不狠心地"抛弃"他，"用离开他的方式来爱他"，成全童佳琪对齐思翰的爱。在穿行雅鲁藏布江大峡谷时，因为救助童佳琪，导致自己被山体滑坡冲走遇难。

米九用年轻的生命履行她对世界和自己的承诺，从而给读者以巨大的感动和启示。

三

《爱如晨曦》写了上海世博会的一群志愿者，以一对中外志愿者的跨国恋为主线，展现了在世博会筹备和进行期间，不分籍贯、阶层、年龄和国籍的志愿者们热情关怀和踊跃参与的过程，以及他们通过志愿服务和公益活动增强公民意识、开拓国际视野的历程。

早在世博会开幕前半年，作者利用担任世博志愿者部办公室的助理新闻官之便，不仅有了亲身参与的机会，而且得以广泛联系许多志愿者。

但《爱如晨曦》显然不只是世博会和志愿者的活动记录，它有着小说必需的完整的艺术构思和故事构架。与前两部小说不同的是，女主人公不再是青年人和在上海做志愿者的外地人，而是上海籍的离异的中年妇女蓝曦。她有着良好的家世背景，本人也是淑女型的优雅的知识女性。在志愿者的活动中，与同一社区的美籍志愿者安德瑞相识，在他坚持不懈的追求下，两人终于相恋。

这部作品值得注意的是，作为外地作家的作品，却非常细腻到位地写出了一个上海知识女性的气质和风度，她的音容笑貌、家世背景、生活环境和生活方式，以及内心细致的心理活动，均能跃然纸上，上海味也很浓。

而作为美国人的安德瑞，他那种独立特行的思维方式和行为方式，那种讨人喜欢的幽默和风度，以及使人难以适应的、不大靠谱的、类似"野生动物"的另类表现，都刻画得惟妙惟肖。凡此，都在两人世界和多人世界中引起了波澜起伏的纠葛。

四

女性视角贯穿了三部曲的始终，凄美的爱情故事也贯穿了整个三部曲。在后两部长篇中，还存在着新旧两代凄美故事的对位结构。

国际视野在三部曲中也愈益明显。无论是志愿者活动，还是野生动物和生态环境的保护，都是全球性的事业。而超越国界和物种的大爱，也正是让中国走向世界、让世界走向中国的文明进步的表现。与一些陶醉于身边琐事、杯水风波的作品相比，王萌萌的三部曲描写了更有意义的生活和新的生活方式，探索人与自然的和谐与人和社会的完善。

回归于生命价值的本真，倡导"助人乐己"的人生哲学，从而使她的作品充溢了惠泽大众的激情力量。

2013.7.13原载于《解放日报》

走进儿童心灵的文学奥秘

——写在《男生贾里全传》《女生贾梅全传》出版20周年之际

　　一位儿童文学作家写了十几年，出了二十本书，影响还不是很大。后来接到一位远方小男生的来信，诉说他们班级阴盛阳衰的故事。于是她决心写一个小男生的故事，并且写出了独特的风格，出版后深得广大少年读者的喜爱。从此她的作品不胫而走，风靡一时，屡屡获得几乎所有与儿童文学有关的奖项。她的名字如雷贯耳，众所周知。不仅儿童知，他们的家长知，他们的老师知，连不看儿童文学作品的人也知。她就是秦文君。今年恰逢《男生贾里全传》和《女生贾梅全传》出版20周年，我们首先要感谢创造这对宁馨儿的作家秦文君女士。同时要研究为什么这两本童书创造了奇迹，能够一版再版，出了传，又出新传，再合起来出全传。畅销了二十年，创下了双百万的记录。贾里、贾梅当时年龄在13—15岁，到今年已经过而立之年了。而当年的读者也大了整整二十岁，贾里、贾梅像朋友一样伴随了他们的成长。

　　正如一切优秀的作品具有恒久的生命力一样，儿童文学中的优秀之作也能代代相传。具体到《男生贾里》和《女生贾梅》，它们是秦文君在积累了十多年的创作经验之后的转轨之作，是"众里寻他千百度，那人却在灯火阑珊处"的惊艳之作。80年代和90年代初的儿童文学创作追求"深刻厚重"，其实并不适合儿童。秦文君自己在序里这样说："《男生贾里》是我一改'戏路'，寻求一种明朗诙谐地表叙人物心灵的途径，许多读者来信说喜欢《男生贾里》的幽默风格。我想，倘若幽默能达到一种'单纯的犀利'，那是能进入少儿浪漫灵性的心灵，从而发挥艺术魅力。"

秦文君的"夫子自道"讲得很准确，幽默确实是这两本名著的风格特点，是它们走进千千万万少年儿童心灵的文学奥秘，但还需要进一步加以破译，这自然是评论者的事了。秦文君这里说的"幽默"，首先是一种艺术手法，即以轻松、喜谑但又含有深意的笑为审美特征。这两部作品就是这样，读着读着就使你忍俊不禁地发出会心的微笑，甚至开怀大笑。尤其是哥哥贾里，小孩子一个，却常常自命不凡，眼睛像阿兰德隆，穿狼牌鞋，很酷的样子。喜欢提"伟人""原则""真理"之类，但往往言行不一。他常常把好朋友鲁智胜当枪使，喜欢恶作剧作弄人，甚至与班主任作对，偷藏老师备课笔记，给女生起外号，什么"肥儿灵""卡门"之类，都很伤人的，所以有"当代徐文长"之称。但贾里当然不算是个坏孩子，因为他走得不那么远，而且他有正义感，有集体荣誉感，喜欢逞英雄，知错也能改。虽然以老大自居，但他有号召力，点子也特多，与妹妹争多半也是为她好，至少主观动机是好的，客观效果就难说了。他还用恶作剧的方法使鲁智胜戒了烟。凡此就把有点小聪明却自以为是、坏毛病不少本质却不坏的小男孩的特征给集中刻画出来了。小读者看了自然就觉得很来劲，贾里就像男孩中的你、我、他，甚至比你、我、他更来事，酷酷坏坏的样子，令女生也喜欢。《男生贾里》采取了一种内庄外谐的态度，运用滑稽、双关、反语、谐音、夸张的表现手法，把人物的缺点和优点、事物的缺陷和完善、生活的荒唐和合理、性格的愚笨和机敏、心智的健全和残缺等两极对立的属性不动声色地集为一体，从而见出深刻的意义或自嘲和他嘲的智慧。中学生的生活也许波澜不惊，甚至十分平淡。但秦文君在《男生贾里》和《女生贾梅》中表现出善于发现生活中的喜剧性因素，并具有在小说中创造、表现喜剧性因素的才能。这正是幽默的另一个特点。两部全传各有32和30章节，大部分是从家庭、学校、社会生活之中，以及兄妹、父子、母女、师生、同学、闺蜜等关系中，提炼和虚构而成的带有喜剧性的故事、情节、细节和场景，或者把日常矛盾予以戏剧化的表现，并尽量发掘其中的喜剧性元素，构成喜剧性冲突。如贾里、贾梅的老爸被迫戒烟，贾里为了帮戒烟中的老爸分散注意力，便借来了游戏机与老爸一起玩。没想到自己却上了瘾，这就显得很好玩：老子烟瘾未戒，儿子却上了另一种瘾，后来老子倒过来陪儿子一起戒瘾。再如，贾里、贾梅发现老妈自从与一个老同学接上关系后很兴奋，便心存警惕，克制自己对那老男生的好感。有一天老妈精心打扮，接到约会电话就兴冲冲地要出发。兄妹俩急中生智，在贾里的导演下贾梅大呼小叫喊肚子疼，老妈只得放弃约会，结果老爸赶回来了，原来是两口子约的会。这种误会同样具有喜剧元素。贾梅有点粗心、鲁莽，但心地特善良纯洁，就像纯度很高的水晶一样。她是英语课代表，已经做了一年，老师特喜欢她，想让她留任。但闺蜜林晓梅的英语似乎更地道，还能发牛津音，也跃跃欲试。老师便出一张试卷让她们分开做，并暗示贾梅其中改错题埋了"地雷"，贾梅果然顺利"挖"掉了。老实的贾梅发现闺蜜以为改错题没啥错，便特意提醒。闺蜜成为竞争对手，这就构成了戏剧冲突。但事情并未到此为止，贾梅收到闺蜜的答卷后放在口袋里，没想到换衣服后老妈洗掉了，发现时字迹全模糊了。这就再次出现波澜，并且考验着贾梅的品格。诚实的贾梅如实向老师汇报，并凭记忆认定闺蜜比自己多几分。而闺蜜被她的行为感动，发现"竞争诚可贵，友谊价更高"，在老师让她回忆自己的答卷时，说自己做错了另几道题。结果核实下来是一样的分数，并列为课代表。一次课代表的竞争，一份试卷的答案，构成了波澜起伏的冲突，却见证了两个女生的好品德和一对闺蜜的友谊。小读者在引人入胜的阅读之余，必然心领神会，知道什么叫诚实和善良，什么叫竞争和友谊。

生活的丰富和多彩，青春的浪漫和激情，成长的喜悦和烦恼，家境的优渥或匮乏，处世的智慧或笨拙，道路的顺利或曲折，做人的道德与缺憾。所有少年在成长中会遇到的事情，都可能在秦文君的作品里邂逅到，因为她都预设好了，并以诙谐幽默的笔调使小读者获得认知、感悟和启迪。她没有任何的说教，却让孩子们知道什么是对的，什么是错的，什么是可以宽容的，什么是需要提防和警惕的，什么是美丽的，什么是丑陋的，什么是应该学习的，什么是应该抛弃的。在你未读时可能懵懂，读后可能豁然开朗或提前预知。你本来可能觉得生活是那么的平淡乏味，而现在知道其中有那么多的未知未觉和有滋有味。这就是秦文君童书的意义和魅力之所在。而好的儿童文学作品，即使成年人也愿意去读，并从中获得感动和启迪。

人们常常说，童书以儿童为本位，以童年为视角。笼统地说，这好像天经地义，无可厚议。但仔细一想，既然是成年的儿童作家在写童书，不是儿童自己写自己，其间显然有重大的差别。我想，准确地说，应该是成人视角与儿童视角的叠加交融。前者是隐含的，躲在背后，后者是站在前台的。这样，成人写的儿童文学所表现出来的智商和情商，以及种种其他商，才可能既易为儿童所接受，同时又给了超越他们年龄和阅历的视野、智慧和审美感受，使他们获得打开心智后的大惊大喜。就像秦文君在写作《女生贾梅》时，她是以而立版的贾梅去体会一个初中生的贾梅，当她出《贾梅全传》时，她是知天命版的贾梅去体会一个仍然是初中生的贾梅，而她始终保持着13岁贾梅的一颗童心。

贾里和贾梅的龙凤胎全传虽然已经出版了20年，但至今读来仍然妙趣横生，具有一种新鲜感。文学一样是有保鲜期的，可能几年，也可能几十年上百年，甚至更久。我相信，这两部全传属于后者。这篇文章的题目原是《走进儿童心灵的文学奥秘之一》，因为儿童文学的奥秘有多种。秦文君已经提供的只是其中之一，还有不少方面可以探索和超越。

2013.7.25原载于《文学报》

注：文中提及的年代均为20世纪。

简评那多的小说

　　21世纪以来，类型小说创作异军突起，不仅多产高产，而且以其奇思妙想、不拘一格的题材主题、引人入胜的故事情节，以及颇为精心的布局吸引了众多的青年读者。那多就是当前国内著名的类型小说家之一，尤以创作悬疑类小说取胜。那多的悬疑小说想象力特别丰富，他有句名言："想象力就是生产力"，没有天马行空般的想象，何来那多那么多的小说？但那多的想象也并非空穴来风，其实他非常关注现实，至少我读到的他的近期小说就是如此，甚至有的就从真实事件的新闻报道引入，或涉及重要的国际纷争。如关于德国上千只蟾蜍自我爆炸和巴西雨林发现僵尸蚂蚁菌类的报道、钓鱼岛事件等。在近期小说中，那多的文学想象愈来愈与可能发生的人类危机联系在一起，如类似冠状病毒的恐怖袭击，以及操控人类命运的仿生社会学的阴谋。显然，他对科学的负面影响并非杞人忧天。那多的兴趣是极其广泛的，自然与超自然、科学与灵异、犯罪与侦破，常常成为小说的重要元素，所以他的类型小说往往集想象、虚构、灵异、推理、科幻于一身，充满神秘、诡异的效果，把读者带入无穷猜想的迷宫。其中较优秀的作品，除了对未知世界的探索，也进入了社会历史层面，并试图对世界、生命和人性作一番探寻。一般来说，类型小说创作走的是通俗化和市场化的路线，注重"好看"，因此往往畅销，在商业上获得很大的成功，而其思想意义却相对薄弱，有的也不无粗制滥造之嫌。那多也一直主张小说要"好看"，他的小说在构思布局方面现在已愈来愈老到，一步步引诱读者进入他的叙述圈套。另一方面，尤其是近年来，他认为今后写作要注意思想性和文学性，要有人文关怀，要重视小说的知识含量和技术含量。那多近年来的进步与这样的自我期许和文学追求是分不开的。

类型小说一般属于通俗文学，所以与中外历代的通俗文学有血缘基因方面的天然联系，需要进一步吸取前人的创作经验，尤其要向经典作家学习。通俗文学与高雅文学之间固然在由成套惯例所形成的主题和型式以及受众方面有所区别，但并不存在不可交流和转换的鸿沟。我这里说的向经典学习，除了通俗文学的经典，还包括所谓纯文学的经典。而且我已注意到，在当下类型小说的写作者中，有些人对中外纯文学的经典同样很感兴趣，这对提高自己的审美趣味和写作修养无疑是大有裨益的。我还想指出的是，当前的一部分类型小说虽然带有游戏娱乐的性质，但其中的某些作品具有一定的先锋性和实验性，这主要表现在对历史的解构，对人生悖论的探寻，以及叙事圈套、结构模式等方面的实验，但这些先锋性和实验性又与通俗性相结合，因此仍然赢得有一定文化水平的文青的青睐。那多的悬疑小说的特色就在于先锋性与通俗性的结合，这也可以用来解释后现代的先锋性和前卫性与现代派先锋性、前卫性的区别。

2012.11.1原载于《文学报》

因心灵年轻而写作

——评史中兴《每一个今天都是年轻的》

　　《每一个今天都是年轻的》是史中兴新近出版的一部散文随笔集，有四十万字，是他离休以后所写短文的结集。如果以为这十多年来他写这些已经不简单了，那就太低估了他。事实上他在出版这部文集前，已经陆续出版了四部长篇小说，而且都是他离开岗位后辛勤写作的收获。现在我们就明白了，为什么他的散文集用了开宗明义第一篇这个特别的题目。他知道"青春小鸟已经一去不复返"了，可是"依然天天向上"。机体衰退了，"体内依然奔突着温热的血流"。他不断地"调控"着自己的心理年龄，人老了，心却是年轻的。他珍惜当下的每一天，所以每一个今天对他来说仍如青春般年轻充满活力。他几乎每天都保持着阅读、思考和写作的习惯，这已经成为他恒定的生活方式。现在年轻人中流行"存在感"这个词，其义还不很明确。我认为，应该是指那种不虚度年华，实现了自我价值并获得他人认可的感觉。在我的认知中，史中兴就是一个很有存在感的人，虽然他未必使用这个词。

　　史中兴经历丰富，尤以文教、新闻工作为其专长。作为站在社会前沿的人，身处时代的转折剧变，经历风雨见过世面，不断与时俱进。这使他阅历丰富，视野开阔，识见不凡。学者写论文，讲究要有"问题意识"。

媒体人写文章，则要有"话题意识"，史中兴就是一个特有话题意识的人。仅就这部散文集而言，如"平民和平民意识"、"昨天、今天和明天"、"话说过去式"、"从车让人说起"、"傲慢与偏见"、"常识与非常识"、"文明与野蛮"、"换位思考"、"自信何来"等等，这些话题大多是对某种生活事象的提炼概括和揭示，是一个社会观察者的有感而发，也体现了他在社会现场长期养成的敏锐和犀利。如《诺诺与谔谔》从追溯反右运动说起，一位教授当年对领导报告中"成绩是主要的，缺点、错误是难免的"官话套话提出了质疑，结果被打成了右派。文章引用的"千人之诺诺，不如一夫之谔谔"，语出《史记·商君列传》。意谓众多唯唯诺诺之人，不如一名净谏之士可贵。此传紧接着还有两句——"武王谔谔以昌，殷纣墨墨以亡"，讲的就是历史的教训，几成千古铁律。作者借古喻今，指出在民主开放的环境里，思想的活跃，观点的碰撞是健康正常政治生态的反映。一听谔谔就慌了手脚，就调动一切手段抵制反扑，恰恰暴露了对末日丧钟的恐惧。话可能不那么中听，却用心良苦，因为作者就是以谔谔来反诺诺的，希望广开言路，革故鼎新。

供大众阅读的散文既不宜浅入浅出，也不宜深入深出。前者因意浅毫无价值，后者因言深而曲高和寡。史中兴的文章属于深入浅出一路，可谓雅俗共赏。好的诗歌往往托物起兴，好的散文也常由此及彼。在《趋同之忧》中，作者从讲一部苏联的电影开始。那电影叙述一莫斯科居民因酒醉误上了去列宁格勒的班机，由于两地新建的居民楼造型、路名、门牌号、门锁钥匙都一样，男主角竟开门住了下来闹出了一系列笑话。作者不是写影评，而是连类譬喻，揭示在我们生活中比比皆是的同质化现象。不仅建筑、服饰趋同，连人们的志趣也趋同。如中小学生长大了都想做官或当老板，文艺创作千人一面千部一腔。人们缺少自己的想法，只是跟着潮流时髦走。对于这种全社会的趋同化，在学术上是可以作专题研究的。在作者的短文中，归结为应试教育"一刀切"的思维模式，并不只在学校中存在，这才是各个领域创意、创造产生的障碍。可谓切中时弊。

史中兴的杂文感怀人生，扫描世像，议论风生，醒世警人。《难忘师友》一栏中的许多文章，则悼念了王元化、苏步青、汤晓丹、柯蓝、马达、李子云、梅朵、徐开垒、冰心、夏衍、柯灵等文化艺术界的知名人士。因为大多是亦师亦友的关系，所以他们的音容笑貌常能跃然纸上，所忆所叙，皆情真意切。王元化先生曾以学人从政，却不改学人之本色。作者寥寥数语，就活画出他的本色。说他每论喜恶分明，裁断必出于己，可谓一语中的。他听王先生自言年轻时为文只以气胜，而不以理胜，叙述他后来吸取了这个教训，再加人生遭到了大坎坷，便潜心于学问，在《文心雕龙》的研究上成就卓著，令海内外学者耳目一新。对中国现代思想史的研究，也卓有成就。在对王元化等众多文化界人士的追忆中，不仅凸现他们主要的文学和学术成就，且能知人论世，兼顾其文品人品的品评，给读者多方面的启示。史中兴的散文写作题材和类型都甚广泛，他长于议论，也不弱于记人叙事。后者的特长更表现于篇幅更大的报告文学和长篇小说的写作中。这里需要提及的是，在散文的抒情功能方面，他也时有探索。如《壶口观瀑》用拟人化的笔法写出壶口处的瀑布野性凶猛不怕粉身碎骨的气势，俨然是一篇激动人心的励志文。《北戴河畅游》写波涛汹涌的大海和自己投身大海怀抱的豪情，"我与海是在同一个脉搏里跳动，在同一个宇宙中漫游。"那种青春的激情和哲思，如浪花般把读者裹挟而去。

美国作家塞缪尔·厄尔曼说过："年轻，并非人生旅程的一段时光，也并非粉颊红唇和体魄的矫健。它是心灵中的一种状态。只要不停地从人群中，从无限的时间中接受美好、希望、欢欣、勇气和力量的信念，你我就永远年轻！"史中兴的为人为文，都表明他如厄尔曼在这篇题为《年轻》的短文中说的，在心灵上获得永远的年轻。

2015.3.24原载于《文汇报》

诗人散文是激情的自传

——评徐芳散文集《月光无痕》

　　徐芳在青年时代是位校园诗人，当校园诗人们纷纷踏上社会后，她因为留校任教并继续写诗，被一位当上老总却不再写诗的"同道"揶揄为"留守女士"。许多年后她去了报社，对诗歌的忠诚仍矢志不渝，可谓继续"留守"。诗与散文本来就相距不远，现代无韵的白话诗与散文更只有一步之遥。徐芳由诗入文，诗文兼作，相继出版了四部诗集，我曾评过其中一部，而本文所评的，则是她的第四部散文集了。

　　诗人出身的散文家，自然更多地兼具诗人的气质，他们的散文往往发散着诗的神韵和灵性。徐芳的散文也因此之故而彰显着诗化的特征，而且无处不在，处处凸现。所谓诗化，最明显的一点是在散文的叙事、抒情、议论的文体功能中更强调散文的抒情性。古人云："诗缘情而绮靡"、"文者情为经"，徐芳认为散文若"以诗为本，首先是'情'"。她还进一步把散文力求"神不散"的"最大技巧"归结为"确立一种抒发情感的语言形式的整体性"，这个观点应该脱胎于苏珊·朗格的《情感与形式》。但她还有进一步的论述，根据另一位美国学者桑塔格在《诗人的散文家》中的观点，强调"诗人的散文是激情的自传"。

徐芳的散文有几篇是直接写亲情的，那种女儿、姐姐、妻子、母亲的感情随着家庭角色的变换时时溢于言表。即使在游记中，她也总是把主观的情意与客观的景物融为一体，我们甚至难以区分何者为景，何者为情。《山水小卷》中的《当美丽穿越了时空》和《沙巴看云》堪称典范。前者写的是江西新余，就是东晋文学家干宝在《搜神记》中记载一男藏一鸟（仙女）羽衣的地方，后来仙女为他生了三个女儿，在知衣在稻谷下后得之飞去。能产生这种神话传说的地方必美若仙境，一切都变得神出鬼没，若隐若现：这里的每一棵树、每一道天光、每一瓣浪花……似乎都会飞，甚至一位女孩惊呼"山也要倒下来了"。当美丽穿越了时空，每个人可能都是羽衣飘飘的仙女，包括作者自己。面对美丽的大自然，"我是自己灵魂出窍的目击者"。沙巴是马来西亚的一个著名景点，面对成百上千、奇幻诡异的云阵，作者再次进入迷离的"悬浮状态"。她写云飞云扬，一位娇憨女孩的"云醉"，都是从灵魂出窍的角度去写景，从而做到了出神入化，情与景谐。

城市生活是徐芳诗文的共同主题。在这部散文集中，高架路、地下铁、乌托邦画家、80年代校园里女生人手一册波伏娃的《第二性》，乃至在建高楼的脚手架上传来的"啊咿嗬"的呼喊，都成为城市视觉或听觉的驳杂意象，使她平添关于人生路、城市的碎片模式、"上海现代"、女权主义和大自然的生活方式等种种联想。除了上海，她还写了"青春台北""天津表情""嘉兴散墨"等别有情致的城市抒情散文。其中最令我震惊的是这部散文集中篇幅最长、超万言的《城市生活》。在其中的"回忆之境"中，包含了"更残漏尽"的时间意象（凌晨）、陋巷与大街交接处的空间意象（洞穴）、穿"碎花短裙"的小女孩意象（自我）。作者对童年的回忆经常落在这一时分，在回忆中反复出现这些挥之不去的意象，原来这个童年记忆来自孩提时代凌晨穿过大街去菜场的鱼柜、肉柜、蔬菜柜前排队的经历。但在回忆中不再是恐惧，却有着温情和飘逸，"我的发辫在这时蓬松而零散。它们等待的似乎就是这一刻，让潮湿的风与我的手指一起梳理它们。它们在此刻变得完整，像铜雕的魅力，产生在光线变幻之中一样，它们也在凌晨变幻着的光线之中一样，获得一种魅力。"日常生活本来就是庸常的，童年生活也不乏艰辛，但在记忆中却披上了晨光之美，就如华兹华斯诗中的雾伦敦一样。在"遗忘之境"1中，出现了"黄昏"的意象、脖子上挂着一串钥匙的小女孩意象，她由于经常遗忘钥匙令两个急于进入家门的妹妹哭泣。她就在黄昏时分害怕遗忘中长大，而对"注视黄昏"的害怕正源于这个童年记忆。在"遗忘之境"2中，记忆中的女孩长大了，于是出现了外滩情人墙的意象，它之所以被归入遗忘之境，可能源于"一种丧失感"。在"遗忘之境"3中，她命令自己学会遗忘，却难以遗忘，那是一次被中止的恋情。遗忘是指对过去事物的不能再认或回忆，或产生了错误的再认或回忆。遗忘有七种形式，如强制性消除遗忘、指向性遗忘、结构性失忆遗忘、受辱性遗忘等。在我接触到的散文中，曾遭遇过"制造新身份性遗忘"，而徐芳所说的遗忘属于"指向性遗忘"，那是比较正常的遗忘，而非病态和变态的遗忘。在"自然之境"中，由一块被都市遗忘的空地想到了自己在烦嚣的都市生活中保存着对于野性的自然的一份渴念，对自然膜拜的原始思维，一个季节过敏者的惊恐不安。在徐芳看来，生活是现实的，城市是坚硬的，而诗与散文却是抒情的，也是梦幻的。在太过缥缈的梦境里，有感伤和惆怅，也有生活在别处、眼见在当下的景象。

通常散文写一人、一事、一物、一景，都甚为专注明晰；叙事、抒情、议论虽然在一篇中可以互见，但也必有侧重。可徐芳的散文往往没有如此的森严壁垒，她的散文中可能有好几扇滑动的门，随时可以滑向另一时空或场域，如同穿越。她很少胶着于一个点，而是散点式地自由挥洒。读惯循规蹈矩地一一写来的读者可能有点难以适应，尤其是遇到了过山车式的文章，但过山车不是比平地上的车更刺激惊险吗？徐芳的散文不是某种交通工具，为了把我们渡到某个目的地，而更多地提供某种感觉或体验。因为诗化的缘故，她的散文语言也如哥窑瓷器的冰裂纹一般清晰可见。也正因诗化的缘故，她的散文很少娓娓道来，有一种出人意料的跳跃和速度感。她曾引述布罗茨基的话说诗歌是"疾驰"，散文是"小跑"，其实她在多数场合下，是间或提速的一路小跑。我们在阅读她的散文时，就会有灵感呼啸而至，激情飞流直下的亢奋感。她的都市散文无意提供一幅都市拼图，也无所谓都市述怀，所以没有对都市物质化的、经验性的描述，而更多的是面对都市的主观抒情，是由物及人的精神性书写，并归结为"激情的自传"，从而她在散文中同样找到了诗歌给予的"归宿感"。

2014.3.16原载于《文汇报》

注：文中提及的年代均为20世纪。

解构常规，自出机杼

——评朱蕊的散文创作

在现代散文理论中，根据文艺性散文对自身不同功能的侧重，把它分成记叙性散文、抒情性散文和议论性散文三类。这种分类固然对应了传统散文创作的基本实践，但在今日散文文体发生某种裂变时，如再坚持就暴露了观念滞后的弊病。面对突破这种分类界限的散文创作，以及随之而来的种种变化，我们必须打破其固化的观念模式，否则就不能发现一些优秀散文的长处，不能准确地加以评价和阐释。

散文家朱蕊近年来新出版的《上海之妖》和《蛇发女妖》这两本散文集，就是解构传统写法的成功实践。其中《几点黄花满地秋》最有代表性，这是一篇万字长篇散文。写的是作者供职报社的搬迁史，先是坐落在过去的《申报》馆旧址，到处散发着老报馆的味道，后又几度迁址。在搬迁史中突现了一张大报的演变史，那就不仅是社址的变化，而是时代的风云变幻了。作者在几个时代节点落墨，串在一起，确有"史"的风范了。按理说，这可以归到记叙文一类了。然而不，因为作者始终采用聊天谈家常的方式，也不都按顺时针方向。中间还穿插了几个人物描写，多为名记和名编的轶事，或手到擒来的排字工，更有与名作家的交往。可谓人各有貌，各有情性。这种绘声绘形岂非小说笔法了吗？作者作为一个亲历者和目击人，把报社几个不同社址的现场、物事和人事串在一起，展现了波谲云诡的历史。往事历历在目，却早已时过境迁、物是人非。她用记忆的藤蔓钩沉往日的时光、永不回来的过去。在发散性思维和意识流的笔法中，抒发了自己的青春、理想和感慨。整篇散文充满了怀旧和眷恋，给人以历史感，同时我们仿佛在文字的夹缝中听到对流逝岁月的一声叹息。所以它不仅写了一张报纸的变迁和时代的变幻，也写出了作者本人几十年来心灵的真理之旅。传统散文记叙、抒情、议论的多种功能，在本文的复合结构中浑然一体，从而显得更有张力和质感。

朱蕊读大学考到了北京，大学毕业后回到了出生地上海。她去时并无惜别之情，只是挥一挥衣袖便远走他城，返后又不觉得在上海拥有自己的"物证"。多少年过去了，她却葆有了一种无所归属的飘零感。但毕竟大半生都生活和工作在这座城市，所以她的散文的地理位置大多在上海，或从上海出发。她的"飘零感"也许是对"此城"独具慧眼的一个因由。行万里路读万卷书，也使她能从更广阔和深远的视野返顾上海。不少上海女作家写过上海的风花雪月、上海的布尔乔亚或小布尔乔亚。其实朱蕊写起来一样很有情调，如《上海的一个夜晚》和《拐角咖啡馆》。里面一个有着洋名的年轻女子，时常出没于酒吧和咖啡馆，"从卡尔维诺开始走入了春上村树"，说不定还会走向刘呐鸥。但更多时候，朱蕊宁愿把自己变成一个思索者，一个哲人或哲人的摹本。在《晚风吹来欢乐的歌》里，她试图谈论一个与流行讲法不一样的老上海。她认为人们集体怀旧洋场阔少、豪门千金那种有钱有势、醉生梦死的上海，却没有他们津津乐道的张爱玲那样把上海比喻为上面爬满了蚤子的华袍。实际上天堂和地狱共存于一个空间："一面是风花雪月，一面是血迹斑斑"。诚哉斯言！很少有人如朱蕊这般，坐在繁华喧哗的边上，作冷峻的思考和言说。她"阅读一张上海地图"，仿佛看到一些往事和一些熟人走出熟悉的街道，人们都是匆匆的过客。而一座城市在人们心目中的地位，竟也会潮起潮落——知青返城时，才知道我们居住的城市是多么的了不起。但当领馆签证后欢天喜地胜利大逃亡时，同一座城市，在有些人眼里就像弃之唯恐不及的一只敝屣。正所谓此一时彼一时也。

　　朱蕊是一位富有女性意识的作家，而她对女性地位的思考，恰是从反思自身起步的。在《矜持美女》一文中，她坦陈自己在"矜持"这点上"内心非常矛盾"。她承认自己也喜欢有点矜持，做一个含而不露很优雅的女人，但却知道这表明"我中毒有多深"。因为"在文化传统中，由外而内的束缚，变成由内而外的自发的内心约束"。这种经传统约束内化而修炼出来的"矜持"，人们（包括女人自己）认为是一种优雅，一种美，却是"对女人的一种不公平"。应该说这个见解是犀利的，虽然这让她"陷入混乱之中"。但在更多场合，她的女性立场还是比较鲜明的。在《第三性》中，她不赞同女人许多时候只想当一只小鸟，找个地方依依。"于是女人们全按照男人的口味小鸟依人起来"。以致女人完全丧失了自己的独立性和地位，作为一个旁证：在电脑词库的字序上，"她"排在"他"乃至"它"之后，成了"第三性"。言下之意是，还不如波伏瓦说的"第二性"。如果说在这类直抒胸臆的文字中，作者在表明女性主义观点时尚有欲语又止的地方，那么在她评论西方作品和人的随笔中，就更放得开。《邂逅·分手·恋爱感冒》从苏菲·玛索演的爱情电影谈到演员本人，称赞她具备了"一种全方位的开放性——一种不确定性。就像她所演绎的爱情，不是模棱两可，而是模棱无数可"。正如法国学者罗兰·巴特把他的《恋人絮语》称作为"一个解构主义的文本"，爱情也是无可结构的。在《罗曼史·布蕾亚·自由飞翔》一文中，她对凯瑟琳·布蕾亚予以充分的肯定。这位法国著名女作家、导演、编剧创作了八部关于欲望和性的惊世骇俗的作品，其中根据自己小说拍成的电影《爱欲解放》被禁24年。朱蕊认为她的所有作品都竭力挑战法国乃至全世界的道德尺度，对她振聋发聩的女性性别表现给予充分的肯定和由衷的赞美，并称她为"女人的先驱"。在中国女作家中，明确表示女性主义观点的还不多见，而朱蕊在自己的散文里有了倾向性的表示，这是难能可贵的。

读朱蕊的散文感觉有几多。一是其读书多，求知欲很强，读一本即有开悟，所谓闲来翻书见识多。但她的识见并不都来自书本，也来自亲历，所以二是其观察多。这种观察不限于所见所闻，常能灵犀一点通达森罗万象，包括有象和无象。三是思考多，在她的散文里常见其对人类物质、精神、生存状态的关注。即使身处机场大厅，她也会由"出发抑或抵达"形而上地追问人的存在、人类的家园和归宿、生存的目的和意义。自古有文人多愁善感一说，朱蕊却能进而多感善思。四是自出机杼。因为来自自我独特的感知、悟性和想像，所以她涉及的方方面面不会与人雷同；因为她写作时喜欢出其不意、超乎常规，如同她喜爱的法国电影。她的文章往往从一时的心情、一个故事或一个段子开始，然后来一个陡转，洋洋洒洒地写下去，可谓兵无常势，文无定法。她新出版的两本书名中都有一个"妖"，我推测并非为了博人眼球。她自己的解释是："妖"的含义很丰富，有点匪夷所思的味道。"有时出其不意，或者有创意"，"出乎常规，都可以说是妖"。她的自出机杼、无拘无束的写法，却让人饶有兴致地去追随寻踪，探幽索隐。最后，也是我在开头点到的，那就是对散文内外多种文体和手法的无间隔运用。

2019.4.15原载于《文艺报》

写出大学的气度与文化血脉

　　——评王雪瑛的散文集《倾听思想的花开》

　　偶尔也写写散文，但都是兴之所至。读了王雪瑛的散文集《倾听思想的花开》，才知道她的非同一般。

　　这本散文集显然是作者辛勤耕耘和精心编选的结果。除此之外，还由于她对于科学的挚爱。她自述："在我最深的梦里，我想成为一个科学家"。后来虽然读了文科，却未改初心。这只要读一读这本散文集的自序就清楚了，她竟然用一多半的篇幅来谈论有关科学的梦想和科学的某些最新发现。"朱诺号"的宇宙探秘似乎与一般的散文写作没有直接的关系，但她却在序言里津津乐道。用网络热词来形容，这真心是一个非常"开挂"的序言，可谓没有之一。而我也居然被这种另类序言撼动了，似乎明白其背后隐含的深意和良苦用心。科学与文学不应该对立，虽然分工不同，思维方式各异，但两者都需要借助想象力。现代科学对于宇宙的新发现，不仅对于文学家建立新的宇宙观至关重要，而且直接开拓了诸多想象的空间。科学的严谨也有助于创作计划的形成和实施。王雪瑛在序中说："我将这本书的写作过程，想象成设计一艘飞船"，一位空间物理科学家的鼓励，"让我感到来自文理沟通的一种力量"，"将随心所欲的写作，变成了一个有计划的项目"。终于这艘特别的"飞船"制造出来了，并且在适合的"窗口时间"射向广袤的心灵宇宙。

读者从这本散文集的栏目编排就可以看出作者的计划性和作品的设计感。第一辑《大学之大》，写了中外多所大学。作者光顾过北大、清华、哈佛、耶鲁、伯克利、斯坦福等名校，有的还多次进出。虽然也写到各所大学的独特风光，但作者的目的显然不是仅仅写几篇大学校园的游记。而是写一所大学的气度、一所大学与一个时代、一所大学的文化血脉，如此等等。每一篇都是有血有肉的文学性散文，而当它们聚集到这个栏目中时，却又以无可辩驳的逻辑力量和科学性，证明了"所谓大学者，非谓有大楼之谓也，有大师之谓也。"其所蕴含的，甚至超出了这句名言的限定。第二辑《生命磁场》的命名就很有意思，有的读者可能认为只是一个文学比喻，其实却是一个科学术语，即人体内的磁场。每一个生命磁场的场量有强、中、弱之分。在灾害救险中，可以通过探测生命磁场来寻找生命迹象。在这一栏目中，作者叙写了阿伦特与海德格尔、胡适与韦莲司、杜拉斯与雅恩等人的爱情，以及对几位作者和他们作品的感受和见解。显然，在她看来，爱情和审美，都与人的生命磁场有关。虽然这还有待生物科学的证明，但这种尚待证实或证伪的想象，我仍然觉得是很美丽的。第三辑《远方之远》写的是以美国为主的旅行，因为作者有两次较长时间的访美，这就与走马看花的短期旅游者有截然不同的体会。人们惦记着"诗与远方"，因为生活不止是眼前的苟且。波士顿是她曾经居住过的地方，在那个远方，她曾穿了厚厚的羽绒大衣，戴上黑色的皮手套，穿过寒冷的大街，到Trinity教堂度过了一个圣诞之夜。至今仍然保留了那张深绿色的圣诞夜的请柬，因为那是一张使她忆起"一个缥缈的旧梦"的"时光的请柬"。而上海这个"我居住的城市已经好几年不下雪了，暖冬让雪景变成了一张明信片，寄存在岁月的深处"。一张是可以触摸的请柬，一张是虚拟的明信片，都置放在岁月的深处和远方。这种意象，既打动了作者自己，也通过她的如诗似画的语言，打动了我们。第四辑有游记、评论或者某个因由的感触和抒怀，暗含相由心生、心由相生，用《心海日出》来概括倒也贴切。

在当代文学中，散文的地位仅次于小说，坐稳了老二的位置，但散文的价值却未必在小说之下。散文当然也可以写吃喝玩乐、家长里短，但我个人更看重视野开阔一点、更具文化品格和审美价值的散文。《倾听思想的花开》显然属于后者。我尤其赞赏她写大学、大师的一些散文，既令人高山仰止，又使人感动不已。在一篇写蔡元培与北大的散文里，写了在中国现代教育史上具有丰碑意义的大学校长，以他的创新精神和办学宗旨，把北大办成了人才高地。北大名师荟萃，文章列举了诸位大家的讲课，各有风采，栩栩如生，仿佛作者穿越而至，颇有现场感。有关北大的文章共有九篇，除蔡元培外，还写了马寅初校长和哲学史家冯友兰、北大的红学研究传统、物理学家周培源和沙滩红楼等，构成了具有北大校史意义的系列散文。写清华的也有三篇，其中写校长梅贻琦的文章最有分量。由于"所谓大学者，有大师之谓"的首倡者就是梅贻琦，所以就以此破题，接着又从"仁厚儒雅与斯文之气"、"以刚毅坚卓对惊涛海浪"、"勋昭作育与一身清风"、"清华情结与精神故乡"几个方面多维立体地描述了他那感人至深的精神风貌和高尚人格。在写美国大学的系列文章中，哈佛大学就占了五篇，作者格外关注哈佛燕京学社在中美文化交流中所起的作用。作者还对哈佛学者杜维明作过访谈，写出了《杜维明，现代儒学创新》的长文。

仅从上述列举的几例，就可看出这部散文集具有鲜明的主题性，是一部主题散文集，而不是一盘散沙的文章汇编。具体而言，这部散文集的主题就是科学和人文。作者通过《大学之大》《生命磁场》《远方之远》和《心海日出》等涉及大学教育、科学研究、爱情和审美、人间行走等方方面面，把人文知识、人文思想和人文精神渗透于自己的散文创作之中，传播了一种积极的价值观。

今年6月1日，LIGO（激光干涉引力波天文台）合作组织通过官网宣布，他们确认第三次引力波事件，这次来自遥远的30亿光年以外的两个恒星级黑洞合并。文学性散文不一定去写如此遥远的"宇宙涟漪"，那么能否从过于细小的叙事状物和抒情释怀中摆脱出来，关注一下人间发生的"引力波"呢？

2017.9.2原载于《解放日报》

苏州河启示录

——评潘真《心动苏州河》

　　潘真写《心动苏州河》也属有缘。她最早看到的是1970年代初的苏州河，那时她还没有做记者，只是恰好在苏州河畔的托儿所里，还是全托。在那个叫景楼大楼的顶层里，她和还不大会说话的小伙伴们天天在汽笛声中醒来又睡去，有的是时间趴在窗台上朝下看野眼，看到一长串一长串的拖轮突突突地穿梭在苏州河上。能够记得自己在托儿所年代的苏州河肯定是早慧儿了，这简直就是一部电影很精彩的开头，当然不是娄烨的《苏州河》。潘真确实跟苏州河有缘，在90年代中，她就写过苏州河，题目倒是可以向诗意展开的：《一个有河的城市》，但那时的苏州河还是又黑又臭的，是上海城市的耻辱。所以在那篇早期的文章里，她不得不感叹"我们这个城市纵然有河也泛不起半点诗情画意"，潘真在她的早期散文里就显得那么坦率。正因为这条河大煞风景，所以即使走过路过也难以激起写作的欲望。苏州河是什么时候变清了的呢？大概在2000年吧，因为没有臭味了，河里有活物了，人们还兴奋地划起了龙舟，楼盘也在开发中了。这自然是政府大力治理的结果，终于使80年的脏臭一旦廓清。当看到海鸥翩跹于黄浦江和苏州河的交汇处时，潘真如同所有的上海住民一样，"终于面对我们城市的河微笑了"。2007年，在《联合时报》总编的策划下，潘真开起了《心动苏州河》的专栏，常常要外出采访，还要沿河踏勘，在"一缘斋"里奋笔疾书，翌年1月即在商务印书馆结集出版。值得一提的是，当年专栏开出后，竟引来了很多粉丝关注，尤其是得到了苏州河畔原住民的共鸣和建言，还激发了许多画家的创作灵感，成全了这本图文并茂的专题散文集。

潘真是一位具有忧患意识的记者，她不媚时不媚俗不唯上，该说的话她必须一吐为快，她没有因为这条母亲河的变清而忘掉了它的黑与臭的历史。她告诉我们，自从1963年苏州河出现了22天黑臭以后，其黑臭天数和程度每年即大幅度增长，到1981年全年黑臭已达151天，再以后便天天如此了。为什么河清了还去旧事重提？就是怕大家忘了，再次弄脏了苏州河。这也使我想起了现在污染愈来愈严重的空气，再不抓紧治理，也会天天如此了，连呼吸也日益困难了。潘真还提醒我们，苏州河的主干是清了，但沿岸的建筑拆什么建什么却缺少整体的规划，相关的各个区各自为政。自然生态确实好转了，可人文生态却堪忧。她在水更清的苏州河上，却读出了荒凉和困惑。其实这在此前的城市建设中早已出现了，不该拆的带有历史文物意义的老建筑拆了，如果不是一些专家的呼号奔走，破坏将更加严重。而一些新的建筑，却缺少事先的推敲论证，等建成了密不透风的水泥森林后，就难下清除的决心了。当房地产商们在苏州河两岸看到商机无限纷至沓来后，人文生态就很堪忧虑了。她还仗义执言，为因保护苏州河岸的老建筑不惜呕心沥血、倾家荡产的一位专家鸣不平。人家因"工业建筑保护再生"项目荣获"联合国亚太文化遗产保护奖"，比上海人还热爱上海，却遭到排斥和诋毁。潘真大声疾呼："上海，不应该反思吗？再如此心胸狭窄下去，海纳百川岂不成了一句空话?！"这时她不仅是位记者，更像一位侠士。当然，她分明看到了进步和成就，她对苏州河旧建筑的成功改造由衷兴奋，不吝赞词："废弃了很久的暗淡的老厂区，几时被仙女的魔杖点化了，一夜之间熠熠生辉起来。那一大片建筑，远望仍保持着老房子的模样，近观却已是现代气息浓郁的画廊、工作室了。"笔到此处，作者又不忘加了一句："可是，进驻M50的艺术家说，有些更值得保护的老房子早已拆了。"该批评时还得批评，不怕得罪人，不怕煞风景，这就是一个人文记者的正直。在《寻找历史文脉》中她就提到，1980年代末，虎丘路上的老文汇报大楼——原来的犹太会堂，这座"最奢侈的犹太人避难所"竟然被炸了，这是多大的损失和多大的错误啊！

正如在M50里，她看到了它作为纱厂和毛纺厂的前世，她在苏州河蜿蜒曲折的两岸，看到了中国民族工业的创业史；她在横跨两岸的桥中发现了故事，每座桥都映照了一段历史；而那艘"不沉之船"——礼查饭店（浦江饭店），竟有爱因斯坦、罗素、卓别林等世界文化名人下榻于此。这些都是苏州河灿烂的历史文脉啊，该如何去珍惜和保护呢？礼查饭店采取了整旧如旧这种最正确的方法，重现了昔日的辉煌，结果这个中国最早的老饭店竟被评为"三星"。作者不得不对此作不平之鸣了。

苏州河两岸现在是颇有艺术氛围的地方，对此潘真最是情有独钟。除了M50、壹号码头，她还介绍了苏河艺术中心、上海比翼艺术中心等，叙述了一些外国创业者在此落户的创业经历，那不再是昔日冒险家和暴发户的故事。那种在世界眼光和前卫理念下创造的艺术品和文化产业，或能成为一种触媒，对中外文化的交流和中国当代艺术的发展发生积极影响。

《心动苏州河》由河及人及事，近百年来的风云变幻，人生的沧桑变化，近现代的历史文脉，对于时代的叩问与反思，尽现作者笔端。作者写的是一条河，记挂着的是自然生态、人文生态和社会生态的建设和保护。记者的敏锐，时评家的犀利，人文作者的反思，构成了本书最令人感动的旋律，时时发人深省。

2014.8.2原载于《新民晚报》

季节轮回中的心灵远游

——读《日历诗》

用"日历诗"来命名自己的诗集，真是很有创意。因为诗人总是在某月某日写了一首诗，日积月累，年复一年。把这些随时写下的诗作，系于一年四季十二个月来编排，一天一首或隔几天一首，就有了"日历"的意味。正如当代中国的年历，在西历中又保留了中国传统历的节日或节气，在《日历诗》中，腊月、小寒、大寒、春节、元宵节、惊蛰、清明节、谷雨、立夏、端午节、小暑、白露、中秋节、重阳节、霜降、冬至等等也特意地标示出来。在这些日子里写的诗多多少少与农历的节日或节气有关，但它们既不是农事诗，也不是严格意义上的节令诗，而是由此及彼的浮想联翩和诗意。在《日历诗》中季节是最重要的因子，而年是无关紧要的。正如我们度过的每一年都是四季的轮回，甚至人生就是四季的不断轮回。《日历诗》应该是诗人多年的积累，经过"拆解、重组、颠覆、组装以后，再重装"。其中日历的标记"只是意味着心灵历程中的某种频频中断，可又随时开始的记录"，同时也从时间的角度起到了组织结构的功能。

《日历诗》正从元旦开始，经过腊月，进入了冬季的最后一个月。诗人已提前感知了万物渐暖，在梦中被可"听见"的光芒和可"看见"的呼喊唤醒。在这里，中国古诗词中的"通感"修辞似乎在不经意中得到了活的运用，使诗的意象更加活泼新奇。她"读雪"，雪"片片皆吐光芒/仿佛自天地百窍而出"。诗是浑然天成的意识流，由读雪联想到读书，但仍然由雪来衔接："茫茫雪夜"如中国古典的文化和西哲的经典堆积。诗的跨越式的联想似乎无迹可寻，但人类的文化岂非也自天地百窍而出吗？天文与人文的关联，就是中国文化中天人合一的思想，也会不期然地从当代诗中泄露出来。在冬季未尽的日子里，诗人急切地赶在了春的前头，"喊来春天"。但即使过了立春，春天也常常姗姗来迟，于是"我""就一把抱住/在大风身后躲藏/的腼腆的春天"。诗人认为，如果没有想像就一定没有春天，这种罗曼蒂克显然具有形而上的意味，形象地道出了人们千百年来对春的期盼和欢迎。古人有"迎春"、"怀春"、"惜春"之诗，徐芳却别出心裁地用《蠢》作为一首诗的篇名，来象征万物在春天到来时的苏醒和萌动。在诗人刚刚写过情人节后，农历元宵节又悄然而至。其实元宵节才是中国的情人节，是古代妇女最喜爱的节日，因为在那天可以自由地外出观灯夜游，幽会谈情。欧阳修《生查子》是最好的佐证："去年元夜时，花市灯如昼。月上柳梢头，人约黄昏后。"那天黄昏，女诗人读的正是这首古代清纯的情诗，想到古代女子们"罗裙轻移"，在夕阳温暖的笼罩下，她也进入了角色："我伫立，因有一种情愫/如同蜂蜜与细雨交织/丝一般掠过心间"。

在谷雨这个春天最后一个节气，性急的诗人在一个牵牛花开的早晨，似乎已在等待夏季："谷已成雨，夏犹未立"，这个四言句式的开头，暗喻了春夏之交的时刻，且颇有古典的情韵。立夏与立春、立秋、立冬一样，是标志四季开始的日子。立夏一到就开始了喧哗的夏季，"一条红裙的摩登女郎/铿锵有力地穿过马路/引起一阵汽车喇叭大赛"，"有人边走边喊电话/也有个边走边发短信"，"那一秒钟里——/麻雀仿佛乡间的流浪汉"。城市的街头即景常常闯入徐芳的诗里，还有"阳光，外滩，露天吧/一个卖花女/跟在年轻人身后/贴身吆喝"。但与自己无关，觉得"真像一个悲剧"，发出"六月，是否真的与年龄无关"的疑问。诗人并不讳言自己的年龄，在季节的更替中，常常发出韶华易逝的感叹。"我不再是那个/一边擦湿漉漉/的长发/一边吹着口哨/等着水沸的无忧女孩"。这个无忧少女的意象时常出现在她的诗歌和散文里，成为无法抹去的青春记忆。这次是为了反衬一种幽怨："生活到底给了我什么"，"除了慢慢老去的容颜"。古诗词中常有悲叹青春易逝的诗句，但我更愿意借郑愁予的诗句来宽慰："那等在季节里的容颜如莲花的开落"。人生乃至大自然的规律就是如此，奈何？

在秋天的诗里，有几首意境更见廓大也更富情致的作品。在《寻找》中，抒情主人公成了人鱼，从海里抬起头来，带着白垩纪的表情，"看岁月如何/把鱼变成人/又把人变成鱼"，"在万象之中/寻找彼此的行踪"，却有对面相逢不相识的苦衷。人鱼的文学原型，应该来自安徒生童话《海的女儿》中的小美人鱼，表现了把至爱当作生命的理想，以及被忽视。在白露那天，她写了《鸿雁》：天上没有雁南飞，"你确有秋雁图/也有点击的光标/先放飞一只领头雁/在它迁徙之后/还有雁群随尾排队/——那是一封/接着一封的电子邮件"。讲的是现代科技的传输方式，却用了鸿雁传书的典故，就别有情致，也方可入诗。接下来的几句也很有情趣："合上笔记本电脑/再去捡院子里的鸢尾花/蓝雨一样分散的花瓣/还有一只黑蝴蝶/仍在一剪一剪/顽强飞行……"在这首诗里，虚拟的鸿雁、蓝色的鸢尾花和黑蝴蝶，都使高科技的电子世界变得温情而生机勃勃起来，并烘托出一种好心情。自古以来，深秋的寥落萧索，总是引起诗人悲秋的情怀。在中国，宋玉因《九辩》成为悲秋之祖，后代如曹丕、杜甫、李商隐、范仲淹、柳永、陆游等都有悲秋之句或悲秋之作。徐芳从不掩饰自己的快乐或悲伤，在秋日最后的多风之夜，她写下了这样的诗句："老年将至，青春不再/一根鸟羽，一片枯叶/水中的一道/由明亮而逐渐黯淡的波纹"。但这种黯淡抑郁的心情却是"稍纵即逝"的，因为她不仅乐观，而且坚强。甚至在冬季再次到来时，她写下了《大鹏展翅》，大鹏向大地俯冲的雄姿，蹬脚拍翼的敏捷机警，挥翅升空遮天蔽日的气概，恰如现代版的逍遥游。诗人甚至想象，让目光乘坐所有的交通工具，现代的、前现代的，乃至神话中的，一起借来，来一次想像中的"惊鸿一瞥"。

　　由于公历与农历的差异，《日历诗》中的一、二、三、四季实际上都是跨季的：冬春、春夏、夏秋和秋冬。就季节的划分而言，农历是更清楚明白的。但现在按公历来编排，倒也显出了季节之间的消长和过渡。人是自然之子，本是大自然的一部分。所以"春秋代序，阴阳惨舒，物色之动，心亦摇焉"，更何况人类中最敏感的一群——诗人。所谓"诗人感物，联类不群。流连万象之际，沈吟视听之区，写气图貌，既随物以宛转，属采附声，亦与心而徘徊"（刘勰：《文心雕龙·物色篇》）当代的城市诗人虽然难得再与大自然亲密接触，但季节的转换，时间的流动，仍然影响着每个人的生命节律和潮起潮落的诗情。徐芳的《日历诗》似乎清楚地体现了她对季节的敏感，对于时间的切近。在第一首元旦诗里，就写到"时间在急剧摇晃/扭曲变形"，暗示了世间万物的变动不居；在农历雨水，她竟滴泪成珠；在《俗世的相见》中，曾经一步不离的时刻，竟在"时光的混沌/与幻灭之间"，不再有永恒，终于"大家才如释重负"；"在时光的旅程中"诗人不断放飞自己，时而也会归来，看看"那个扎着羊角辫"的自己。在秋分那天诗人写道："可在尖锐和不可阻挡间/也有什么一步步在后退/从天上退到了地上/从花朵退到了落叶/从事情的开始退到结束"。这首诗充满了哲理，而诗人给出的篇名就叫《轮回》。

　　《日历诗》就是一部时间之诗、日月之诗、季节轮回之诗。诗人在季节的轮回中，放飞诗心，作一次又一次心灵的远游。

2015.2.24原载于《江南晚报》

诗歌就是一缕光

——《蓝潮》诗集再版序

　　三十年前我曾为上海师范大学蓝潮诗社的同名诗集《蓝潮》作序，想不到三十年后还能为调整扩充后的《蓝潮》再版作序。蓝潮诗社成立于1984年10月，记得成立时曾有人向我质疑，为什么诗社名"蓝潮"？我也不知究竟，更不明白为什么会有这样的质疑，莫非要用另一种颜色来修饰？就回答说因为海洋是蓝色的，学生向往浩瀚的大海。其时大学生的校园诗歌创作早已风起云涌，并纷纷成立诗社，上师大的蓝潮相对晚生晚育，却后浪逐前，其标志性成果就是在成立仅两年多就正式出版了诗集，且开印就是两万四千册。事过三十年后，虽然诗歌的盛况不再，却有热心者促成再版，原出版方即现在从属上海世纪出版股份有限公司的学林出版社，也慨然承诺。许多原作者如今已是五十上下的壮年，得知此事都感慨系之。因为这仿佛让他们穿越到意气风发的青年学子时代，让他们回首诗歌是打开情感最佳方式的年代。在再版列入的诗作者中，多数已经告别诗歌创作，但他们无限留恋那个以诗代言的青春年代。一位回顾者说得好："大学文科的迷人之处在于让诗歌成为正途"；另一位也说得很到位："学生时代充满了理想与激情，诗歌是那个时候最佳的表达载体"。《蓝潮》诗集的再版，使他们重新阅读了记忆深处的青春记录，重拾昔日美好的时光。其中不乏在当时已崭露头角的佼佼者，终因种种原因从诗界隐退。仍然继续写诗的，由于他们的坚执和焕发，始终戴着诗人的桂冠而漫步诗坛。

出现在本诗集中的诗作者，大多生于60年代，亲历了80年代大学的校园生活。他们没有太多或过于沉重的历史记忆，思想解放、文学解放和学术解放是他们成人后最亲切也最受鼓舞的共同经历，当然其中也不乏前进中的曲折。他们身处的诗歌语境，倒也是杂色纷呈的。最靠近的应该是崛起在前的朦胧诗，但背后却有影响朦胧诗人的前辈九叶派，九叶派背后又有西方的现代派诗歌和中国的古典诗歌。这些诗歌现状和诗歌传统，在80年代都先后成为大学中文系的必修或选修课程。即使没有列入的，也完全可以自修。与50年代出生经历了"文革"和上山下乡的朦胧诗人相比，虽然这一代少了些历史的负重感，但他们于大学时代在创作、理论和学术诸方面储备的知识体系，可能相对系统一些。这两方面都影响了他们的诗歌创作。用后朦胧、第三代诗人、海上诗群这些标签其实都难以准确地命名，虽然在第一版《蓝潮》诗集或这次再版中出现的有些诗作者，曾经自己这样命名或被命名。我个人认为，与蓝潮一类校园诗人相比，朦胧诗派缺少他们未经耽搁的校园经历，而他们则缺少朦胧诗派的社会经历。这样，80年代的校园诗似乎缺少一点沉重与反思，他们直觉自己"正值充满理想和幻想的激情燃烧的岁月"，或者"像一只壁虎，要舔破黑夜，却坠入一条幻想的河"。他们书写的多半是"青春的航海志"，用非洲鼓点似的强烈节奏，"把青春期的肢体敲得猛烈震颤"。爱情诗只是一个选项，还有许多理想和激情需要喷发。在他们的"港湾里鼓满了五彩的风帆"，人人都想写一首"力量和美的诗，用十八岁的火焰燃烧年轻的生命"。显然，青春抒写是他们诗歌的一个母题，但每个书写者的子题是各有侧重的。如有的反复在父子的关系中突现青春成长的主题，但又与弗洛伊德瞩目的弑父情结有异；有的向往故土的黄河落日、骆驼刺、芨芨草那种"雄性的荒原"；有的更倾向于"我只要一张桌子/一把椅子，一本书"，类似理性、知足、平静、克制的斯多噶主义或老庄的清静无为。同样是爱情诗，性别的差异十分明显。女生是"腰别玉兰沉溺于等待"，男生是"我爱的是她的姿态西风落雁"。但女生与女生也绝不相同，有的女性主义的色彩日渐浓重，在当时的诗坛引人注目。在诗艺方面，当时的校园诗人也有诸多追求。"也许，时间会在那张藤椅上永远睡着/我们将是匆匆经过的车站"——时间是永不停息的，却在藤椅上睡去；从来都是把人比作匆匆的过客，现在人成了被匆匆而过的车站。这种拟人和拟物的陌生化效果，足以让读者咀嚼回味。"月色深红/江风好像长满了铜锈/一只白鹭低低地飞过"，宛如一幅色差强烈的野兽派绘画，却有种莫名的沉重。正如诗集中的一位作者所言，"诗歌是心灵的语言，充满灵性和技巧"。我赞赏这样的诗歌理念："继承古诗词的意境和思想深度，以现代的语言及意象作为外壳"。抛开中国诗歌的优质基因，一味仿造西方，必将被中外共同遗弃。中国的文学传统不仅限于形式和语言，也在意象、意境、结构、造型乃至典故、传说和不同文类的创造。在这个再版《蓝潮》中，新入选的一位诗作者，90年代初就利用传奇故事写过一些类似诗歌中的故事新编。在停摆十多年后最新的井喷中，我在他自媒体上发表的诗作中发现，这仍然是他感兴趣的诗歌题材乃至形式方面的探索。

在大学的课堂里，我曾经常鼓动学生写诗，颇有"不学诗何以活"的意思。但在消费主义时代，写诗并非谋生之途。于是出现了"生活不止眼前的苟且，还有诗和远方的田野"的流行歌词。《蓝潮》中的一位作者在回顾时也提及：每当夜深人静或离群索居时，80年代诗人的情怀还是会来叩响心门。"如浓雾的世界顶上照来一缕阳光，引领我的精神在一更高处徜徉"。诗歌就是一缕光，为我们拨开世俗和庸常，引领我们走向高处和远方。再版《蓝潮》的意义，除了缅怀，更在于向前向上。

我是在海南环岛旅行的尾声才收到校样的电子文本的，读后感受良多，于返沪后的第二日匆匆追记如上。是为序。

2017.6.15原载于《解放日报》

注：文中提及的年代均为20世纪。

文学IP与电影，"佳偶"还是"怨侣"？

电影借力文学IP，来路已久

即便在一连串不断飘红的票房数字面前，我们可以说中国已成为世界电影大国，但要成为电影强国无疑还有很多路要走、很多事情要做。其中创作应该是最基础、最首要的工作。人们常说剧本是一剧之本，其实也是整个电影创作之本。电影可是一种食用面最广的精神食粮，其创作无非有两途：一是剧作家按照有关电影题材和电影类型的要求直接原创，有时也可对某一真实的历史事件或新闻事件加以改编；二是根据现成的文学作品（主要是小说，也包括舞台剧等）进行改编，这才是通用意义上的电影改编。

中国观众熟悉的《卡萨布兰卡》《教父》《乱世佳人》《绿野仙踪》《辛德勒的名单》《飞越疯人院》《愤怒的葡萄》《杀死一只知更鸟》《日瓦戈医生》《阿甘正传》《呼啸山庄》等24部经典影片，都是根据原著改编的，占世界影史上百部"最伟大影片"权威评选榜单的近1/4。其中除了《西区故事》改编自歌剧、《窈窕淑女》改编自戏剧外，其他均改编自同名或异名小说。可见好莱坞的电影改编都瞄准名著和畅销书，广大的接受群体和先在价值，是保证改编成功的必要前提和附加值。

中国电影早期改编影片是1933年出品的《姊妹花》，它是导演郑正秋根据自己的舞台剧改编的，公映后大获成功。中国的电影改编还涉足漫画（《三毛流浪记》等）、戏曲（《梁山伯与祝英台》等）、歌剧（《白毛女》等）、诗歌（郭小川长诗《一个和八个》）和古典小说（四大名著等），覆盖面相当广。当然主要的改编来自现当代小说，《春蚕》《林家铺子》《祝福》《青春之歌》《早春二月》《小花》《天云山传奇》《骆驼祥子》《黄土地》《玉卿嫂》《芙蓉镇》《红高粱》《老井》《胭脂扣》《本命年》《秋菊打官司》等，在影响电影史的佳作中也占据了很高比例。这和电影创作上打破精神枷锁和追求艺术创新有必然的联系。这些改编新作有的在被拍摄前已经在文学界引起关注，有的却是电影创作者独具慧眼的发现，在海量的作品中披沙沥金觅得的。

可以说，在相当长的一段时期内，电影和文学之间产生了前所未有的"引力波"关系，而不同的导演则有不同的选择。已故导演谢晋改编的电影偏重于反思历史一路。《天云山传奇》《牧马人》《高山下的花环》《芙蓉镇》等都是触动人心之作，对此其他导演往往只能望其项背；吴天明的《人生》和《老井》功力扎实，反映底层生活，富有现实主义精神；张艺谋既改编了知名作家莫言、苏童、余华、刘恒、严歌苓等人的小说，也在鲜为人知的作家作品中发现有价值的"潜力股"，经他改编执导的电影大多在国内外获奖，大大提高了原著者人气指数，在改编和原创之间，张艺谋似乎更擅长于前者；陈凯歌改编的当代作品相对较少，但改编自李碧华小说的《霸王别姬》堪称其巅峰之作；姜文改自王朔小说《动物凶猛》的《阳光灿烂的日子》，迄今仍是浑然天成的一部代表作，而不像后来有些影片那样"一惊一乍"。

对中国古典名著改编，电影不如电视剧。一个现成的理由是，古代文学经典内容丰富，意涵深广，如要原汁原味地演绎，电影长度不足以表达，只能拱手让给电视连续剧。与国外相比，中国电影对古典名著的改编可以说不成比例。西方电影对经典文学作品的改编，虽不能说一网打尽，但也所剩无几了。有的名著一再被改编，不少还成为电影史上的经典之作。在改编本国文学经典方面，中国电影应该作为系统的艺术工程来规划，使吾国文学遗产以电影化的方式深入人心，重放异彩，泽被世界。

电影驾驭文学IP，不应过度追求"忠实"

文学之所以成为电影改编的重要源头，因为两者都是叙事，而且文学叙事从荷马史诗算起，已经经过了近三千年的历史。但是电影叙事显然又不同于小说叙事。小说用文学语言来讲述和描绘一切：故事、情节、人物、场景、冲突、时代等等。电影却是综合艺术，可以调动诉诸视觉听觉的一切造型和音响手段，以及由演员担任的各种角色乃至动物、动画人物参与表演。在电影中，画面、色彩、影像、音响、主观镜头和客观镜头、蒙太奇和长镜头等等，都是电影语言不同于文学语言的地方，从而也构成了两种大相径庭的叙事方法。加拿大学者安德烈·戈德罗在《从文学到影片：叙事体系》中，把叙事分为舞台叙事、书写叙事和影片叙事。早期电影接近舞台叙事，后发展为现代电影叙事。这个区分显然是符合电影史事实的，中国的早期电影就类似舞台纪录片。即使到后来，有的电影还是旧痕未泯，对白特多，完全用戏剧冲突来结构影片。现在，电视剧基本上用戏剧叙事，电影则应该与电视剧划清界限。

在当代，源自文学的电影改编已占了电影创作较大的比例，即使原创的电影，也不可避免地受到文学叙事和人物塑造等文学经验的影响，当然应该继续向文学经典学习和致敬。但是电影在创造了自己的许多经典，并依靠现代科技手段使电影技术更趋成熟的今天，理应在电影的独特性方面有更多的发挥和新的创造。对待改编自文学的非原创电影，仅仅质疑后者是否忠实于原著是不够的。何谓"忠实"？如何"忠实"？首先在原著者和改编者之间就可能存有分歧。更何况在历史悠久的文学与只有一个多世纪年纪的电影之间，往往存有等级差异，这在电影发展的初级阶段尤其如此。列夫·托尔斯泰曾将电影视为"对文学艺术之古老方法最直接的打击"，恰恰这种"打击"后来不断地落在他的身上，且有好几部改编的电影版被奉为电影经典。弗吉尼亚·伍尔芙还撒气到电影观众身上，骂他们是用眼睛舔舐银幕的"野人"。或许当时他们都有各自的理由，但他们鄙薄电影的等级观念并不可取。改编文学IP，即使对应的是经典，因为电影长度有限，也需要割舍。翻拍《战争与和平》《悲惨世界》，必要的"丢失"也在所难免，什么都要放进去，必然枝蔓芜杂，反倒损害了原著。所谓"忠实"，不是量的实足，而是质的保证，是对经典的精神还原。在电影的改编史上，有许多失败的例子，甚至还有对老电影翻拍却毫无新意的例子，如在国内影坛对《夜半歌声》和《小城之春》这两个"超级IP"的翻拍，就属此例。改编不是照搬，而是叙事方式的转换，在转换中可能给出一个新的视角，从而赋予了新的意义。但现在看来，创作者并未做出新的努力。

概括来说，电影对文学名著的改编成功与否，最重要的要求是对原著故事精华和人文意蕴的复原度，对原著重要人物性格命运的还原度，对原著表现的时代的物质再现和精神再现，作为摄影艺术的空间性可视性和视觉效果以及超越和赋予。如果做到这些，那就不仅是一部优秀的改编剧，而是堪称电影艺术的经典。

当下IP虚高，有损电影健康发展

现在在影视圈成为热词的IP，是英文"知识产权"（Intellectual Property）的缩写。在影视圈或其他任何圈，只要涉及知识产权，就有IP存在。按照今天的说法，我们刚才提到的托尔斯泰以及莎士比亚等人的作品都是大IP、最牛的IP，因为他们的许多作品都被改编成了电影，《哈姆雷特》《麦克白》《安娜·卡列尼娜》更是改了又改的大热门。可惜莎翁本人根本不知道几百年后有这等好事。托翁那时已有了电影，但拍摄水平相当于杂耍，他根本瞧不上眼。

IP热也就意味着改编热。由于中国的影视市场愈做愈大，值得拍摄的原创剧本供少于求，这就使许多制片公司把目光转向有改编价值的文学作品。所以，近年来无论电影还是电视剧，很大一部分都源自畅销书和网络小说。如电影《致我们终将逝去的青春》《匆匆那年》《狼图腾》《万物生长》《左耳》《道士下山》《三体》《鬼吹灯》《华胥引》等等。电视改编剧则更多，尤以古装戏吸引眼球。

有人说，改编剧多了，就意味着原创剧的减少，这可能会造成跛足现象。在题材样式上也可能有所偏颇，比如怪力乱神或宫斗虐恋，会不会愈演愈烈？对此，我认为不必杞人忧天，因为市场自有调节功能。比如重口味太多，便会有清淡之风再起。当下盛行的改编之风可能是世界性的，在去年出品的美国电影中，就至少有40部IP剧，但其中不乏经典名著、严肃文学，也有不少畅销书。

当改编成了风，就造成IP剧资源奇缺，于是纷纷把目光转向网络文学作品这些新晋IP。网络作品尽管多如牛毛，但毕竟在情节和着重点上要有吸引观众眼球的地方。此前，由于一些IP剧得到很高的票房和回报率，促使投资者蜂拥而至，形成了一个IP市场。一部高企的网络小说可能以二三百万元的高价被收购，远高于一位著名作家某部作品的版权费和稿酬。更何况这个新兴的市场还可能存在投机现象，比如收购多个版权，却并不投入改编和拍摄，而等货源奇缺版权增值时再转手倒卖，从中渔利。

任何过热的投资市场都可能存在泡沫，IP市场亦然。当投资方购买缺乏艺术价值的作品时，就存在风险，因为"点铁成金"毕竟乏术。一些专业编剧在接手改编此类作品时，抱怨网络作家写东西很"飞"，魔界宗教随便写，没有任何约束，改编时能够保留三成内容就不错了，更有甚者认为，让专业编剧来改编这些原来品质不高的IP，无异于"马桶上绣花"。

如果投资方在采购IP时缺乏艺术的眼光，勉强改编出来的IP剧也不可能经得起检验。

争夺大IP资源，造成IP虚高，就如炒房地产一样，最终损害的是艺术的健康发展。

中国自古以来就有灿烂的文学艺术积累，不仅有美丽的神话传说，也有神奇的魔幻故事，更有世俗的关怀和浪漫的理想。中国现当代社会经历了巨大的变化，从中开拓出广袤的精神原野。凡此种种，都是电影、电视等艺术生长的沃土和IP资源。关键在于，我们能不能放出自己的眼光和展开瑰丽的艺术想象，以自由的心态，创造出优秀独特的作品。

2016.8.11原载于《解放日报》

上海是与电影有缘的城市

　　上海的电影传统经过时间的洗礼，正在焕发新的生机和活力。据中国媒体报道，在去年第17届上海国际电影节举行时，欧美媒体对中国这个唯一的A类国际电影节给予了好评："虽然仅创立21年，但上海国际电影节比较日本电影节和韩国釜山电影节，影响力大有后来居上，问鼎亚洲之势。"其实釜山电影节是1996年才开张的，比上海电影节晚了3年，而且是非A类国际电影节。虽然也曾办得风生水起，但这几届的国际关注度已明显趋弱。日本东京国际电影节是1985年就开始的，是国际电影节协会承认的九大A类竞赛型国际电影节之一。它曾经是亚洲最大的电影节，但自从上海国际电影节人气趋旺以来，确有被赶超之势。一个国际电影节办得如何，一要看它的国际性，也就是要有相当的国际关注度和参与度，有世界各国的电影人、电影商近悦远来；二要看它的权威性，即评委会主席和评委必须有当今国际影坛的大牌导演、演员和其他有影响力的人士担任；三要看参映电影的质量，尤其是参赛电影中必须有多部具有高大上的水准，以保证最终的获奖作品中有几部能获得国际电影界的广泛认同，甚至可能成为电影史上的经典之作。经典不可能每届都有，但如果多少届评下来竟无一部可以称为经典，而别的电影节却屡屡出彩，就说明选片不力或审美眼光不行，那就很值得反思了；四要看影迷的参与度，本届电影节观众的踊跃指数继续看涨，6月7日开票那天，仅10小时后，票房已超1100万。本届展映片共300余部，有"官方推荐""4K修复""向大师致敬"等热门单元和热门影片，其中在几大权威电影节中刚刚获奖的影片和电影史上的里程碑式的作品，肯定吸引大批影迷的眼球。

即使从世界范围来说，上海也是一座与电影很早结缘的城市。1895年法国卢米埃兄弟在巴黎一家咖啡馆首映《火车到站》，标志了电影的诞生。不到8个月，上海徐园杂耍场就放映了此片和《马房失火》等多个短片。1908年，西班牙商人雷玛斯在虹口建造了中国第一个影院——虹口大戏院，专门放映"西洋影戏"。据程季华主编的《中国电影发展史》上说，中国第一部电影《定军山》于1905年诞生于北京。1913年，张石川在上海创办了中国第一家电影制片公司——新民公司，与郑正秋合作编导了中国第一部国产故事片《难夫难妻》。1925年，全国约有175家电影公司，其中有141家云集上海。1930年代，上海影业已有"东方好莱坞"之称。中国电影史上的许多杰作，如《狂流》《三个摩登的女性》《渔光曲》《神女》《姊妹花》《风云儿女》《大路》《新女性》《马路天使》《夜半歌声》《十字街头》《一江春水向东流》《八千里路云和月》《万家灯火》《小城之春》等等都出品于上海。电影史上的多数优秀导演和电影演员，也都在上海脱颖而出。通常说的1949年前电影的半壁江山在上海，其实是已经打了折扣的说法。

上海既然有着电影史上光辉的业绩和传统，涌现过众多杰出的堪与国际一流比美的导演演员和作品，那么如何借每年举办国际电影节的东风，集聚国内外的人才和资金，拍出足以重振历史辉煌的电影和壮大电影产业，才是电影节中最重要的议题。按我个人的浅见，由于上海早在上个世纪的30年代就有"东方的巴黎"之称，城市的现代化程度居于亚洲前列，它的开放程度和资本市场的发达又居于中国之首。这是上海成为中国电影之都的物质基础和城市文明的精神前提。当时的上海电影代表作，十之八九都以都市人的人生和情感生活为题材。所以那时的电影影像与上海的市民生活是息息相关、互相呼应的。可见上海电影的创作和繁荣，是与它的鲜活的城市现代性和浓郁的都市气息直接有关。今后对上海电影创作的定位，自当以发展城市电影为主，并把镜头聚焦发展中的城市和人与城市的互相塑造。这应该是30年代上海电影黄金时代的成功之道，也是许多发达国家和电影大国的通例，在任何情况下都不应忽视和放弃。

目前观影的主体是谁？据调查，从年龄上分析，已从2009年的25.7岁，下降到21.4岁，也就是说主要是90后一代，其他年龄段所占比例锐减。从票房来看，他们似乎对《小时代》《致青春》《中国合伙人》更感兴趣。有人说，这是"无理性"和"口味捉摸不定"的人群。其实，处在成长期的年轻人令人"捉摸不定"也是情理中事。问题是电影创作者、制片方和出品人倒是要对这个主要的观影群体好好"捉摸"一番，不要把这个票房的主要"客户"也给弄丢了；同时也可以把目标群扩大到其他年龄段群体，以便吸引更多的观众。就目前的电影票房来分析，上座率并不与电影质量成正比。或者说，质量一般的"粉丝电影"、商业片可能拔得票房的头筹，而艺术影片曲高和寡。这当然不该导致放弃艺术片，而是可以创作复合类的兼顾艺术和商业的电影。

电影节由于好中选优，集中了近年来各国各地区的优秀之作，所以是一次视觉上和精神上的饕餮盛宴，也是一个城市的嘉年华。它体现了当今世界的多元文化和电影艺术的高水平，大大有利于提高电影从业人员和观众的电影文化水平。希望中国电影逐渐形成优质生产和择优观赏之间的良性循环，不仅追求票房的丰收，更追求美的创造和美的接受。供给创造需求，电影可能影响一代人的欣赏水平。只有创造好的电影作品，才能培育出高水平的观众。

2015.6.14原载于《解放日报》

中国电影应作为系统的艺术工程来规划

徐芳：中国现已成为世界电影大国，在一连串票房数字不断飘红面前，在票房屡屡过二十多亿的视觉大片面前，有人却叹道，这些，看不到人心……电影中内容可否为王？或者原创为王?或者改编为王？也许我们不妨重新回到源头，说说剧本是否一剧之本，一个好剧本才使得一部好电影真正成为可能？剧本的创作与改编是个大系统工程吗？这既要有眼光和见识，又要有激情和技巧，还要有必要的前提种种？

王纪人：中国已成为世界电影大国，但要成为电影强国还有很多路要走、很多事情要做。其中创作应该是最基础、最首要的工作。人们常说剧本是一剧之本，其实也是整个电影创作之本。就好比要吃饭，先要种粮食一样。电影可是一种食用面最广的精神食粮。电影创作首先源于电影剧本的创作，它无非有两途。一是剧作家按照有关电影题材和电影类型的要求直接原创，有时也可对某一真实的历史事件或新闻事件加以改编；二是根据现成的文学作品（主要是小说，也包括舞台剧等）改编，这才是通用意义上的电影改编。

如果把电影的早期阶段看成是电影的"古代"，那么根据文学改编的电影可谓"古已有之"。虽然在时间上，改编还是晚于原创，这与影业界稍后才发现文学对于电影的先在价值和电影与文学的血脉相通有关。美国在1910年推出首部成功的科幻电影《弗莱肯斯坦》，就是根据英国诗人雪莱的夫人玛丽·雪莱在1818年创作的科幻小说改编的，弗莱肯斯坦成为好莱坞的经典形象之一。自从有了改编一途后，便开始了原创与改编并驾齐驱的历史。至于孰多孰少，难以给出一个确切的统计。

这里不妨以AFl（美国电影协会）于2007年公布的美国"电影史100部最伟大影片"名单作为参照。这份名单是由众多导演、编剧、演员、编辑、摄像、影评人和历史学家共同评选出来的，共有1500多名协会会员参加了投票，有很大的覆盖率和权威性。由于这份名单是按得票多少来排序的，因此与影片出品和上映的年代无关。中国观众熟悉的《卡萨布兰卡》《教父》《乱世佳人》《绿野仙踪》《辛德勒的名单》《飞越疯人院》《愤怒的葡萄》《杀死一只知更鸟》《日瓦戈医生》《西区故事》《大白鲨》《白雪公主》《音乐之声》《沉默的羔羊》《阿甘正传》《呼啸山庄》《窈窕淑女》等24部都是根据原著改编的，占百部"最伟大影片"的近1/4。其中除《西区故事》改编自歌剧、《窈窕淑女》改编自戏剧外，其他均改编自同名或异名小说。

这些小说原著多半是畅销书和杰作，有的一出版就轰动阅读界，如同名小说《教父》《大白鲨》和《乱世佳人》的原著《飘》。有的在电影改编前就获奖，得到过很高的评价，如小说《愤怒的葡萄》和《杀死一只知更鸟》获普利策奖。《窈窕淑女》改编自20世纪爱尔兰著名戏剧作家萧伯纳的戏剧《卖花女》，作者获诺贝尔文学奖。小说《日瓦戈医生》的作者帕斯捷尔纳克也得过诺奖。小说《呼啸山庄》则是19世纪英国作家艾米莉·勃朗特的作品，是英国文学的代表作。可见好莱坞的电影改编都瞄准名著和畅销书，因为有广大的接受群体和先在价值，这是保证改编成功的必要前提和附加值。

中国电影改编的数据也难以统计，正好2005年底中国电影评论学会和中国台港电影研究会公布了一个"中国电影百年百部名片"的名单，它是由一百位老电影艺术家、电影评论家和史学家以及电影学教授学者投票的结果，本人也是投票人之一。这个名单是以时间先后排序的，其中最早的改编片是1933年出品的《姊妹花》，它是导演郑正秋根据自己的舞台剧改编的，公映后大获成功。中国电影改编还涉足漫画（《三毛流浪记》）、戏曲（《梁山伯与祝英台》）、歌剧（《白毛女》）、诗歌（郭小川长诗《一个和八个》）和古典小说（《聊斋志异·侠女》）等，覆盖的面相当广。当然主要的改编来自现当代小说，如《春蚕》《林家铺子》《祝福》《青春之歌》《战火中的青春》《柳堡的故事》《早春二月》《野火春风斗古城》《英雄儿女》《小花》《天云山传奇》《骆驼祥子》《黄土地》《玉卿嫂》《芙蓉镇》《红高粱》《老井》《胭脂扣》《本命年》《秋菊打官司》《那山那人那狗》《天下无贼》等，总计37部，占百部的37％。在这份取样中，改编的比例超过了1/3，高于美国电影。但1949年前的改编片相对较少，而原创片则更多。这与左翼电影更看重现实题材有关，而文学创作不可能那么及时或对路。为此如夏衍、田汉、阳翰笙等著名的左翼作家和一些左翼导演常常亲自操刀撰写电影剧本。

　　徐芳：我们的群众文化生活出现了前所未有的大扩容大发展，尤以影视为盛，可以说年年上台阶了……而文学作品，尤其是古今经典的文学作品能否借此东风，加强传播和影响力，使用带电的传播手段，使它接受的人多，接受的方式多，电影院要择时择日，有院线排片，有档期限制，那么还可以在电视上，在手机上看与听，使得我国文学遗产（现产）以电影化的方式深入人心？

　　王纪人：在80年代新时期以来的电影创作中，有不少导演更倾向于改编当代作家的新小说，这与新时期文学在思想解放运动中异军突起，打破精神枷锁和艺术上的创新有必然的联系。这些新作有的以题材的新颖取胜，有的以形式的创新见长，或两者兼而有之。有的在文学界已经引起了关注，有的却是电影创作者独具慧眼的发现，在海量的作品中披沙沥金觅得的。可以说，电影和文学之间产生了前所未有的引力波关系，而不同的导演有不同的选择。

举例来说，老导演谢晋改编的电影偏重于反思历史一路。《天云山传奇》《牧马人》《高山下的花环》《芙蓉镇》等都是感人肺腑触动人心之作，开辟了反思电影的新类型，其他导演只能望其项背。谢飞执导的《本命年》和《黑骏马》改编自新锐作家的同名小说，也很抢眼。吴天明的《人生》和《老井》功力扎实，反映底层的生活，富有现实主义精神。在第五代导演中，张艺谋不拘一格，既改编了已经崭露头角乃至声誉卓著的作家作品，如莫言、苏童、余华、刘恒、严歌苓等的小说，同时也在鲜为人知的作家作品中发现有价值的"潜力股"。经他请人改编后亲自执导拍出的电影，大多在国内外获奖连连，从而也大大提高了原著者的人气指数。在改编和原创之间，张艺谋似乎更擅长于前者，因为对他而言，改编比原创的成功几率更高，并且获奖和口碑更趋一致。相反，以上海为背景的《摇啊摇，摇到外婆桥》则是原创作品，虽然获得第48届戛纳国际电影节评审团奖，但城市电影正是张导的软肋，其中的都市影像和角色表演都令人有严重的违和感，至少难以获得上海本土观众的认同。陈凯歌改编的当代作品相对较少，但改编自李碧华小说的《霸王别姬》堪称杰作。姜文改自王朔小说《动物凶猛》的《阳光灿烂的日子》，迄今仍是他最浑然天成的一部代表作，而不像后来有些影片那样一惊一乍。

对中国古典名著的改编，电影不如电视剧。一个现成的理由是古代文学经典内容丰富，意涵深广，如要原汁原味地演绎，电影的长度不足以表达，只能拱手让给电视连续剧了。如电视剧《西游记》《红楼梦》

（87版）确实堪称经典，长播不衰。相比之下，名导谢铁骊1989年开始拍摄的电影版《红楼梦》系列（6部8集）却没在观众中留下太深的印象。事实上在中国电影史上还有过1927年版的《红楼梦》和1944年卜万苍执导的周璇版《红楼梦》，以及香港的几个版本。还有一些古典名著也曾改编成电影，如《水浒传》《西游记》《三国演义》《聊斋志异》《封神演义》《西厢记》等。其中《西游记》被改编的频率最高，但无厘头也最多，把这部具有世界影响的经典之作折腾得面目全非。中国的戏曲电影一枝独秀，数量充足，但基本上是舞台纪录片，缺少电影意义上的再创作。

与国外相比，中国电影对古典名著的改编可以说不成比例。西方电影对经典文学作品的改编，虽不能说一网打尽，但也所剩无几了。凡是进入世界文学史的伟大作家们的杰作，大部分被改编成电影，有的名著一再被改编，不少还成为电影史上的经典之作。在改编本国文学经典方面，中国电影应该作为系统的艺术工程来规划，使吾国文学遗产以电影化的方式深入人心，重放异彩，泽被世界。

徐芳：比照相关联的文学与电影作品后，有一个有意思的现象，似乎并不是孤例——最好的文学作品改编出的电影却不一定是最好的，最好的电影所凭借的文学作品可能未必是最好，这有点像绕口令，但无论变好还是变坏，也都说明了两种不同体裁的差异化存在吧？除去故事的因素，电影叙事和文学叙事是否存在着不同的艺术规定性呢？

王纪人：文学之所以成为电影改编的重要源头，因为两者都是叙事，而且文学叙事从荷马史诗算起，已经经过了近三千年的历史。人类最早的叙事是出于交流的需要，正如符号学家罗兰·巴特所言，人类只要有信息交流，就有叙述的存在。在语言产生前人类用肢体叙述，在文字产生前用口述，之后就有了书面的叙述。如果叙述的是故事，那么就有了叙事文学——传记和小说等。如果用来演出，也就有了戏剧。叙事文学的核心是故事，爱听故事是人类的天性，写故事或演戏则是满足好奇心的一种才能和职业。福斯特在《小说面面观》中说过，故事是小说这种非常复杂的有机体中的最高要素。脱胎于小说的戏剧和电影，又何尝不是如此？现代派小说和电影往往淡化情节，诉诸内心，但故事的内核仍在。

情节和故事的区别如福斯特所言：情节是对具备一定因果逻辑事件的叙述："国王死了，王后由于伤心过度也死了"；故事是按照时间顺序来叙述："国王死了，然后王后也死了"。情节再淡化，故事还是要有的。但是电影叙事显然又不同于小说叙事。小说用文学语言来讲述和描绘一切：故事、情节、人物、场景、冲突、时代等等。电影却是综合艺术，可以调动诉诸视觉听觉的一切造型和音响手段，以及由演员担任的各种角色乃至动物、动画人物参与表演。在电影中，画面、色彩、影像、音响、主观镜头和客观镜头、蒙太奇和长镜头等等，都是电影语言不同于文学语言的地方，从而也构成了两种大相径庭的叙事方法。

这里我们不妨比较玛格丽特·杜拉斯的小说《副领事》和由她自己改编和执导的《印度之歌》来略加说明。小说《副领事》的故事发生在恒河岸边：法国驻拉合尔的副领事深夜朝邻家花园开枪杀了人，他站在寓所的阳台上吼叫；在恒河岸边，游荡着一个秃头疯女，她常常夜半歌唱；大使夫人是加尔各答才貌出众的女人，却和几个英国男人出没蓝月亮妓院；孤独的副领事疯狂地爱上了大使夫人。而据此改编的《印度之歌》更是一部标新立异的现代派电影：全片仅由70多个镜头和多达500多句画外音构成，且是声画分离的。画面上的人物并不开口说话，而画外音的结构异常复杂。它包括两个女声和两个男声的画外叙述、银幕人物的画外对白、一个女乞丐的声音，以及环境中的人语和自然音响。影片实际上包含了两个"故事"。在表层上它叙述的是法国驻印度大使的夫人安娜–玛丽·斯特莱特的爱情经历，她婚后爱上了一个英国人，后来又被法国驻印度拉合尔的副领事看中。他在大使馆的招待会上公开了自己的爱情，被赶了出去。回到拉合尔后，他便堕入疯狂之中，随意向麻风病人、狗，以及他自己开枪，结果撤了职。后来，安娜偕友人到一个岛上去旅游，他也追踪而至，使安娜在纷乱的爱情纠葛中难以自拔，最后投海自尽。而在影片背后，还有一个疯女人（女乞丐）的故事。她从法国在东南亚的殖民地尾随安娜而来，经常骚扰使馆的花园，她的几个孩子卖的卖，死的死。她自己最后也饿死在岛上。我们从这部改编电影的超少镜头和超量画外音，已经可以看出杜拉斯对电影叙事的超常规运作。

很多年以前我在银幕上观摩了这部电影，其中有个长镜头印象尤其深刻：一圈男票席地围坐在他们的偶像安娜四周，副领事也进入室内。谁也没有对白，谁也没有动作，只有一个吊扇在象征性地慢慢转动，一缕熏香的烟袅袅而上。这个呆照似的镜头长达五分钟之久。那天还看了其他影片，最后记得的恰恰是这部电影，尤其是这个镜头。印度的炎热、麻风病、难以打发的无聊日子、虐恋以及绝望的爱情，都尽在不言之中。杜拉斯的这部电影虽然很极端，但也因此极端地说明了电影叙事如何在电影特性中与文学叙事划出了界限。加拿大学者安德烈·戈德罗在《从文学到影片：叙事体系》中，把叙事分为舞台叙事、书写叙事和影片叙事。早期电影接近舞台叙事，后发展为现代电影叙事。这个区分显然是符合电影史事实的，中国的早期电影就类似舞台纪录片。即使到后来，有的电影还是旧痕未泯，对白特多，完全用戏剧冲突来结构影片。现在的电视剧基本上用戏剧叙事，电影应该与电视剧划清界限。

源自文学的电影改编已然占了电影创作较大的比例，即使原创的电影，也不可避免地受到文学叙事和人物塑造等文学经验的影响，而且完全应该继续向文学经典学习和致敬。但是电影在创造了自己的许多经典，并依靠现代科技手段使电影技术更趋成熟的今天，理应在电影的独特性方面有更多的发挥和新的创造。事实上对电影叙述学的研究，已经走在文学叙述学的前面，并对后者多有启发。

2016.6.9原载于《上观新闻》

注：文中提及的年代均为20世纪。

观众对影片质量的倒逼

　　一年一度的上海国际电影节已经拉开帷幕，明星的红毯秀也走过了。现在国际评委们正专注于看电影，不知他们会青睐哪几部？最终又花落谁家？许多观众也在各大影院来回穿梭观赏自己购票的影片了。今年观众知多少？估计要超出往年了。因为展映的影院已增至35家，场次达900场。观众的热情有增无减，甚至有千里迢迢赶来的，天蒙蒙亮就排起了长队。这种节奏，使我想起了70年代末80年代初读者在各大新华书店排起了长龙购买中外文学经典的盛况，当时我一家三口全出动了。因为盛况空前，现在有的观众不说国际电影节，而说来参加"电影狂欢节"了。上海国际电影节成了"狂欢节"，成了嘉年华，人气看涨了。这比土豪们去巴黎老佛爷血拼肯定强多了。

　　现在世界上的电影节有多少？据说不下700个。但由国际电影制片人协会（FIAPF）批准认可的并有着较高质量的国际性电影节约有55个。据FIAPF官网公布，截止2013年，全球有14个A类国际电影节，上海国际电影节名列其内。A、B、C、D其实无关等级只关性质。A类的属竞赛型非专门类，B类为竞赛型专门类，C类为非竞赛型类，D类为纪录片和短片类。评什么类，都是需要上述国际机构认可的。但A类国际电影节也是有前沿排名的，其中戛纳电影节、柏林电影节和威尼斯电影节是FIAPF承认的世界三大电影节，除这三大外，再加上蒙特利尔电影节和卡罗维发利电影节，是国际电影联合会确定的国际五大电影节。奥斯卡虽然影响很大，但仍然是美国国内评奖类的电影节，只是为了扩大影响增加了外语片奖。与老资格的国际电影节相比，上海国际电影节虽然是1993年才初出茅庐的，但经过17届的反复操练，应该说既积累了经验也积累了人气，目前已成为亚太地区最具规模和影响力的电影盛会。对于一个国际电影节来说，明星大腕是否云集固然事关风光气场，但关键是选片要有眼光，参赛须有佳作。如果入围参赛片的平均值达到国际上的高大上水平，那么评出的金爵奖和亚洲新人奖才可能是一流的，甚至青史留名，否则只能"矮子里拔将军"了。制片人和导演如果对自己新拍出的电影信心满满，那么他们往往首先冲着"三大"或"五大"去了，换了中国的出品方也一样。因为按照规定，在同类国际电影节得奖后是不能再参赛另一国际电影节的。但如果某电影在制作过程中选片方已联络介入，那么捷足先登的可能性还是存在的。这不能说人家被忽悠了，因为电影节的艺术倾向和诚意也会影响到参赛者的选择取向的。

上海国际电影节是世界各国电影和电影人交流的一个平台，也是中国电影产业多元化发展的一个契机。我本人更看重它对世界电影文化展示、交流的作用。对于中国电影人和中国电影观众来说，每年一次的"狂欢"，是与世界电影接轨并接受审美洗礼的极佳机会。当观众的审美水平达到较高值时，那么烂片就没有市场，佳作才能脱颖而出。我认为，观众对电影质量的"倒逼"，将会指日可待的。

2014.6.20原载于《解放日报》

注：文中提及的年代均为20世纪。

打造中国类型电影

　　电影从广义上可以分为类型电影和非类型电影两种。前者源起于好莱坞的商业电影，如西部片、警匪片、喜剧片、恐怖片、歌舞片、幻想片等。类型电影以类型观念作为影片制作的基础，如规范化的情节、定型化的人物或偶像明星，以及具有某种公共象征的视觉影像。它比较切合多数观众的心理需求和期待视野，并且在各种类型中切换，以"热潮更替"的方式来制造观众一波未平一波又起的兴奋点，保证了娱乐和商业、受众和梦工厂的双赢。非类型电影则形成于电影草创阶段并发展于类型电影式微之时，既可能不及类型电影的规范成熟，也可能突破其类型化、程式化，突破其戏剧化的叙事模式和线性的因果关系，以及人为封闭的结构，而拥有更多的独创性。欧洲的新浪潮电影和作者电影，应该归属于非类型电影，且具有里程碑的意义。但是欧洲电影与好莱坞电影存在着既抗衡又互渗的关系，在打破好莱坞的公式主义的同时，还是可以从题材和样式上区分出爱情片、战争片、传记片、喜剧片、音乐片、惊悚片、奇幻片等等电影类型，以满足多样化的观影需求。在美国，除了上述类型的存在外，后起的灾难片、科幻片和3D技术则更擅胜场。

　　相对而言，中国电影在仅仅晚了十年的发展史中，虽然佳作不少，却没有严格意义的类型电影。这可能与动荡的社会和左翼电影倾力于社会性主题有关，后期则因致力于以歌颂为主的主旋律电影。这样，在电影类型方面根本无暇作细分和持之以恒的探索，更缺乏形式和技术上的积累和支撑。虽然也有少数电影可以归为这类或那类，如马徐维邦导演的《夜半歌声》被归类为"恐怖片"，但总的说来，不仅类别较少，且缺少能作为某种类型的标志性作品。电影从业者本身缺少电影类型的意识，也应该是一个重要的原因。

中国类型电影在香港起步较早，武侠功夫片、黑帮警匪片、喜剧片和恐怖鬼怪片为市民所熟知，其中武侠功夫片在国际上有更大的影响力，其中几位功夫明星因此先后进军好莱坞，成为国际巨星。

大陆类型电影的真正起步并逐渐产生规模效应，有人认为是2010年以来的事情，而我认为应该定为本世纪前十年。这十年中国电影从低投入、低回报向高投入、高回报提升，从小制作向大制作进军。这意味着一部分社会资本向电影产业集结，并且投资的目标首先瞄准在国内外享有声誉的大导演，以保证产出影片的质量和巨额回报。这个契机首先促使了具备这种资格的第五代导演的大逆转，以探索片和艺术片为其标志性成就载入电影史册的张艺谋、陈凯歌首先转向执导商业大片，而后起的冯小刚也紧随其后。张艺谋在2002年、2004年和2006年先后执导拍摄了《英雄》、《十面埋伏》和《满城尽带黄金甲》，在电影类型上都可以定位为武侠片，但《黄金甲》归入宫闱片更加恰当。陈凯歌紧随其后，于2005年拍摄了《无极》，在电影类型上归为"奇幻"。冯小刚那时有"两个半"之半的评位，他自然不甘落后，于2006年拍摄了宫闱片《夜宴》，又于2007年拍摄了战争片《集结号》，再于2010年拍摄灾难片《唐山大地震》，大大提升了他的影响力。请看，仅此三位就连续拍摄了七部五种类型大片，而且都取得了不俗的票房业绩。尤其是《英雄》的全球票房达14亿人民币，可谓前所未有。《英雄》和《十面埋伏》在2005年的美国《时代》周刊评选

2004年全球十佳电影时，竟并列第一。可见把21世纪第一个十年定为向大片、类型电影、全明星制电影和商业电影转型的年代，是有充分依据的。第五代导演中的领军人物仍然是此次转型的领头羊，并且在数字化的特效制作方面作出了初步的努力。当然，这些影片也有明显的不足。如《英雄》在"刺秦"这个关节点上所作的叙述有明显的历史违和感和不必要的国际隐喻；《无极》则被讥评为"华美而苍白、庞杂而空洞"。凡此都说明大片剧本的剧情和观念更需精心推敲和打磨，类型片更需要符合观众的期待视野而不是相反。

如果说本世纪第一个十年主要由第五代导演在大片的制作中开始了类型电影的尝试，那么在刚刚过去一半的第二个十年中，类型电影的创作成为多数制片机构和执导者更为自觉的行为，成为获得艺术和经济利益双赢的重要策略。以喜剧片为例，徐峥先后执导的《泰囧》和《港囧》受到观众的欢迎，并分别收获了12多亿和16多亿的巨额票房，刷新了中国电影的纪录。《中国合伙人》作为励志片在题材上另辟蹊径，票房也不俗。《致我们终将逝去的青春》是有创意的爱情片，口碑和票房达到了一致。《智取威虎山》以动作片拍历史题材，并用3D技术，也获得了口碑和票房的双丰收。《捉妖记》是奇幻片，又很搞笑，深受观众的欢迎。这里需要提出的是，类型片也并非一类到底，例如《港囧》就杂糅了喜剧、爱情、悬疑、警匪、动作等多种类型，给人以别开生面的新鲜感。

今年春节刚刚上映的几部新片全是类型片。如王晶导演的《澳门风云3》属于喜剧动作片，被认为具有老港片的风骨神韵。《西游记之孙悟空三打白骨精》和《美人鱼》虽然均属奇幻片，但两者各有其特点。前者改编自《西游记》第二十七回《尸魔三戏唐三藏，圣僧恨逐美猴王》，是这部古典名著中最著名的桥段之一。电影对原著作了较大改动：如"三戏"简化了，增加了白骨精与云海西国国王勾结喝童血的情节；孙悟空被逐后也没回花果山，半路就被观音劝回保护唐僧了。更大的改动是白骨精也非等闲之辈，而是妖皇，且有逼良为妖的惨痛身世。而猪八戒除了好色外，也没做挑唆师傅念紧箍咒的事。凡此改动有否必要可能见仁见智，但创作者为了增加白骨精扮演者巩俐戏份的意图是显而易见的，并且写她前世被冤枉为妖，给这个角色添加了曾为好人的一面。对于原著的颠覆更在最后：白骨精钻进了唐僧的体内，唐僧说"我不入地狱谁入地狱"，要求孙悟空把他打死，以便将白骨精度正为人。孙悟空二话不说一棒将师傅打死，背着师傅的尸体去西天取经了。自然，如果再拍续集，唐僧肯定会活转来的，但我觉得如此改编的幅度也忒大了。其实类型片对情节的编排是有规范的，尤其是文学史上的经典，任意改动就有悖观众的接受心理，对未读过经典的人构成误导。当然，此片也有可圈可点之处。首先几位主演演技甚好，尤其是巩俐的气场不小，不愧妖皇。郭富城演孙悟空身手不凡出人意料，忍辱负重一面表演到位，但严肃有余猴性不足。在看电视剧《西游记》时，我曾期待以特技特效来演绎神魔故事的电影出现，此片的3D特效把虚拟的仿像与实拍的景象编织成一体，使我久远的梦想得到了实现。《美人鱼》被归类为"爱情、喜剧、科幻"，虽然对美人鱼的中外传说不断，但科学的成分很少，所以还是归为"奇幻片"更妥。周星驰的"无厘头"一直令我困惑，但自从看了他的《长江七号》后，就少有违和感了。在他的这部电影里，美人鱼不再是欧洲民间传说中诱惑水手落水而亡的冷酷的妖怪，更像安徒生笔下的美人鱼那么善良，但非悲剧的角色。从表层的结构来看，《美人鱼》甚至可以归类为环保或生态电影的，因为填海工程破坏生态平衡，直接危害了海洋生物，也影响了渔民的生存。但是这仅仅是电影的一个外壳，或者说为美人鱼的出场作了一个现代性的铺垫。美人鱼珊珊临危受命，对工程的老板刘轩施以美人计，在两人的交手中产生了爱情，使自以为无敌的嚣张男子恢复了善良的天性，不顾一切地放弃了填海工程。在这个神话般的美人鱼故事中，包含了一个天性善良却已经堕落的男子，在作为善恶化身的两个女人的争夺中弃恶从善的通俗故事。这也正是中国类型片不脱大众趣味而隐含中国文化基因的一个特征。星女郎林允扮演的纯洁善良童真的美人鱼，邓超扮演的嚣张无敌浑身是刺却性本善的男主角，都隐含了编导的向往和憧憬，也是这部除了3D技术外最触动观众神经的情感内核。它能占据春节电影票房的一半（17亿），而且现在正在奔30亿票房而去，绝对不是一个无厘头的桥段。

近几年来，中国电影的总票房急遽上升，除了硬件的提升外，类型化的创作应该是一个重要的原因。如果把它作为一种长期的策略或战略，变成一种制片模式，以及电影人自觉的意识，那么会有更大提升的空间。其实道理十分简单：类型创作是建立在作者和观众默契认同的基础之上的，它符合电影创作和欣赏的规律，并在受众的接受中获得最大的公约数。它既不一味地迎合迁就观众，也不把主观意图一厢情愿地硬塞给观众。类型创作可以制作大片，也可以是中小制作，可以3D，也可以2D。类型片和艺术片并无绝对的鸿沟，因为商业可以艺术，艺术也可商业。惊悚大师希区柯克的心理悬念片就是地道的类型片，但正因为地道独特，就成了艺术，而且经典。

2016.2.23原载于《解放日报》

生的坚强，死的挣扎

——评电影《黄金时代》

萧红一生漂泊，命运多舛，年仅31岁就不幸病逝于香港，但她的文学作品却长留于世，并得到了甚高的评价，这正应了诗圣杜甫"文章憎命达"的诗句。电影界对她情有独钟，先后有《萧红》和《黄金时代》两部传记片问世。两部电影各有千秋，比较而言，我更欣赏由许鞍华导演、李樯编剧的《黄金时代》。

《黄金时代》的视野更见开阔，把传主萧红的个人命运与一个宏大的时代以及知识分子群体更紧密地结合起来表现，把观众带回到民国历史的现场。萧红一生虽然短促，却有过离家出走、逃婚、顾此失彼的爱情、革命、流浪的传奇经历，这就为电影的情节展开提供了广阔的空间。北京、哈尔滨、青岛、上海、日本、临汾、西安、武汉、重庆、香港等萧红在后12年中先后漂泊过的地方，以及萧红与许多热血青年参与的抗日活动和他们颠沛流离的生活，在电影中都作了相当生动形象的表现。这样，萧红的一生不再仅仅是她个人的传奇，而是属于有着某种历史必然性和时代共同性的传奇。这一传奇象征着我们这个民族曾经的苦难和抗争，知识者对家国命运的担当和对个人自由及人生价值的追求。所以《黄金时代》是以萧红这个特定的历史人物带出了一个时代和一群人，并在时代的大波大浪中塑造了萧红和众多作家的艺术形象。萧红所在的东北作家群、以鲁迅为核心的上海左翼作家群、共赴西北参加抗日活动的作家群，这在第一部萧红传记片中没有得到充分表现或有所疏漏的，在《黄金时代》中都得到了历史性的呈现。而且可贵的是，那不是历史人物群像走马灯式的展示，而是一种集体性的出场和与传主的精神性交集。在这个前提下，所谓一个女人与四个男人的故事，就不再是绯闻式的商业性卖点，它同样蕴含了一个大时代中特定的男女关系，以及他们梦想的浪漫，对于自由和理想的共同追求，对于爱情自主的执着。在那个时代，萧红固然是特立独行的一位，但她面对的，往往也是一个特立独行各有个性的群体。不同的是，当更多的人为时代的潮流所裹挟时，萧红最后却做了逆向性的选择，坚持个人"要做什么就做什么"，更愿意找一个地方安静地写作。在萧红的情史上，电影侧重表现她与包办婚姻中的未婚夫、萧军和端木的关系带来的问题。未婚夫始乱终弃使她陷入了生死绝境，与萧军结合时怀着未婚夫的孩子，与端木结婚时怀着萧军的孩子。应该说萧军、端木对她都是真爱，但后来同样出现了问题。与萧军的分手结束了一个问题，与端木的结合开始了另一个问题。电影更多地站在萧红的角度，对几个男性的不负责任、移情别恋和玩失踪等行为作了不加掩饰的展示，当然，有的也曾经向萧红伸出过重要的援手，尤其是萧军还促使她走上了文学创作的道路。电影编导并未刻意地持女性主义的立场，只是对萧红颠沛流离的人生和顾此失彼的爱情寄予了深切的同情。

　　萧红的传奇人生颇为曲折多变，某些关节点尚有未解之谜，对同一事件萧红与其他当事人有不同的说法，当时人们对萧红的评价也言人人殊，凡此都给电影的叙事和言说增加了难度。编导采取了"对镜独白"的创新手法来解决这一叙事学上的难题。即剧中的某个人物可能突然跳出剧情对着镜头说话，直接向银幕外的观众自报家门、交代剧情难以尽述的时空关系，以及对某一事件的不同说法和对传主萧红的不同评价或态度。如白朗和罗烽、舒群、许广平、丁玲、聂绀弩、胡风和梅志、蒋锡金、骆宾基、萧军和端木等等，都有"对镜独白"的叙述，其中许广平热情好客但对萧红频繁造访她与鲁迅的家也不无微词。这种叙述初看时有点突兀，但多看几次也就适应了。作为剧中人的叙述，既可能有权威性，因为他们曾是萧红历史的见证人；但也可能存在歧义，因为他们可能是同一事件的不同的当事人和名誉攸关者，后者的叙述就类似于罗生门了。这类对镜独白大多出自萧红本人的作品或他人的言论，与电影的内在叙事构成了一个对话性的复合文本。总的看来这一手法在电影叙事学上的探索是成功的，其中"老年萧军"和"老年端木"的"对镜独白"尤其大胆，因为他们已不是这部电影规定情景中的"剧中人"，却仍然在述说着过去的事情且不无矛盾之处，显得耐人寻味。《黄金时代》作为传记片的最大特色，就是让各人说各人的话，既有萧红自己表述过的萧红，也有同时代文人眼中的萧红，既有史家猜测的萧红，也有电影创作者理解的萧红，总之是一个复合的萧红，是需要观众自己再加整合的萧红，而不是创作者硬塞给观众的一个萧红。这样做可能使萧红形象的轮廓线不够清晰，就如印象派绘画中的人物形象，却也因此更加客观真实。虽然对萧红人们各有各说，但电影给人的总体印象恰恰是：对于生的坚强，对于死的挣扎。

　　萧红短促的一生灿烂而又悲苦。灿烂是因为她通过文学创作让自己的生命之火绽放，悲苦是因为她的确活得很艰难。她时常处在食不果腹的饥饿线上，甚至流落街头。一个孩子送人一个孩子据说生下来就夭折。她还遭遇感情不忠和家暴，以及在逃难途中的背弃。对此，电影都作了生动形象的再现。稍有不足的是，电影对她曾经遭受的冷遇和曲解，尚缺少表现。当代萧红的研究者指出，萧红后来更愿意进行无党派的写作，所以她的后期创作偏离了左翼文学的政治化轨道，义无反顾地走上了个人性、自我化之路，从而招致了左翼阵营的批评和非议。茅盾对她作过辩护，指出：与她在"情调"、"思想"上的缺失相对应的，是她在艺术上的巨大成功。如果电影能在这方面有所表现，显然更能凸现萧红艰难的历史境遇和后期更高的文学成就。萧红临终前曾经悲愤长叹："半生尽遭白眼冷遇……身先死，不甘，不甘。"可见她是死不瞑目的。

毫无疑问，《黄金时代》是近年来少见的一部文艺大片。它出世于商业主义、消费主义弥漫已久的影业界和观影界，可谓知难而上。它上映后有可能遭遇连看也看不懂的"白眼冷遇"，从而导致减少上映的场次。如果这样，那就说明中国影业在表面的繁荣下，积疾已深，观众的欣赏水平堪忧。这就需要作深长的反思了。

2014.10.18原载于《解放日报》

震慑人心的光影传承

——评京剧电影《曹操与杨修》

很多年前，我看过上海京剧团的新编京剧《曹操与杨修》，当时就觉得它真正摆脱了"样板戏"的"话剧加唱"的套路。不仅"京"味十足，而且具有一种震慑人心的悲剧效果。近日观看了由滕俊杰执导，尚长荣、言兴朋联袂主演的3D全景声京剧电影《曹操与杨修》，又获得了当代京剧电影带来的全新感受。

电影《曹操与杨修》在剧情上未作大的改动，只是把舞台演出时的160分钟，精简成电影放映的120分钟，更符合一般的观影习惯，也显得更集中因而也更加聚焦了。电影一开始，加进了赤壁之战战舰被烧、曹军大败的画面，揭示曹操急于招贤纳才扭转危局的大背景。全片就是通过曹操与杨修交集的前后过程，表现了曹操作为东汉丞相，为统一中国网罗天下贤才为我所用的决策，以及最终违背初衷的乖谬。曹操是个野心和抱负合二为一的人物，当时擅长给人物作"月旦评"的许劭曾对前来求评的曹操说，"君清平之奸贼，乱世之英雄"。那时尚未发迹的曹操听了并不生气，却如被打赏似的兴冲冲地走了。后世以刘姓为汉朝正统的人往往视曹操为奸雄，而抹杀了他统一北方中国、惩办豪强、治军严明、精通兵法、提倡廉洁、唯才是举等诸多长处。鲁迅对曹操有过甚高的评价："曹操是一个很有本事的人，至少是一个英雄。我虽不是曹操一党，但无论如何，总是非常佩服他。"《曹操与杨修》的创作者显然也有自己独特的立场和见解，他们对曹操的品评既不是污名化的继承者，也不是极端的翻案派。在他们看来，无论曹操还是杨修，都是才智过人的一代豪杰，也有严重的性格缺陷和局限。在塑造他们的艺术形象时，赋予了更多的复杂性和立体感。从而在展开两者的性格冲突时，产生出更多的戏剧张力和人性内涵。

　　曹操和杨修，一个是求贤若渴的威权者，一个是期待一展宏图的才俊。巧的是，两者又都是当时名闻遐迩的文学家。所以在剧中开始两人是惺惺相惜，一拍即合的。区别在于曹操是挟天子以令天下的强力人物，而杨修则是他手下的一个主簿。但杨修也非等闲之辈，因为其父杨彪是前任宰相，所以他是十足的官二代，不甘久居人下。在智力上曹操和杨修不相上下，曹操还自认相差三十里。如果杨修能够摆正自己的位置，曹操还是能够唯才是用的。偏偏杨修恃才傲物、自作主张，而曹操又是多疑之人，于是两人的裂罅渐深。电影先是表现杨修私自派孔融之子到匈奴、蜀、吴三地去购买战马和粮草，引起曹操的猜疑，怀疑他们通敌，直接把孔融之子作为间谍刺杀了。后来才知道误杀了，却文过饰非，说自己有梦中杀人的习惯。杨修自然不善罢甘休，略使小计，竟意外导致曹操夫人不得不自刎以帮助曹操圆一次梦中杀人的谎言。后来两人又在要不要兵出斜谷上发生分歧，曹操一意孤行差点中了诸葛亮的埋伏，便以"鸡肋"为口令意欲撤军。没想又被杨修识破，自作主张去军营布置撤军。曹操终于忍无可忍，下令杀了杨修。这些情节有的是编剧的艺术虚构，有的来自《三国演义》。"鸡肋"门就是罗贯中的创造，但他仍说杨修"身死因才误，非关欲退兵"。杨修被诛杀，是因为他站在曹植一边参与了与曹丕的夺嫡之争，这是最为犯忌的。而在此前曹操也早就对杨修不满，他在致杨彪的信中说："足下贤子，恃豪父之势，每不与吾同怀，即欲直绳，顾颇恨恨"。可见在历史上杨修被曹操所杀，有其日积月累的前因后果。一出京剧或一部京剧电影，不可能原原本本来铺陈。于是编剧便虚虚实实，用戏剧化的情节来演绎曹操与杨修如何由合作到破裂最终杨修被杀的过程，与此同时也揭示了曹操如何步步陷入惜才、用才、忌才、杀才的悖谬之境。这里首先涉及权力与智慧的关系：当权力与智慧集于一身或被借用的智慧为权力服务时，这是一种互补；当智慧冒犯权力并向其挑战时，那么握有权力的人宁肯摈弃其智慧甚至不惜消灭拥有智慧的肉身。其次，这也是一个性格的悲剧。曹操和杨修都是东汉末年不可一世的风云人物：曹操"位极人臣，参拜不名，剑履上殿"；杨修则"总知内外，皆称意。自魏太子以下，并争与交好"。但是他们也各有各的性格缺陷：曹操"放荡不羁，不修品行"，多疑狡诈人所共知。杨修则"恃才放旷"，活脱一个直男。这就使两人难免发生冲突，终于酿成杀身之祸。杨修在死到临头时叹曰"吾固自以死之晚也"。京剧电影《曹操与杨修》在原作的基础上，运用电影手法把两者的矛盾冲突表现得此起彼伏、剑拔弩张、环环相扣，演绎了一出惊心动魄的权力和性格的双重悲剧，演示了在极端情境下人性可能出现的至暗时刻。最后时刻，两位主演淋漓尽致的表演，真是叹为观止堪称绝唱。

京剧电影《曹操与杨修》对京剧的电影化作了可贵而成功的探索。导演本着"以京剧为本，电影为用"的创作理念，不仅保留了京剧的原汁原味，而且运用丰富的电影手法和现代科技，使京剧的唱念做打更具艺术的感染力。演员的身眼手法步通过中景、近景、特写等的近距拍摄，传递了丰富的肢体语言和表情含义。推拉摇移等机位变化造成了多空间的切换和运动感，角色之间反打的效果也很强烈。尚长荣饰演的曹操和言兴朋饰演的杨修，他们在银幕上形影相随，或主或宾，他们的笑逐颜开或怒目相视都如在眼前，放大了观众的现场感和既视感，增强了京剧表演艺术的魅力，这在舞台上是达不到的。可见电影可以把表演的整体和细部，以及角色的对位和交互予以放大和强化，从而达到极致化的美学效果，击中观众的感官和心灵。

京剧电影《曹操与杨修》不仅区别于早已有之的京剧舞台纪录片，而且区别于一般的2D京剧电影。简单来说，3D京剧电影不仅是用双机拍摄和用双机同步放映的，而且是由专业的京剧演员用京剧的程式来呈现的，而不同于演绎京剧演员生涯的故事片。导演在给京剧充分尊重和礼遇的同时，运用崭新的电影手段将京剧虚拟化和程式化美学，与电影的仿真性和写实性完美地结合起来。除了亦幻亦真的3D效果，电影《曹操和杨修》还引进了杜比全景声流水线，突破了传统意义上的5.1、7.1声道的概念，结合影片内容，呈现出动态的声音效果，更真实地营造出由远及近的音效。当观众在有顶棚音箱的观影环境下观看时，更能感受这种全景声的音响效果，陶醉于尚长荣和言兴朋这两位菊坛顶级演员无与伦比的唱功和珠联璧合的完美演出。

当"新时期中国戏曲里程碑式的作品"《曹操与杨修》，在三十年后的今天拍摄成3D全景声京剧电影《曹操与杨修》时，我真正感受到现代的电影技术如何使中国的传统艺术焕发出新的生命力，从而获得长久的传承。

2018.9.6原载于《解放日报》

川味《茶馆》茶亦酽

　　今年是老舍创作的《茶馆》首演60周年。在第20届上海国际艺术节接近尾声之时，四川人民艺术剧院带来了四川话版《茶馆》，这是对老舍话剧里程碑之作的一次别开生面的演出，可喜可贺。

　　川版《茶馆》的最大改动在"话"上面。话剧是以对话为主要方式的戏剧形式，某些人物的对话可能因其特殊身份而采用其原籍方言，但在习惯上基本都用"国语"，也即后来的普通话，以便让多数观众能够接受。老舍话剧以表现北京市民生活为主，在用词发声上更多一些京腔，成为其一大特色。在川版《茶馆》中，则改成了地道的四川话，只有在找不到相对应的词语时，才保留原话。北方话反而成了难得一用的人物语言，目的是强调其与多数在场人物不同的来路。川白的生动性并不逊于京白，所以台词方言上的改动，并不损害人物语言的性格化和戏剧性，反而因其川味十足而别具麻辣烫。

　　既然是川版话剧《茶馆》，那么茶馆也应具四川特色，让茶馆的场景、布局、功能等环境元素与操此地方言的人群更加谐和。认为北京茶馆卖大碗茶，四川茶馆卖盖碗茶，这是弄错了。旧时正宗的茶馆都卖盖碗茶，这也是一种讲究。区别在于南北茶馆供应的茶叶品种有所不同，演出时可以在茶博士的喊声中体现出来。家具方面，老北京茶馆用的是晚清风格的木制桌椅，四川茶馆的椅子是竹交椅，川版《茶馆》这一道具是用对了。但四川茶博士冲茶用的一般是直接从炉子上提起来的铜吊（铜制水壶），而不是瓷茶壶。凡此种种，都有许多可以进一步考究。

　　值得称道的是，川版《茶馆》的舞台设计是别具匠心的：整个舞台设计为四个错层，每层有几级台阶连接。这个设计与川地茶馆无关，应该是为了适应如上海文化广场那样大的演出舞台，以及老舍《茶馆》里有七十多号人进进出出这种剧本。四个错层足以放置众多的桌椅，且形成一个向上的斜立面，以便观众可以看到多个表演区。如果偌大的舞台只有一个平面来摆放许多桌椅，那么坐后面的茶客则会被遮蔽。在第一幕里，这个舞台设计就充分发挥了功能。进进出出的各色人等从各个错层的台阶上走下来或走上去，有的趾高气扬，有的风度翩翩，有的低三下四，就是一次肢体语言的持续亮相，足以显示人物的身份和性格。这一幕舞台布景显示，茶馆与对面的二层楼房隔着一条街。街上不断有男女路人来来往往，来喝茶的就从街上跨进来，喝完茶的又跨到街上去。茶馆里的招待从各个方向把热毛巾如转盘似的扔给茶客，或者提着壶给客人茶碗里续水，还时不时地上吃食，还有给客人放脚盆倒水让洗脚的。中间他们还会发出各种吆喝声，以及众多茶客此起彼伏的说话声、鸟笼子里的鸟鸣声。上述的舞台设计和舞台气氛的烘托，就足以表现裕泰茶馆鼎盛时期的兴隆和众声喧哗。然后的第二幕仅凭舞台布景道具的变化，就显出裕泰茶馆的局促和萧条。茶客显然少了，而且竹交椅换成了长条凳。竹交椅则放到了错层的后两层，坐着的是难民和大兵。这倒不是为了优待他们，而是为了有人来充实偌大的舞台，所以他们没茶喝，渴了就下来蹭剩茶。前面的茶客喝完了茶，也不走人，而是走到空着的竹交椅那里坐下，也是为了点缀人气。何况坐在竹交椅里的人，随时可能有事回到吃茶的演出区。在对"逃兵"就地正法时，坐在竹交椅上的看客统统摇得椅子嘎吱嘎吱响，不知是高兴还是害怕，茶馆像要震塌似的。如果说第一幕的舞台设计和调度是一种细致入微的写实主义，那么第二幕则是半写实半象征，表现裕泰茶馆的式微和时局的动荡。第三幕的桌椅板凳与第二幕相仿，放在台前的演出区。错层上的竹交椅则统统堆在靠后的墙角落里。台阶上坐着各色人等，有事走到演出区，完事了又回到台阶上坐下，继续充陈舞台。从街上开来了摩托车，来人办接管茶馆的事，然后又坐了摩托车走人。然后是舞台后部又出现了一根带圈的绳索，掌柜王利发上吊，角落里堆的竹交椅被扔得七零八落。第三幕的舞台设计接续了半写实半象征的风格，表现了老裕泰茶馆的彻底没落和时代的风雨飘摇。

以上我说的是川版《茶馆》在舞台设计上的诸多创造性，它涉及舞台的视觉效果和舞台调度，看似多半属于形式范畴，实际上已在形式中包含了内容。一、二、三幕都以茶馆为唯一的演出场景，但仅从景别差异上就可以看出裕泰茶馆由盛及衰的过程，以及时势的每况愈下。这就是川版《茶馆》与京版《茶馆》相比，除了对话有川、京之别外，在舞台美学上把写实与象征合而为一，隐含了更多一些时代信息和精神寓意，触动敏感观众的神经。

我们从形式层面进入，从舞台设计和视觉效果去分析，可以看出川版《茶馆》把整个舞台作为中国近现代社会缩影的一种象征物。如果说老舍原本就是把他创作的《茶馆》作为半个世纪旧中国的缩影，那么川版《茶馆》的导演和舞台设计将这个意图首先在舞台上充分物化了，然后通过主要和次要人物在这个物化舞台上的对话、动作、戏剧冲突进一步地予以呈示。对照老舍原著剧本和舞台演出，只有使原著的意图和内容得到准确集中和鲜明呈现的，才是忠实于原著并在二度创作中有所提升的好的舞台演出。任何优秀的戏剧剧本还只是存在于文学文本层面的，它仅可提供文字阅读，只有通过舞台的二度创作和演出，才能把它内在的意含在观众的直视和聆听中获得形象的展现和领悟。

　　川版《茶馆》在演出内容上是否忠实于老舍原著，需要引证一下老舍本人的创作谈。老舍的《茶馆》剧本创作于1956年，1957年在巴金主编的《收获》创刊号上发表，1958年演出了几十场，既获好评，也受到完全外行的无端指责，以致被迫停演。在这个背景下，老舍在1958年《剧本》第五期上发表《答复有关〈茶馆〉的几个问题》，其中说到："茶馆是三教九流会面之处，可以容纳各色人物。一个大茶馆就是一个小社会。这出戏只有三幕，可是写了50来年的变迁。在这些变迁里，没法子躲开政治问题。可是，我不熟悉政治舞台上的高官大人，没法子正面描写他们的促进与促退。我也不十分懂政治，我只认识一些小人物，这些人物是经常下茶馆的。那么，我要把他们集中到一个茶馆里，用他们生活上的变迁反映社会的变迁，不就侧面地透露出一些政治上消息么？这样，我就决定去写《茶馆》。"这段话多少带有辩解成分，也言简意赅地概括了他的创作意图和《茶馆》的社会意义：一、把一个大茶馆作为一个小社会来写；二、通过茶客中三教九流的生活变迁反映50年的社会变迁，但不是正面描写，而是侧面地透露一些政治信息。显然，离开了这两个前提把歌颂与暴露捆绑在一起来评论，不无苛求，或者貌似拔高，实为曲解。同样，要求再往后延伸原作的时间跨度，也有画蛇添足之嫌。

　　川版《茶馆》应该说是忠于原作的，而且在原作的基础上，通过舞台调度和演员表演，更见集中和强化。按照原作，所有的戏都安排在茶馆里。一、二、三幕表现了20世纪前五十年的三个时期——戊戌变法失败之后、辛亥革命后军阀混战和民国初年、抗日战争胜利到内战爆发。这三个时期表现了从晚清以来的社会，虽经改良革命，却一直战乱不断、政治黑暗、专制腐败、特务猖獗、钳制民口、恶人得势、乱象丛生、民生凋敝、民怨沸腾。《茶馆》没有贯穿到底的大事件，也没有波澜起伏的剧情和大的戏剧冲突，而是以人带事，事随人走，无数的小故事并无关联地交织在一起，却烘托出了一个个时代。在人物塑造上，寥寥数语即活脱出其性格和命运。如掌柜王利发兢兢业业谨小慎微，屡屡改良却不断碰壁，茶馆遭霸占。常四爷爱国心切又仗义执言，却被拘捕。秦二爷实业救国一片真心，却惨遭掠夺。至于拉皮条、贩卖人口的小顺子，靠相面算命骗钱蹭喝的唐天师，想买老婆的庞太监，想当娘娘的庞四奶奶，还有密探特工诸多丑类，皆能摹声画骨，直抵其丑恶的灵魂。老舍创造了不只几个，而是整整一台活生生的人，而且创造了一个完整的、具体的、历史的语言环境，其中每一个人的语言都符合当时的历史条件和习惯。《茶馆》首任导演焦菊隐在发现并肯定这个特点后，又进一步指出观众要看的是戏，也就是经过集中、提炼、典型化了的生活，特别像第一幕这样的群众场面，仅仅创造出一些人物形象是不够的，"还需要导演把整台戏组织起来，引起观众的兴趣。要通过这些人物活动，达到以少见多的效果，让观众想到茶馆以外的生活。"话剧第一幕开场王利发子承父业，裕泰茶馆重新开张，三教九流济济一堂，场上气氛热闹非凡，观众看得应接不暇。这一场老舍写得最精彩，导和演的处理却很有难度。川版《茶馆》做到了多而不杂，繁而不乱。在剧情上，茶馆墙上明明贴着"莫谈国事"，王利发也一再提醒，爱国的常四爷偏偏说了"我看大清帝国要完"，被两特务锁走，因为在戊戌变法失败后正抓谭嗣同余党。这突如其来的变故，舞台作了静场处理，令人怵目惊心。另一件事是小顺子当人贩子，庞太监买穷家女当老婆，茶客中竟有人向老太监贺喜。这样处理就无声地提示观众质疑起当时人的国民性问题。第二幕舞台上充斥的难民大兵，营造了兵荒马乱的战争气氛。舞台装置明显地表明茶馆规模缩小，王利发入不敷出的窘迫。拉皮条的小顺子被稀里糊涂地当作逃兵当众砍头，清朝的特务成了军阀的走狗。出狱的常四爷靠小买卖糊口。第三幕"莫谈国事"的字写得更大，贴得更多。庞四奶奶想让老公在西山登基，自己当娘娘。中产阶级秦二爷一心办工厂实业救国，工厂却被当作"逆产"抢走。王利发一直搞改良，茶馆却即刻要被处长霸占。正如李三说的"改良改良，越改越凉"，常四爷说"我爱咱们的国呀，可是谁爱我呢？"这一幕处理得紧锣密鼓，恶势力步步紧逼，舞台气氛愈趋悲凉。三人撒纸钱祭奠自己和茶馆，也凭吊这个悲惨的世界。

作为幕间过渡，京版《茶馆》已增加了打竹板的说书人承上启下。川版采纳了京版的做法，但代之以流行于巴蜀一带的金钱板说唱艺术。表演者手持长约一尺、宽约一寸的三块楠竹板表演，其中两块还嵌有铜钱，故称金钱板。用金钱板来串联《茶馆》的三幕戏，无疑增加了川版的特色，而且该说唱人演得相当出彩。

川版《茶馆》的导演李六乙是北京人艺的川籍著名导演和剧作家，舞美设计严文龙是舞台设计专家，参演的主角都是四川人艺的主要演员。他们通力合作，完成了迄今第一个方言版的《茶馆》，让老舍原作的精神和对话艺术得到了独特的呈现，使它继续成为"东方舞台上的奇迹"而不被颠覆解构。这是一部向人民艺术家老舍致敬，也同时向杰出导演焦菊隐致敬的大戏。为了表现这种敬意，真人扮演的老舍坐在椅子上和站起来的剪影，出现在二、三幕天幕的右上方，仿佛老舍在看，在沉思，也在凭吊他自己。

如果要挑一两处毛病，我以为开头倒叙的一小段戏，以及结尾处学生们举着标语高喊口号的戏，都是多余的。

2018.11.29原载于《解放日报》

方言话剧缘何卷土重来？

　　记得上世纪五十年代，上海舞台上是演过方言话剧的，如1950年就演出根据张恨水的小说《啼笑因缘》改编的同名方言话剧，由大牌导演应云卫执导，大牌舞美韩尚义设计。上海不仅演过方言话剧，还存在方言话剧团，这可能在全国也是唯一。上海方言话剧团当时归属上海人民艺术剧院，并有独立的建制。《啼笑因缘》用的是沪语，在1957年却被吉林市话剧团搬演，不知道用的是普通话还是东北话。沪语方言剧的保留剧目一直受到本地观众热情欢迎，如1962年7月7日在卡尔登大戏院（现长江剧场）再度演出的《啼笑因缘》，竟然创下了连演100场的纪录。在那100天里，卡尔登所在的黄河路，晚上差不多可以用"摩肩接踵、挥汗成雨"来形容了。遗憾的是，后来上海方言剧团忽然不存在了。但《啼笑因缘》并未绝响，2017年6月，在大洋彼岸的美国有个长江剧团在演出，剧场是"城市俯瞰式"，舞台是一堂多景。

　　自2016年以来，方言话剧却在多个省市的舞台上卷土重来，乃至全国巡演，势头不小。茅盾文学奖得主陈忠实的获奖作品《白鹿原》曾被北京人艺改成同名话剧，自2006年以来屡次演出，在表现陕西地域特色方面作了很多有益的尝试。除北京人艺主演外，还特地请西安市灞桥艺术团和华阴市30多位秦腔老腔演员担任群众演员，但直到2014年的演出都坚持用普通话。2016年，陕西人艺对北京人艺版作了调整，台词全用陕西话。陕西话是西北方言的次方言，如干大（干爹）、撩骚（勾引）、麻达（麻烦）等。不仅如此，由于故事发生地多半在白鹿原，该剧还用了白鹿村的次次方言。除了陕西方言和关中俚语的台词外，祠堂、窑洞、麦场、青砖瓦房的舞美设计，歌队不时唱响的秦腔，无不体现关中文化的地域元素，同时体现出史诗式的时代变迁。陕西人艺版的《白鹿原》，曾到上海文化广场演出过。2017年，陕西人艺再接再厉，把陕西另一位茅盾文学奖得主路遥的获奖作品《平凡的世界》改编成方言话剧。重庆话剧团的重庆方言话剧《河街茶馆》，以抗战时期的重庆大轰炸为背景，表现了底层民众的国仇家恨、生存状态和生活方式。九成九的方言台词、重庆的茶馆文化、码头文化和市井言子（俚语），以及曲艺说唱和老重庆的吊脚楼的舞台装置，使整台戏充溢着强烈的地方特色。河南歌舞演艺集团《老街》用河南方言演出，由于表现曲艺人在国家危难之际的民族大义和文化担当，大量加入了河南坠子、河洛大鼓、大调曲、三弦等，使河南的民间曲艺在话剧舞台上交相辉映。四川人艺把老舍的京味《茶馆》改成川味茶馆，剧本忠于老舍原作，但台词也改成了九成九的重庆、成都方言，在舞美设计和舞台调度上颇多创意。此剧已作全国巡演，今年还参加了上海国际艺术节。茅盾文学奖得主刘震云的获奖小说《一句顶一万句》，由从事实验戏剧的导演牟森亲自操刀，改编成同名方言话剧，表现旧时代的一个民间悲剧。用河南话演出，2018年首演于国家大剧院。2018上演的另一部方言话剧也是根据茅盾文学奖得主的获奖作品改编的，那就是金宇澄的沪语小说《繁花》。该小说是多个文艺样式的IP改编热门，已改编成长篇评弹，王家卫正在改编电影。方言话剧《繁花》（第一季）全沪语，由上海文广演艺集团出品，"跨界班底，青春阵容"，通过三个上海青年在两个历史时期的沉浮，演绎了上海腔调、世事乾坤。该剧2018年1月在上海美琪大戏院首演，同年6月21日正式上演于北京天桥艺术中心。

以上我列举的还不是近几年来各地方言话剧创作和演出的全部。但即使从这不很完全的回顾中，我们还是可以看出方言话剧卷土重来之势和它崛起的端倪。首先，它们多半改编自历史经典（如老舍的话剧《茶馆》）和当代小说名著，茅盾文学奖是重要的IP。其次，它们改编的原作，都有极其浓厚的地域色彩，而且都是用地方语言写作的，为改编成方言话剧提供了良好的基础。即使如《茶馆》原作的台词也是京腔十足，充满了地域特色，成为改编成川腔的一个借鉴和动力。第三，方言话剧作为话剧和地方曲艺的混生剧种，为话剧向中国民间戏曲的借镜提供了一个必要的渠道，从而使话剧这一从外部植入的舶来剧种融入中国固有的传统。最后，方言话剧的重新勃兴，意味着各地域对自身的文化自信，和在中华文化共同体中作出文化表达和参与的要求。从以上部分剧目在全国巡演获得的理解、共鸣和欢迎程度来看，方言话剧绝不是不可理解和沟通的，它完全可以与普通话话剧并存。毕竟，现在话剧面对的是见多识广的观众，他们多半去过不少省份，听过不少外省话，还遍尝不同的菜系。即使是宅男宅女，他们也认识舞台两边标出的台词字幕吧。对了，字不同音却同文，现在的观众有九成九是识文断字的，这也是方言剧得以兴盛的一个文化原因。

2019.1.6原载于《新民晚报》

当郁达夫穿越到淮剧

　　本人过去不大接受淮剧，其中一个原因就是唱起来分贝太高。根据噪声标准，70分贝就会使人心烦意乱。山西梆子唱起来甚至震耳欲聋，有一次在大同恰好与一梆子剧团住同一旅店，他们喊嗓时真是领教了。京剧我不排斥，因为小时候父亲常带我去看，但一听到开场锣鼓，我必定要用双手把耳朵遮起来。我对噪声有过敏，这是我个人的心理承受力差，不能因此怪罪某些地方剧种，因为有人就是喜欢，听了特别亢奋。但有些剧种习惯用高亢激越的声调来唱，除了民风的因素，可能与早期露天演出也有关，现在有封闭的剧场和高保真的音响，大可不必再声嘶力竭地吼。我满意淮剧新作《半纸春光》的第一个理由，恰恰是由生理再抵达心理的，它让我感到悦耳舒心，唱腔仍然姓淮，但控制分贝，哪怕唱到激越处，也不失婉转和音色的美。淮剧有西路的高亢粗犷和东路的刚柔相济之分。《半纸春光》显然更近东路，而且由于男主角的身份是个文人，在表演上更趋向斯文，女主角的唱腔和肢体语言也更示柔美一面。此剧从唱到演，都展示了创作团队去传统淮剧的高亢，去草根和土，以适应有较高文化需求的新一代的观剧群体。听说《半纸春光》集结了上海京昆越沪淮75后一线的创作力量，我理解为吹响了创新淮剧的集结号，可喜可贺！

　　此剧不是淮剧传统的题材，而是把郁达夫的两个短篇小说捏在一起。原著《春风沉醉的晚上》写我与烟厂女工陈二妹在一板之隔的阁楼里的故事，《薄奠》写我与人力车夫的故事，两者合一，就是一个落魄文人与两个穷苦工人的关系，可谓同是天涯沦落人，同病相怜相濡以沫。编剧管燕草从写校园青春小说起步，进淮剧团后始终不能忘情于文学，此番把郁氏的两个作品作了无缝对接。既然合而为一，女工与人力车夫一家便有了邻里交往，更充分展示女工富有同情心善良的一面。这是第一个好。第二，郁达夫的小说比较散文化，这是他的风格。改编者在不违背其风格的大前提下，作了适当的补充。如男主人公在车夫一家遭到难处时，情急之下拉了黄包车出去兜生意，既表现他的急人之难，也活画出百无一用是书生的尴尬，演员也趁机表演了一把绝活，一举三得。在小说《春风沉醉的晚上》，两个人的感情没什么进展，多为内心活动，外在表现也无非女的买了面包和香蕉分享，男的回报巧克力，最后不了了之，因为男主怕害了女主。郁达夫在这个短篇里完全采取了克制陈述，与《沉沦》直诉性苦闷的意淫有很大的不同。但在《半纸春光》里，两人的感情比小说多少进了一步，至少是欲言又止欲罢不能。女的还缝了一件布马甲相赠，这就有了进一步的暗示。戏剧是要有冲突的，也要有结局，《半纸春光》加进了冲突——工头逼二妹就范，否则要加害男主。二妹为了避免这个结果，就返乡准备结婚去了，便有了结局。按照戏剧冲突的规律，多半是大起大落的，但为了符合郁达夫原作的风格，这样的结局是妥当的。第三，《半纸春光》增加了群戏，那就是上海弄堂邻里之间的戏，确切说，是贫民窟的众生相，侧重点一是写他们的穷，二是写他们的善，尽绵薄之力的互相帮助，以演绎"半纸春光"。第四，写读书人进了贫民窟，经济上是一样的穷甚至更穷，但习性上还是有反差。凡此，更有了戏剧的内容，通过一条弄堂表现了底层人的穷困和善良。这个剧的好处就在拓展原作的同时，又丝毫没有违和感。从中见出编导等主创的功力和对原作的尊重。既尊重原作，又发挥戏曲的特性。这是本剧最大的成功。

女工从怀疑到信任，孤男寡女互生爱意的细微曲折处，还可再增加一二脍炙人口的唱腔唱段，有各自内心独白的轮唱，还有诉衷肠式的对唱。原著有男主收到稿费五元买这买那的，不知为何在戏里没有了。稿费是这位书生唯一的经济来源，也是二妹看到汇款单生疑的因由，不可没有。巧克力在那时显洋派，也讨女生喜欢，改成酒肉就太日常了。

总之，这是淮剧首次对新文学作家郁达夫作品的成功改编。而它的原创性在于，创造了一出有书卷气的淮剧，也许能成为淮剧这一剧种有发展前景的新流派——新人文淮剧。

2017.5.20原载于《新民晚报》

一台朗诵音乐会何以如此火爆？

　　金秋十月的一个周末下午，住在浦西的我早早赶往浦东丁香路，在一家商厦的点心铺用完简餐后，再去附近的东方艺术中心，为了看一场"秋·思名家名作朗诵音乐会"。作为观众的我，算是很郑重其事的了。

　　但我心里也在打鼓，一个拥有1700个座位的大剧院音乐厅，会有多少前来聆听以诗文朗诵为主打节目的观众呢？但这个疑问很快得到无言的解释，在7：30开场前几分钟，偌大的剧场已经座无虚席了。音乐厅的舞台是无需帷幕的，只有一树秋叶的投影静谧地洒在舞台上。小女孩的童声独唱让观众席顿时安静了下来，钢琴独奏继续以诗一般的旋律奏响了序曲。几乎每个演出的节目都获得热情的掌声，当掌声似乎还不足以表达观众的热度时，便直接换成了喝彩。

　　这次演出共有24个节目，其中诗歌与散文朗诵就占了20个。钢琴独奏2个，琵琶独奏1个，评弹开篇1个。诗文朗诵与音乐节目是互为穿插的，避免了单一，而且不少朗诵是配乐的，凡此都构成了诗和音乐的珠联璧合，成为名符其实的"朗诵音乐会"。即使不配乐的朗诵，好诗好文本身就充满了乐感。朗诵名家们用贝斯或单簧管般的嗓音、抑扬顿挫的语调，如行吟诗人般且走且吟。无论诵者是男是女，都有点令人陶醉得不要不要的了。

以诗文朗诵为主打的节目，选目是第一位的。在20篇诗文中，中国古典诗词有5篇，中国现当代诗文有12篇，外国诗文占3篇。中国古典诗词很多名篇都是传世佳作，但其中绝句和律诗篇幅短小，朗诵者走马灯似的轮番上下场多有不便，所以这一场以选长篇为主是适合舞台调度的。这次选目兼顾古今中外名作，有的观众熟悉，符合大众的期待视野，有的比较陌生，则填补了认知上的空白。后者多半为外国诗文，如童自荣朗诵的《安娜贝尔·李》（爱伦·坡），宋怀强朗诵的《当我真正开始爱自己》（卓别林），仿佛开启了另一扇窗户，多了几分哲思。

在朗诵类节目中，大多一改照本宣科的刻板印象，糅合进程度不等的戏剧表演成分，这应该是加以肯定和鼓励的。胡乐民朗诵的李白《将进酒》和岳飞的《满江红》，善用中国戏曲道白中的喷口，使字音刚劲有力，再辅以戏曲表演中相应的身段组合，给人以一种阳刚之美，有力地传递了中国古典诗词中豪放派一路的风范。京剧演员唐元才朗诵的《观沧海》和《浪淘沙·北戴河》，更是融进了铜锤花脸道白、做派乃至唱腔的精粹。最后一句把吟诗改成唱诗，引得了台下一片满堂彩，立马把演出推向了高潮。胡乐民、唐元才的朗诵引得更多的喝彩，说明朗诵从传统戏曲表演中吸收养分，应该是一条可以探索的创新之路。戴望舒的《雨巷》是朗诵会常备的节目，这次刘家桢与李峥的联袂演出翻出了新意。刘饰抒情男主，李饰丁香一样的姑娘。各撑着油纸伞的他们在音乐的伴奏声中各自踽踽独行，未及交会，只是他多看了她几眼。一个偌大的舞台，仿佛变形为一条狭窄的小巷。男主边走边吟诵着自己的心结，女主并无回眸却边走边重复着每节最后的几个尾词，这样就使一首抒情诗平添了些许戏剧的叙事和表演色彩，并生出几多回味。丁香一样的姑娘就如一个梦幻里的影子，始终在男主的内心深处如永恒的涟漪泛起。我认为这样的戏剧化处理并不唐突，却把一首抒情诗作了视觉化呈现，是很有创意也很有意味的。

濮存昕朗诵的《琵琶行》也有这种叙事化和视觉化的处理，即琵琶女也出现在舞台上，与男主相对而坐，如同诗中的移船邀相见。这样的处理与原诗是一点也没有违和感的，甚至还可以更进一步。按我的愚见，朗诵者此时不只是白居易此诗的一个传达人，而就是白居易本人。而琵琶女不只是朗诵的伴奏者，而是一个身世凄苦在船上弹奏琵琶的卖艺人。《琵琶行》作为一首充满故事性的叙事诗，在舞台朗诵中可以有更多一点的角色扮演和戏剧性演绎。正如这首长诗中显示了白居易与琵琶女之间有过关于女子身世的询问和回复，乃至同是天涯沦落人的共情和表露。所以在诵读此诗时可以有更多的眼神交流和肢体语言的互动。两人穿的是中唐的服装，白居易必须是一袭青衫，方能吻合到"江州司马青衫湿"。弹词开篇《秋思》与朗诵音乐会的主题贴合，高博文已众所周知，倒是来自苏州的搭档张建珍唱得玉润珠圆，气质如兰，令人耳目清亮。

我有关舞台朗诵视觉化和适度戏剧化的概括，仅为创新之一途。用传统方法朗诵仍然可以取得强调文本本身的本体性效果，所以可以并存。著名话剧演员姚锡娟朗诵梁实秋的《中年》，娓娓道来，语气如说家常语，没有任何舞台腔或作朗诵状，反倒如清水出芙蓉，天然去雕饰，充分表现了散文语言的日常和素美。而此篇中的幽默话，通过朗读者自然而然的传达，屡屡引起观众忍俊不禁的笑声。凡此都显示了朗诵者炉火纯青的不凡功力。应该说，参与这次朗诵的艺术家们不仅个个训练有素，而且具备了各自的风格特色，才能使观众完全沉浸在经由他们传递出来的文学魅力之中。

在音乐类节目中，国际上屡屡获奖的"钢琴骄子"薛颖佳弹奏德彪西的《月光》，使人如入万籁俱寂、月华如水之境，传递了那种无调性的印象派风格。同时他又弹奏了同为印象派福雷的《月光曲》。真正令人惊讶的是，他又用法语朗读了魏尔伦的诗《月光曲》。他为观众带来了全部来自法国文化中的月光。与濮存昕合作《琵琶行》的吴玉霞有"琵琶天后"之称，她弹奏的《楚汉相争》，不仅令我刮目相看，也令我洗耳恭听。其演奏效果完全可借用明末清初《四昭棠集》对汤琵琶（汤应曾）演奏《楚汉》的形容："当其两军决战时，声动天地，屋瓦若飞坠。徐而察之，有金鼓声、剑弩声、人马声……使闻者始而奋，继而恐，涕泣无从也。其感人如此。"今日之吴琵琶演奏此曲，以洪荒之力和精湛之技艺，演奏如断金裂帛，气势如虹，上追古人，又别开生面。

整个演出不用报幕，自然过渡，无中场休息，一气贯注。连同导演和制片人率领演员谢幕并与观众呼应互动，竟长达近三个小时，中途未见有人离场。离开剧场时，还见观众与演员在场外交流的场景。难道朗诵名家也有"诵迷"、"诵粉"？这是一场高雅艺术的高雅演出，因为有精彩纷呈的诗与音乐的珠联璧合，有朗诵的视觉化和适度戏剧化的创新，曲高而和众。事后我了解到，在1700个座位中，有1500座是观众自费购买的。

当某些舞台演出为了取悦观众而自降身价刻意媚俗时，能否以此为镜检讨一下自己呢？

2018.11.22原载于《解放日报》

文学代际的阻隔和打通

中国文学源远流长，要者如《诗经》《楚辞》、老庄孔孟、《史记》乐府、魏晋诗文、唐诗宋词和八家散文、元曲杂剧、明清戏剧和小说等等，代代皆有众多读者。正是在世代不息的阅读中，许多作品名垂史册，常驻人心，成为永不凋谢的经典。一个悠久的文学传统也就绵绵不绝，与日月同光。虽然历代文人的文学主张有所不同，对前代文学的态度亦因人而异，但从总体方面来说：抱残守缺者阻挡不住文学的质文代变；无端轻薄先贤者，则"尔曹身与名俱灭，不废江河万古流"。即使改朝换代乃至异族统治，都不能撼动中国悠久的历史文化，汉语文学的传统也一样地保存了下来。

近代以来，由于闭关自守、不思进取、政治腐败，中国沦为弱国，受尽列强欺凌。于是群英奋起，整个时代求新求变。其中文学的变局甚大，可谓刷新了一部文学史和阅读史。首先是弃文言而立白话，流淌了千百年的古典情韵荡然无存，这就是最大的断裂。但仰赖学养深厚、中西贯通的文学家们，他们在把日常的大白话逐渐加工成文学语言时，终于创造了新的诗意和韵味。中国的现代文学作家如饥似渴地吸收了有别于中国传统文学的新质——启蒙的现代性和审美的现代性、新的文学观和新的人生哲理、新的叙事方式和格外自由的抒情方式，终于创造了新文学的新经典。新旧文学判然有别，但成就新文学的，是在激进主义旗帜下后台运行的中西融合，而不是对优秀文学传统的全然摒弃。

　　扫荡封资修造成了中国文化的一次大破坏大断裂，整整十年的文学呈现出一片白茫茫大地真干净。文学自然不能完全脱离政治，当革命成为时代前进的火车头时，作家艺术家也是这辆列车上的旅客，甚至自愿成为司炉或扳道工。但这必须以正确的行驶方向为前提，而南辕北辙的悲剧却时有发生。如从1966年到1976年推算，受过这种空白教育的，正是五六十年代出生的人群。但在这一代人中后来恰恰涌现了众多的诗人、散文家、小说家和剧作家，他们不仅为新时期文学作出过杰出的贡献，而且迄今仍是文坛的中流砥柱。这种看来有点背谬常规的文学生态，其实个中自有缘由。物极必反是首要的生物法则，那个文化沙漠的年代，迫使跋涉其中的驼队去寻找水源，而被列为禁书的中外文学，就成了他们的清泉甘霖。如饥似渴的文学阅读和废寝忘食的文学习作，成为他们日后从事文学创作的原始积累。二是艰难时世和残酷青春的经历，使他们由触摸伤痕到反思历史，积攒了丰富的创作资源，也具有了一个作家必备的思想维度；三是文坛的青黄不接，成名于四五十年代前后的老作家复出后，即使起早贪黑，也满足不了作文出书的征稿需求。这就使后起之秀有了脱颖而出的机会，到了九十年代，早已是三分天下有其二了；四是生逢近十年的思想解放时期，二十世纪域外的哲学、文化和文学成果大量被介绍进来。中国文学界也借此风生水起，思潮迭出，风云际会，催生出过去三十多年以来少见的文学繁荣和开放的局面。

　　上述简略的回顾说明，在历史上由于时代的原因，曾出现过文学代际阻隔乃至文学传统断裂的现象，终因中国文学文脉的深远，以及天时、地理、人和的契合，使这种阻隔得以打通，甚至断裂可以被接续和修复。

　　但是事物的发展总是充满了变数，文学的代际冲突和消长关系也是相当复杂的。我首先想到的是发生在1998年两位六十年代出生的南京作家进行的一次"断裂"的问卷调查，调查的对象多半是70后的作家。问的"都是针对现存的文学秩序的各个方面以及有关的象征符号。通过对这些问题的回答将明确一代作家的基本立场和形象"。结果可能符合出题者所料，却令前辈作家大跌眼镜：在回收的55份答卷中，有100％的作家认为那些活跃于五十至八十年代的作家没有人对于他的写作以根本的指引，当代文学评论家没有权利和足够的才智对作家的写作进行指导；有94.6％的作家认为，大专院校里的现当代文学研究对他没有产生任何影响；有91％的作家认为鲁迅对当代文学无指导意义。如此等等，不一而足。他们大多以激烈的措辞向文学前辈、中国现代文学传统以及既有的文学规范和秩序提出了质疑和挑战。当这份"断裂"的问卷调查在当年的《北京文学》发表时，在文坛上引起了不小的冲击波。它证明在二十世纪末，曾有一批年轻的作家向文坛和传统提出过毫无顾忌的挑战，并表现出代际"断裂"和反叛主流传统的决绝的姿态。有人质疑他们的过激和粗暴，质疑他们是为了争夺主流话语权，实现新和老的代际更替。对此我不想妄加推测，但有一点是可以肯定的，他们是为了表明："在现有的文学秩序之外，有另一种完全不同的写作"，"我们必须从现有的文学秩序之上断裂开"。对此我毫不怀疑，并感到应该受到尊重。但他们却毫无理由地认为"鲁迅对当代文学无指导意义"，这至少犯了逻辑悖谬的错误。法国杰出的理论家阿尔都塞却在一本鲁迅杂文选《论战和讽刺》的法译本封底介绍中指出："他与那些既定秩序的'意识形态官吏'们战斗，他们掌握并维护着再生产的规则、咒语和礼仪规矩。鲁迅就像是另一个世界的代表，独自一人或几乎独自一人……投入了战斗。"

不无遗憾的是，当年参与问卷调查的不少作家，他们在前有五六十年代实力派作家，后有80后偶像派作家的夹缝中并未在新世纪成为崛起的一代。这也许是他们过于执着于"断裂"和自外于"秩序"的结果。他们也缺少同一代的评论家的评论，因为评论家的出道通常要比作家晚十年。凡此，确乎都与代际的阻隔乃至断裂相关。在70一代中，"美女作家"的商业炒作也曾甚嚣尘上了多年，虽也博取了众多的眼球，却终归于浮云。因为从来的写作，都是凭实力，而不能拼脸蛋。70后没有及时完成代际交替的夙愿，其中教训多多，关键是要多在创作本身上下功夫。成功总是属于脚踏实地的人，经过多年专注于创作，目前人到中年的70后作家中，有数以十计的作家并未沉寂，虽然在人数上远少于前后两代的知名作家，但其中应有可以问鼎文坛的实力派。我很赞同徐则臣对70后创作的反思，这位去年接连斩获鲁迅文学奖、老舍文学奖和《人民文学》长篇小说奖的70后作家指出：他们这一代作家"长期被忽视的主要原因除了批评家的代际差异，更重要的是其自身长期缺乏长篇小说文体意识"。不是说他们没有长篇，而是说他们的长篇写晚了，而且"大部分写的是流水账"。我认为徐则臣对他们这一代作家的检讨是真诚而实在的。现在他们都已过了不惑之年，他们的当务之急应该在60后和80后之间拓宽自己的文学领地，并努力打通与前后两代人的代际阻隔，建立一种承上启下的关系。这不仅是他们的生存之道，也是他们的文学使命。目前80后与60后作家多半是脱节的，而70后作家的趋向成熟，很可能为80后作家提供某种借镜。

　　80后作家是个基数最为庞大的群体，这在此前的中国文学史上可谓亘古未有。这不难理解，因为他们是与互联网共生的一代。除了小学时代的作文，他们的第一篇文学习作很可能是在1997年下半年才建立的"榕树下"文学网站上首发的。当然，在互联网建立前也有先在杂志上发表的少年作家。文学网站可以刊登海量的作品，因此门槛很低。所谓网络文学，就是指以互联网为展示平台和传播媒介，借助超文本链接和多媒体演绎等手段来表现的文学作品，但类文学体及含有一定文学成分的网络作品也归入网络文学。仅在网络上发表作品，往往还不能得到承认，所以还得仰赖于传统的纸质媒体和其他途径。由于《萌芽》杂志自1998年以来成功举办了"新概念作文大赛"，其中名列前茅者可以在十几所名牌大学中获得免试录取的机会，后来又改为列入自主招生范围，所以参加这个大赛的高中生人山人海。其中获奖者虽然因自择专业不一定从事文学，但80后作家中获此奖者居多。所以我们不妨把他们的成功道路用"互联网＋新概念"来表示。新概念作文大赛的获奖为他们日后的创作、发表和出版铺平了道路，有些写手的长篇小说印数直追老资格的文学大家，甚至高居印数排行榜的榜首。这里唯一的原因不是艺术含量，而是因为他们在多方面的成功成为了广大青年读者的人气偶像。

在80后写手的成长过程中，始终伴随着作家身份认同和代际阻隔的问题。我在2004年曾注意到外界对80后写手能否称之为"作家"表示怀疑，这就涉及到他们的身份认同问题，其理由之一是"低龄化"。其实当时多数80后写手已经是二十出头的成年人了，他们中有不少人与父母分开独立居住，靠自己养活自己，并且已经出版了作品集或长篇小说。在中外文学史上，许多崭露头角的作家，也就在这个年龄段，我们可以开列出一个长长的名单来证明。当时我就写了《也谈80一代作家及其创作》，从评论者的角度予以身份认同，并对其中出生在上海的几位逐个作了点评。后来在《文艺百家》发表时，编辑把原来的标题改成副题，正题是我文章中的一句话："文学创作不需要造星运动"。我在文章中确实表达了对过度的商业炒作可能危害这一代作家前程的担忧，并且指出，他们的加盟为文坛增添了新的活力，也出现了新的变数。事隔一年之后，好几位80后作家成为图书市场畅销书的标签，他们也更迫切得到文坛的认可。为此上海作协和《萌芽》杂志请来叶兆言、格非、余华等文坛大腕与郭敬明、张悦然等80后新秀对话。举行了"首届文学代际沟通论坛"，组织了不同主题的对话，期望传统文坛中人能够在最大限度上熟悉80后作家的创作、思想和感情。据《东方早报》报道，80后作家渴望进入由年长者构成的文坛，被他们接纳和认同。其中有一位言辞颇为激烈，表示年轻人渴望从上一代作家手中接过文学的接力棒，但上一代作家不仅不愿意传递棒子，反而用棒子敲他们的脑袋。这个说法有点令人忍俊不禁。事实上代际的交替是一个较长的过程，不是像一次性接力赛一样，棒子交掉，就立即靠边了。那不成了"长江后浪推前浪，前浪死在沙滩上"了吗？在这为期五天的论坛上，虽然双方进行了沟通，但代际的隔阂仍然是明显的，因为双方的思维和话语模式是很不一样的。青年作家们希望得到认同和接纳是可以理解的，但好作品自然会被接纳，进入文坛只需凭作品，无须谁来颁发准入证。当然，如果要参加作家协会，则另当别论了。

80后作家从写作起步到今天也有十多年了，原先渴望得到文坛接纳和认可的作家已经得到了应有的认可和接纳，只是得到评论的机会还不是很多，所以他们寄希望于同代评论家的关注。这有其合理的一面，因为同代评论家可能有更多同情之理解。但对于一个真正的评论家来说，首先他不会把评论范围局限于同代作家，其次他不会因为同代而降低批评的标准，所以不要期待同代评论家成为自己的代言人。如果你真的写出了旷世杰作，资深的评论家很可能趋之若鹜唯恐不及。对于80后作家来说，代际的人为阻隔始终是阻碍他们进步的症结所在，更多的原因应该归结为他们画地为牢、自设藩篱。他们往往把自己作品的目标群设定为同代人，有的定位为高中生和低年级大学生。这种策略可能在他们设定的目标群中赢得大量的粉丝，但往往以牺牲更高的艺术和人文追求为代价，也因此失去了跨代的读者群。比如他们不断重复书写比较乏味的青春小说，就很容易引起阅读疲劳。反倒是一些大胆直面自我人生和内心的作品更有冲击力，也更有亚文化的意义。由于80后毕竟比较年轻，如果他们没有去尝试多样的人生，那么他们的阅历肯定是肤浅的。在这种境况下，虚构和想像力，对社会众生的深入观察和艺术概括的能力，是十分重要的。而现在，他们的许多作品不过是对私人生活的零散记录和碎片化叙事。对于大多出生于城市的80后作家来说，城市的意象、城市的万花筒般的生活，城市百年未有的惊心变化和对于芸芸众生的再塑造，城市人肉身和灵魂的悖谬，城市病和人际关系的错综复杂，等等，都是很好的写作内容。而凡此种种，倒是前辈许多作家的弱项，至少有80%的老作家依然沉湎于乡土叙事，他们有写不完的从前的村庄，从而为年轻作家们留下了几十万平方公里的城市空白。为什么不去建立一种新的城市文学呢？

青年一代与年长者由于所处境遇、切身经历、文化接受史和目标选择的不同，相互之间存有代沟是不足为奇的，尤其在一个不断解构和建构的年代，这是代际阻隔和代际之争的根源。如果沟通及时、处理得当，完全可以成为一种发展的动力。与过分强调相互断裂的见解不同，美国著名社会学家希尔斯提出"世代的链环"说："尽管代与代之间存在着无可置疑的区别，却没有哪一代人创造出他们自己的信仰、机构、行为范型和各种制度，即使生活在传统空前分崩离析的时代也不例外。无论一代人多么有才干，多么富有想象力和创造力，无论他们在相当的规模上表现得多么轻率冒失和反社会道德，他们也只是创造他们所使用的和构成这一代的很小的一部分东西。所以，代与代之间不仅存在着连续性，而且还存在着许多重要的共同点。"（《论传统》）这段精当的言论，在解决代际问题时很有参考价值。

2015.8.1原载于《解放日报》

少些干涉和规训，让文学"自适应"

说"文学发展机制"可能有点儿陌生，但当我们考虑如何繁荣和发展文学时，却是题中应有之义。

在古代，文学的发展似乎是自然而然的事，即使有某种机制在起作用，也一目了然，如"以诗取士"的策略推动了唐诗的大繁荣。在现代社会，影响文学生产的因素多多，如互联网、出版发行、稿酬和版权制度、国民素质、文学批评、文艺政策等，无不关涉文学的发展和繁荣。这些看来属于文学的外部因素，都实实在在地影响着创作，成为制约性条件，与文学自身的工作原理共同形成了文学机体的构造功能和关系，这就是现时代的文学发展机制。

首先要说到的是新媒体网络对文学的影响。网络对文学的影响已日见其大，这有目共睹。网络文学作者以草根身份出现，从自娱自乐起步，借零门槛进入，逐步积蓄了力量，使正统文学界从不屑一顾到报以青睐，频频伸出橄榄枝。但在号称百万大军的网络文学作者中，真正能够登堂入室终成正果者毕竟是少数，稿酬达到百万、千万元的职业小说家更是凤毛麟角。网络文学作为文学的一翼，固然在浅层次上满足了青少年读者的阅读需求，也拓展了文学新军的后备梯队，但毋庸讳言，其创作题材比较狭窄，目前主要局限于盗墓、玄幻、穿越之类，走的是规避现实的路线。商业的运作模式迫使签约作者日新内容多达六千字，年产量超过纸媒作家毕其一生的创作量，这就必然造成"注水肉"的出现，粗制滥造、机械复制就在所难免。网络文学是缺少古今中外经典参照系的文学，它的漫山遍野不仅抢夺了纯文学的阅读市场，也使青少年读者的文学视力近视化和文学视野狭窄化。

当然，严肃文学当前也不甚景气，文学整体被边缘化，文学期刊和出版社为了生存和盈利，倾向于商业化模式，除少量比较优秀的作品外，发表和出版的很多是提供浅阅读的快餐文学，这样就培育了远离"纯文学"、不知经典为何物的大众文化消费者群体，他们主要把文学的功能定位于消遣娱乐和即时性消费。这种趋势反过来又刺激了时尚文学和低端文学的生产，因为这种满足于浅阅读、低端消费的作品往往销路很好，就如麦当劳一样，而媒体也经常有每月的畅销书排行榜公之于众。文学生产的商业化和快餐化，文学接受的娱乐化，已经在精神生产、消费链上形成了某种互动式的恶性循环，长此以往必然导致文学水准的崩盘和国民文化素质的下降。文学有其他精神产品所无法取代的潜移默化的作用，直接关系到一个民族的文化素养和感知能力，以及驾驭语言的技巧。一个民族的语言大师总是来自文学家，而不是来自语言学家。

文学创作、文学阅读、文学批评是文学活动中最基本的组成部分。但毋庸讳言，当前的文学批评存在各种问题。价值观念的失衡和批评标准的失范，使批评不能有效地鉴别作品的优劣，某些文学评论往往成为出版业的营销环节，溢美之词比比皆是。重建批评的公信力是批评的当务之急。批评除了鉴别作品的高低优劣，还进一步阐释包括文学经典在内的许多文学作品，总结一个时代的文学经验，甚或揭示了文学发展的某些普遍的规律，从而对创作起到有力的推动和导向作用。对于阅读而言，文学批评不仅仅是联系作家作品与受众之间的桥梁，还起着纠正读者鉴赏力的作用。

　　文学艺术既是意识形态的生产形式，又是一种社会经济的生产形式。对文艺的意识形态性质，在相当长的时间里被庸俗化和绝对化。其后果是大家都已看到了的，那就是无穷尽的有罪推定，甚至历次政治运动都是从批判文艺"毒草"开始的。弄得文艺界风声鹤唳，草木皆兵，甚至家破人亡。有句话叫"鲁迅走在金光大道上"，意思是中国现当代文学史被铲除"毒草"之后，就剩下鲁迅的作品和浩然的《金光大道》了！你说可怕不可怕？可悲不可悲？所以要繁荣文艺，首先要从法律上禁止这种文化专制主义出现的可能，一旦出现，就可以诉诸法律，对造成严重后果的，可以对肇事人以诽谤罪、草菅人命罪等立案侦查和法律起诉，直至绳之以法。这些很有必要在文艺立法时毫不含糊地明文规定，以体现"在法律面前人人平等"的民主精神。

　　文艺就整体来说，确实具有意识形态的性质，对此毋庸讳言。曾有一个时期，理论界企图淡化甚至否认这一点，主要是因为吓怕了，一次被蛇咬，三年怕井绳，更何况被咬过多次。文艺的意识形态性体现在它是一种审美的、批判性的意识形态，这早已为中外文学艺术史所一再证明。从理论上说，这是因为文艺以体现真善美和社会良知为己任，必然要批判假恶丑，批判一切阻碍社会进步的现象，否则就不能发挥文艺的社会功能和审美功能。所以承认文艺的意识形态性，就是在法律上承认文艺批判丑恶现象的合法性，当然与此同时，也相应地对文艺家提出承担此种社会职能的要求，对宣传假恶丑和严重违反社会公德的作品，予以法律上的限制。从目前的情况来看，这个不可写，那个不准的规训还是太多。只要文艺家遵守社会公德，写什么和怎么写，都不应横加干涉。创作自由历来是中外古今文艺发展和繁荣的必要前提，舍此何来文艺的大发展和大繁荣？为什么至今仍讳莫如深？

　　对文艺的社会经济生产的性质，过去一直缺乏了解。文学艺术既是一种精神产品，也是一种商品。作家艺术家是文学艺术的创造者和生产劳动者，艺术生产是社会生产的一个重要组成部分。从这个意义上说，作家艺术家的权益自然应该受到保障。现在侵权的现象比比皆是，畅销书被盗版，委托出版社正式出版的图书会遭到违反《出版法》的恶劣待遇。作家艺术家一旦与出版公司签订了合同，就成了公司的雇员，他的劳动成果就成了公司可能在消费市场上获利的商品。在文艺立法时，不妨参照《劳动法》和《出版法》等条款，保护作家艺术家作为生产劳动者的基本权益，使他们的知识产权不受侵害，他们的经济利益不遭损害。保障他们的写作权、出版权和知识产权，就是保护艺术生产力。为此，在文艺立法的同时，还须建立和完善推动艺术生产力的生产关系和生产体制。

现在中国的经济总量已位居世界第二，而在文化软实力方面还很欠缺。以当代文学而论，虽然出现了不少优秀作家和作品，但其影响力显然不如20世纪上半叶的现代文学，与古典文学更是不可相提并论。文学创作虽然在文学作品的年产量和人力资源上都非常可观，但数量不等于质量。要提高中国当代文学的整体水准，并扩大其国际影响，我认为需要有如下几个前提保证：要有良好的文学生态环境；作家要有良好的创作心态和关注社会现实的责任感；出版社和网络平台要淡化以"生意"盈利为唯一目的的商业模式；培育高素质的读者群体；有一支出色的评论家队伍；把优秀的中国文学推向世界。

有此不懈的努力，文学繁荣发展的运行机制才能得以形成，成为应时而变，实行最优化目标的"自适应系统"。

2011.12.6原载于《中国青年报》

求知与审美的阅读，离我们还有多远

　　有一段时间，变得不爱逛书店，除非有一本急需的书要买。不是说书店里就没有好书，而是说我想要的一类书，往往被发配到冷角落里，仿佛失宠的妃子被打入了冷宫。看伊们灰头土脸的样子，很是于心不忍。再说要从中找一本新书也难，蹉跎、太极蹲做了无数次，众里寻它千百度，也未见它等我在灯火阑珊处。

　　书店最显要的位置，总是放置最新出笼的各种打扮入时的书。书名往往是很妖的，可以在第一时间把人雷到，这就叫先声夺人。腰封就如五彩缤纷的时装腰带，上面题满了名人的溢美香艳之词。书的品种则五花八门，有吃喝玩乐类的，有明星八卦类的，有化妆美容提升颜值类的，有治愈系心灵鸡汤类的，更有红得发紫的"国学"明星们的讲章。针对90后目标群写的书往往堆积如小山，虽然我在一次网上心理测试时曾有"才七岁"的光荣纪录，但这毕竟不能当真，对娱乐八卦怪力乱神的作品我从不染指。令人不解的是，多年来"厚黑学"风靡一时，独占鳌头。一位"厚黑教主"宣布"千古不传的成功秘诀"为"面厚心黑"，古之为英雄豪杰者莫不如此，厚黑也是现今社会的通赢法则。虽然此书是作者饱尝人间冷暖后的愤激之作，但把"厚黑"作为一切"成功之士的固有特质"来推介，把"厚黑学"作为古之王侯将相、豪杰圣贤和今之成功之士的独门秘笈来传授，实在有失偏颇。我不明白为什么有的出版方对一位早已作古的厚黑学教主及其发明如此热衷地一推再推，即使它有局部真理，但以偏概全或推至极端就可能成为毁三观的重大谬误。出版图书固然也是一种生财之道，但不能为了利润而不顾忌可能对读者造成的误导。现在厚黑人士的队伍也确实日益壮大了，在日常生活中厚黑现象已触目皆是，连电话也大多是又厚又黑的骗子打来的。我倒是不大相信一本夸大人性黑暗或历史黑暗面的书可以如此席卷世道人心，但我真的不希望出版界或阅读界继续青睐这类黑暗之书，即使有一二名人推荐过。试问，这个社会如果继续厚黑下去，还有救吗？

近年来由于电商网购的盛行，实体书店都大呼"亚历山大"。关了几家，但也开了几家。就从敝舍往东走，就新开了一家，但好像茶室的面积比书铺还大。再走一站路，有一家设在地下的书店，有不小的咖吧，但书铺更大，是正经卖书的，还时有讲座。在这家书店我倒是看到了几年来图书出版的正面形象：在比较显要的位置，我看到了成系列的汉译名著，除了老字号商务印书馆的，还有华夏出版社的古典译著、译林出版社的社科丛书、译文出版社的译文经典、多个出版社的宗教研究丛书、上海文艺出版社的企鹅经典等。这些书虽然不是畅销书，却因为大多确为不朽的经典，因此是标志一个出版社和一家书店品位的镇社之宝和镇店之宝，也是成熟的读者时常需要光顾的人文殿堂。曾有出版界人士提出过"畅销书即经典"的高论。其实经典可能畅销，如《石头记》在手抄本阶段已经不胫而走，但也有慢热型的经典，或很久以后才被认可的经典。更多的畅销书是流行文学，如偶像派作家写给粉丝看的"粉丝文学"，它们大多不可能成为经典，而是昙花一现的作品。出版社是可以靠流行文化的畅销来赢利的，但千万不要自封经典自立牌坊。

再往东乘三站公交，还有三家书店。可惜近来有家规模不小、阅读和购书环境都很好的新华书店挂了，于是就剩下一家开张不久属于某个日本品牌的书店，以及曾经辉煌现在正在苦苦支撑的老店。新书店与中国大陆按学科或文类分类的方法不同，而以"衣、食、住、行、育、乐"来分类，并与一些相关的商品混搭，意在提倡生活美学吧，倒也别开生面。日文书和台湾出版的书应是其特色。在另一家老店，昔日顾客盈门的风光早已不再。在账台后面的一排书架上，赫然陈列着某大学出版社出的《金瓶梅插图本》，一函两册，有今人校注，未及浏览。重量和大小都接近于一块城砖，标价680元，我觉得贵了点，何况家有洁本。在另一显要位置，在《胡适的家事和情事》边上，发现一本《大先生的情书》，含鲁迅、徐志摩、沈从文、郁达夫、朱自清、萧红。看来情史将替代文学史了。但首先这个书名就值得商榷，因为除了鲁迅，其他人从未有过"大先生"的叫法。鲁迅被称为"大先生"，也是家族内部的叫法，因他在三兄弟中排行老大。朱安女士就在与鲁迅母亲谈话时称鲁迅为"大先生"。现在有《大先生传》和话剧《大先生》，都指鲁迅。因为有家族称谓的来由，也算言之有据吧，但不免有套近乎之嫌。可是那书把"大先生"平白无故扩大作为一切文坛大家的指称，岂不乱套了吗？三国时代的阮籍倒是写过赫赫有名的《大人先生传》，但也不能把大人先生简化为"大先生"啊。

　　现在国民阅读年人均不到五本，且以消遣性和功利性阅读为主。我个人主张宜以求知和审美的阅读为主，这就期待出版方多出真正有价值的书，想赢利也要拿出真货色，不能靠山寨产品糊弄读者。实体和网上书店也有选好择优的权利，让低趣味的淘汰出局，让求知者满载而归，然后再反馈到作者和出版方。久而久之，就会在读者—书店—作者—出版四方形成正向的良性循环。而现在，至少在趣味方面，存在着逆向的恶性循环。这是很堪担忧的。

2016.7.3原载于《新民晚报》

有一种阅读叫追忆

——记已故作家罗洪

　　见报载罗洪女士去世的消息，甚觉怅然，虽然我明知道很少有人能活到107岁的。认识她是因为她的先生朱雯，他是我大学本科的教授、外国文学专家和著名的翻译家，译过苏联作家阿·托尔斯泰的《苦难的历程》、《彼得大帝》和德国作家雷马克的《西线无战事》、《凯旋门》、《里斯本之夜》等许多名著，译笔一向为业界所称道。其实他早年也是一位小说家，长篇小说写得文采斐然。六十年代初我去北大读研，曾去他长乐路的寓所辞行。八十年代中期我担任系主任，去他在淮海中路高安路口的新居看望，那次才见到罗洪。她慈眉善目，热情诚恳，当场签名赠我一本短篇小说集，用浓浓的乡音嘱我批评。在她奔百时，我曾偕内子一起拜访过她，因为当时朱先生已经作古多年，我不知她的健康状况如何，颇为牵挂。出乎意外的是她精神矍铄，身板硬朗，我想这得益于她简朴而有规律的生活。她无须保姆的搀扶，常独自去小区外散步。在家除了读书看报，依然坚持写作。"我写故我在"，这是我仿笛卡尔名言为写作者定制的"金句"，用来形容写了八十年的她是最恰当不过了。她自1930年开始文学创作以来，已出版了十二本短篇小说集和一本散文集，以及三部长篇小说，另有三卷本的《罗洪文集》。在民国女作家中，算是多产的了。

对一个作家最好的怀念，是找他的一本书来读读。起先我在一个依墙定制的大书柜里去寻罗洪的赠书，却未见踪影，毕竟那是三十年前的事了。已是子夜时分，又到走廊的两个书柜去寻，无奈灯光暗淡，只能放弃。后来恍惚之间人在公交车上了，发现单肩背包被划开了一个大口子，里面放的一叠考卷不翼而飞，但成绩登记表还在，惊醒后才知道做了一个梦。我想做这梦，可能与找不到书而怅然若失的心情有关。早餐后我再到走廊的书柜边，灯光还是那么昏暗，当时没有扫视到任何别的书，却单单见到一本小册子的书脊上有罗洪二字，仿佛有一束光照在上面。这使我惊喜异常，如获至宝。

罗洪的签名日期表明，我是1986年8月某日获赠的《群像》。此书出版于1982年12月，是《上海抗战时期文学丛书》第一辑中的一本。其他有《郁达夫抗战诗文抄》，郑振铎《蛰居散记》、钱锺书《人·鬼·兽》、师陀《无望村的馆主》、谷斯范《不宁静的城》、郑定文《大姊》、杨绛《喜剧二种》、陈伯吹《魔鬼吞下了炸弹——上海》、周木斋《消长新集》。所收的都是这些名家在抗战时期的作品，罗洪能置身其间，可见她在创作上的地位。编委会也十分了得，由巴金任名誉主编，楼适夷、林淡秋、柯灵任主编。有点意外的是，这套丛书是由福建人民出版社出版的。

《群像》选收的十篇短篇小说，创作于1937—1944年之间，正值中国艰苦持久的抗日战争时期。作者一家与全国普通的百姓一样，遭受了日本帝国主义的侵略带来的空前浩劫。1937年七七事变后，抗日战争全面爆发。日本军队于8月13日大举进攻上海，从金山卫登陆，罗洪家住松江首当其冲，便撤到附近的青浦，之后又离乡背井过了一年半的流亡生活。他们先后到过桐庐、文艺界人士一度集中的长沙和桂林。后来由于敌机狂轰滥炸桂林，他们又经香港回到已成孤岛的上海。孤岛表面灯红酒绿依旧，内里却危机四伏。太平洋战争爆发后，朱雯因"抗日罪"于1943年

5月被日本沪南宪兵队逮捕，关押一月之久，受尽了种种折磨。罗洪也曾被抓受过审讯。为了防止再遭不测，1944年朱雯从家乡松江秘密转移到安徽屯溪，在内迁的上海法学院任教。据有关罗洪的传记，为了掩人耳目，她在上海报纸登讣告声称朱雯病逝。不久罗洪也到了屯溪，直到抗战胜利才返沪。所以在整个抗日战争时期，罗洪一家过了三年之久的颠沛流离的流亡生活，而在孤岛上海度过了更长的苦难岁月。这些苦难非但没有使她消沉，相反激起了前所未有的创作欲望。据罗洪自己说，抗日战争激起她"奔腾的热情"，"油然而生同仇敌忾的民族自豪感和保卫祖国的神圣责任感"，"创作的冲动极为强烈，滔滔汩汩，文章像奔涌而出似的"。《群像》中收集的仅仅是当年奔涌而出的一小部分，但在有关抗战的作品中却颇有代表性。

　　《群像》的书名虽然来自其中的一篇，却十分名符其实。因为这十个短篇刻画了抗日战争中各色人等，通过他们的对话、行动和心理描写，活画出在国破家亡的一场大浩劫中，中国人是如何痛苦地生存、挣扎、奋斗和牺牲的。与此同时，在生死存亡的关头，也滋生出社会的丑陋和人性的蜕变。作为三四十年代的青年作家，她首先瞩目于那时的青年知识分子。他们本来好端端地在城里上学读书，日本帝国主义的铁蹄踏来，使他们流离失所，甚至家破人亡。他们大多是热血的爱国青年，到底是去前线战地服务团，还是继续读书，是当时许多青年反复思考的一个人生问题。短篇之一《群像》以大后方为背景，青年们人在这里读书，家乡却沦陷了，有的家人生死不明。在这种前途未卜的压抑环境中，学生们各有各的打算和想法。学校一共才二百多同学wb，为了救亡工作问题，却分了好几个派别，经常发生激烈的争论，互相攻击。作品着重写了几人，除了一位"未来的空军将士"，还有两个"政论家"、一个"读书救国论者"、一个"中间派"。中间派调和矛盾，主张既做点救亡工作，也应该努力读书。"我"则主张少说话，多做事，不参与争论。《后死者》则把学校和社会、学生和农民联系起来描写，触及更为复杂的校园政治和社会矛盾。在校园里，有两个空谈理论的学生"政论家"是当地青年，一个是乡长的侄子，一个是大绅士之子，他们攻击"我"是"左倾幼稚病"。"我"是与父亲逃难到此地的"流亡难民"，大哥已经牺牲。"我"常深入民众宣传，做唤醒农民的工作。而乡长利用抽壮丁机会作弊捞钱财，被开始觉悟的农民打伤，区长逮捕了几个农民，引发农民的对抗。"我"在现场要求区长放人，同时也为区长解了围。没料到"政论家"学生诬他"煽动农民"，校方认为他"越轨"而给予"退学"的处理，当地政府进一步报复，把其父作为"汉奸"逮捕。最终"我"不得不离开此地。这篇小说生动地描绘了校园内外错综复杂的关系，尖锐地揭示了社会的腐败和这种普遍性的腐败导致校园政治的黑暗。短篇小说能写到这个程度，足见作者的观察力和批判力了。《王伯炎和李四爷》也是揭露社会黑暗的，警察局长看中了破落户王伯炎的祖坟风水好，便让门下的清客李四爷当说客，把祖坟卖给自己。王伯炎虽然穷得丁当响，也不肯卖祖坟，竟被局长抓了。这篇小说揭露了这种民族败类欺压百姓的恶霸行径。《活的教育》和《逃难哲学》都是写逃难之苦的，前者是正面写，后者是侧写，讽刺一种把抗日挂在口头上，却主张"一个人在外面，全靠随机应变；碰到哪一类人，就说哪一类话"的投机主义，还认为"做人的奥妙就在其中了"。虽然他是为了搭个便车逃难，或为了赚几个钱渡过难关，却因为不断说谎隐瞒真实身份编造假身份，使别人避之唯恐不及，反而弄巧成拙。这实则是一个诚信的问题，也是一个终极性的道德问题。不仅于抗日，在其他问题上都是"我们民族第一个敌人"。小市民的种种丑陋也是罗洪在《群像》这本小说集中所描绘和鞭笞的对象。《友谊》里的主人公靠囤货发了点财，鸟枪换炮、手面阔绰，最恨寒酸。可是他忘记了自己当年的寒酸，对曾经帮他解困现在穷酸潦倒的李少卿避之唯恐不及，而巴结比他更有钱的人则不遗余力，结果白忙乎了半天。《践踏的喜悦》里有为而稳重的青年国梁被一些闯入者带走，后来又被释放，小说只是一笔带过，没有叙述事件的原委。一则是因为当时的检查制度所限，一则是因为这不是重点。小说的重点是描绘叔父和婶婶，尤其是以泼悍著称的婶婶。除了泼，还有她的势利、贪婪和工于心计。大侄子的被捕她也不明原委，起先她的心情是矛盾的，要丈夫去打听。因为曾指望他将来发达了，可扶助自己的两个儿子，但眼前可能会连累自己一家。这种患得患失始终支配着她，又到处宣扬因担心侄子弄得她胃气痛，大家纷纷来慰问，仿佛她成了关注的中心。她也很想借此将两个侄子一起赶走，但又怕他们要求归还属于他们的财产。最后完全出乎她的意料，小侄子通知她哥哥放出来了，他将与哥哥一起离开。她完全没有料到自己想要攫取的财产，兄弟俩竟如此轻松地扔给了她，白费了一番心机，非但没有伤害他们，却伤害了自己。小说起名为《践踏了的喜悦》就是这个意思，作者以极其生动和辛辣的笔调，刻画了她的自私、虚伪和卑劣。作者对人性洞若观火，文笔相当犀利。

罗洪在《群像》后记里曾自谦"在艺术表现方面，它是比较粗糙的"，这是严于律己的话。应该说至少有半数以上是富有表现力的，在抗战题材的作品中，有自己独特的价值。在叙述视角上，作者或用第一人称的男性人物视角，或用第三人称的全知视角，却不用与作者性别相符的女性视角。这既不能说是优点，也不能说是弱点，而应该说是为了表现更广阔的世界而所作的有意的规避和选择。这使我想起了当年赵景深在《文坛忆旧》中的评论："向来现代女小说家所写的小说都是抒情的，显示自己是一个女性，描写的范围限于自己所生活的小圈子；但罗洪却是写实的，我们如果不看作者的名字，几乎不能知道作者是一个女性，描写的范围广阔，很多出乎她自己的小圈子以外。……以前女小说家都只能说是诗人，罗洪才是真正的小说家。"应该说熟知罗洪的赵景深的评论十分到位。而她之所以这样，并非因为她没有性别意识，而是为了表现更阔大的生活和采用写实的方法，她放弃了可能局限自己的性别视角。更何况，从她从事小说创作开始，就是以她尊崇的巴金为榜样的。

　　在本文中我仅仅涉及罗洪的一部小说集，而非全部创作。因为我的目的只是为了一种怀念和追忆，正如这篇短文的题目一样。我还想说的是，罗洪是著名的民国女作家，在文学史上应该有自己的一席之地，而不应该以"文学史的傲慢"无视她的文学存在和不可替代的价值。罗洪的作品也不应该继续遭到评论界的冷遇，她对文学的贡献理应得到足够的重视和评论。

　　　　　　　　　　　　　　　　2017.3.15原载于《解放日报》

既要"微阅读"，更需"宏阅读"

"五四"青年节前夕，由团市委发起的"唱响青春——2012上海青年文化风尚季"读书活动正式启动。就当代青年该如何思考"读什么书"、"怎么读书"、"为何读书"这三个问题，《解放周末》专访了上海市作协副主席、上海师范大学教授王纪人。

记者：今年4月23日世界读书日前夕，我国发布了第九次全国国民阅读调查。2011年我国人均阅读图书、报纸和期刊分别为4.35本、100.7期、6.67期，综合阅读率为77.6%，比上一年增长0.5个百分点。对于当前大众、尤其是年轻人的阅读状况，您怎么看？

王纪人：现在人们的阅读特点，一是真正有价值的阅读量少了，二是"浅阅读"、"快阅读"、"微阅读"较多，占据了大量的阅读时间。

记者：这种"短平快"式的阅读和现在科技发展、移动阅读终端使用广泛密切相关。

王纪人：我并不排斥用手机、电子阅读器来看书，这只是阅读的载体问题。但这种阅读多是"粗阅读"，而不是"精阅读"、"细阅读"。理想的阅读应该是交叉进行的。在"浅阅读"以外，还要有"深阅读"；在"快阅读"之后，还要有"慢阅读"；在"微阅读"之余，更要有"宏阅读"。如果只有"浅阅读"、"快阅读"、"微阅读"，那这些阅读在生命中留不下任何痕迹，套用一句流行语——"神马都是浮云"。

记者：一方面，阅读模式需要调整；一方面，阅读量应该扩大。

王纪人：这就牵涉到"读什么书"的问题。在这个问题上，我觉得，经典著作一定要看，不读不行。这当然是因为经典凝聚了人类最优秀的文化，在每个历史时代都可以从中有新的发现和阐释。因此必须要深入阅读，反复品味。

记者：但现代人生活节奏快，阅读经典需要大量时间、精力。因此不少人选择了捷径——"某某读经典，我们读某某"。

王纪人：为了更深刻地了解经典的内涵，阅读一些导读、解读性书籍还是有必要的。但现在有一些经典普及书，为了吸引眼球，不惜哗众取宠、断章取义，或无厘头地恶搞，包括一些历史史实被歪曲的例子并不少见。所以我们还是提倡尽可能地阅读原典。

记者：相对经典而言，畅销书更受青年人喜爱，大家一窝蜂地阅读，争先恐后地讨论，没看过的就似乎显得很无知。

王纪人：畅销书可能吸引眼球，但未必有益大脑。我不否认，畅销书中有一些是好作品，但也有一部分是炒作出来的，其实是速朽之作。论文化内涵、厚重程度，绝大多数无法与经典作品相比。所以，在偶像化、时尚化阅读潮流中，青年人不能趋时迎合，一味跟着销售排行榜走，而是要有自己的审美标准，有自己的眼光和见解，多一些独立思考。

记者：如何判断一本书是不是一本好书？

王纪人：区分其实很简单。一本好书对阅读者的影响，是促人求真、向善、审美。我们应该多看看这样的作品。有一段时间"厚黑学"十分流行，"成功学"至今不衰，而一些极尽夸张地展现家庭纠纷、勾心斗角的文学、影视作品，现在销售量、收视率都不低。这类作品满足了观众的窥私欲和一夜暴富心理，但缺乏意义。真正的好书对人生观、价值观、理想、道德、信仰都有潜移默化、润物细无声的作用。

记者：不少大学近期也发布了图书馆借阅排行榜。文科类院校排名靠前的多是经典、专业类图书，而在理工科大学，不少玄幻小说、武侠小说广受学生喜爱，引起了一些人士的忧虑。

王纪人：这是因为大学生有课业压力，文科学子借阅的图书和专业有关。而理科学生课业压力可能很重，于是在课外阅读中寻求消遣。其实，作为一个新世纪公民，除了专业阅读、消遣阅读以外，无论什么专业的人，都应该读一些历史、哲学、社会学、心理学和文学艺术方面的书籍。涉猎广泛，视野扩大，对本身的专业研究和人格建构也大有益处。

就我的亲身经历而言，我的专业是美学、文艺理论。二十多年前，接触到德国符号哲学家恩斯特·卡西尔的《人论》，给我留下了很深刻的印象。过去我所接触到的"人"的定义都比较陈旧，而卡西尔提出来的"人是符号的动物"的论断令我豁然开朗。另外，美国人类学家格尔茨的《文化的解释》，通过田野考察和深描进行解释学的文化分析，也令人难忘。更早接触到的弗洛伊德的精神分析学和荣格的分析心理学等，也对我产生了很大影响。

记者：明确了"读什么书"的问题后，又遇到了一个难题——大学生总觉得时间不够，没时间怎么读？

　　王纪人：在我国，读书往往和考试挂上等号。读书是为了考试，考试是为了升学，升学是为了就业。因此，与考试、升学、就业无关的课外书都是闲书，都是"不务正业"，都是影响学习。哪怕是再好的书，老师、家长都不提倡、不鼓励读。

　　就我的理解，青少年理想的阅读路径是这样的：在小学阶段，从看童书、科普读物开始起步；到初中阶段，从诗歌到小说、散文，开始接触文学经典；在进入大学以前，已经阅读了相当一部分优秀的文学著作或有其他知识积累；进入大学之后，再结合专业学习继续阅读，并扩大到更广泛的领域。这样一路阅读下来，只要不玩物丧志、不沉湎于无谓的事情，并不会感到时间太过紧迫。

　　记者：生命遇见经典的时间应该大大提前。

　　王纪人：对。现在人们常常说"输在起跑线上"，让孩子远离经典或者过晚地阅读经典，这才叫"输在起跑线上"。

　　记者：其实，阅读是另一种人生体验。对社会经验、人生阅历较少的青少年来说，文学作品的助益是非常大的。

　　王纪人：对。因此，在上大学之前，通过大量的文学经典完成对自我修养、道德、品性的熏陶。进入大学后，多读一些理论，提高理性自觉，用经典理论解剖世界，眼前的世界就更为清晰。

　　记者：而且，经典著作看了一本以后，其他的二三流著作就难以入眼。

　　王纪人：尝过美味之后，就能自动远离那些垃圾食品。如果口味欠佳，就以为麦当劳是好东西，天天麦当劳了。

　　记者：仅仅从这一角度而言，阅读经典都应该成为青年人的选择。

王纪人：阅读求知是人的本性和本能。如果把人类的大脑比喻成硬盘，阅读、学习就是在不断提高内存，为硬盘"升级"。在年轻时养成阅读习惯，这一好习惯将会伴随终身。

记者：关于"为何读书"，古人的说法是"书中自有黄金屋，书中自有颜如玉，书中自有千钟粟"。那么，您认为对当代青年而言意义何在？

王纪人：关于这句话，可以有两个层面的理解。从功利角度而言，古代学而优则仕，埋头向学，能够改变命运，获得功名利禄，"让生活更美好"。从非功利的层面而言，书中"自有"黄金屋、"自有"颜如玉、"自有"千钟粟，这些富足和珍宝就存在于书的世界中，沉浸其中，令人获得满足，产生幸福感。除了作用于外在世界，生命需要丰富的精神滋养，需要以智慧臻于自足和完满，这就是读书的意义。

2012.5.7原载于《解放日报》

阅读经典是打开人生的正确方式

经典正在被日益边缘化

这已是无须回避的事实。不信可以去问问小学生，有几个孩子在课外另读过安徒生和格林的其他童话？去问问中学生，除了语文课上读过篇幅短小的少量中外名著，有否在个人的课外阅读中启动了有一定规模的经典处女读，是读过十几本还是一本也没有？再去问问大学生，除了本专业的必读和选读，成系统地读过多少中外文学经典？有否做过读书笔记或写过读后感？据统计现在中国人年均读书不足五本，那么其中有否一本是经典？对于可能的回答我是不乐观的。如果说古中国和现代中国的学子和知识群体有读经典的严格要求和悠久传统，那么在经典被当作"四旧"和"封资修"而遭禁毁的年代，优秀文化的罹难，直接造成了几代人精神贫困的悲剧。那时我所在的大学中文系，就古代文学的内容是否可以继承展开了激烈的辩论，竟有断然否定的言论以革命的名义出现。传承文化的大学尚且如此，更遑论其他。物极必反，到70年代末和整个80年代，中国社会阅读中外文学经典的热情普遍高涨，这从各大出版社重印大量文学名著和新华书店门口时常排长龙就可看出。这可视为在长达十多年的精神饥荒后开仓赈灾式的补救行为，在这一阶段，出版者与读者可谓供需一致，心心相连。与此同时，整个社会的学习机制和文学创造机制得到了极大的启动，换回了文化的欣欣向荣。可是好景不长，随着文化的多元主义和消费主义的盛行，以及创作、出版、发行全方位过度的商业化，大量无意义的文化快餐充斥市场，而它们又养成了社会浅阅读的不良嗜好和习俗。不到二十年光景，经典似乎不再被需要，至少不再是精神的必需品，有时只是陈列在土豪书柜里的装饰品。在大量只提供浅阅读的通俗读物的冲击下，在大众文化的包围中，经典或者比较严肃的纯文学作品就受到冷遇而被日益边缘化。

何 谓 经 典

既然经典已被忽视和边缘化，那么为了改变这一现状，就有必要首先了解一下什么是经典。在这里我无意于提供一个词典式的定义，主要侧重于描述。在我看来，经典肯定是原创、新颖、横空出世、与众不同、空前绝后、深深打上自我印记的作品。不仅如此，它们的生命力是如此久远，虽然创作者已经逝去，但由于其杰作长留人间而使他们的名字永垂史册。这些杰作越千百年仍能激起人们的阅读热情，吸引无数的后之来者作跨时空的审美朝圣。一代又一代的写作者奉之为楷模，从而成为永远值得继承的遗产。经典肯定是名著，名著却不一定是经典，只有经得起时间淘洗并可以重复阅读的名著才可能是经典。经典是一份幸存者的名单，因为它们一要得到保存，二要流传，三要进入公认的文学史学。进入各种选本和大学教科书，最后进入文学史，这是它们得以流传和承认的大致历程。但这个历程还只是一个没有最终定论的过程，因为可能进入过多或被误判，遴选者的评判标准过于宽松甚至出了偏差。由于这种种不确定性，经典化必然是一个动态的历史过程。曾经被认为毫无疑问的，最后可能出局，曾经忽略和淘汰的，最终可能被重新发现。所以经典作品只是在事后的历史视角才被看作是经典作品的。有些人迫不及待地把经典的桂冠献给一部刚刚出版的作品，不知是因为天真还是出于阿谀。

经典应该是心智的成熟、文体的成熟和语言的成熟。这三者不无内在的联系，但并不是说有了一个成熟就有其他两个成熟，因为它们又有各自的要求，代表了文学的最重要的方面，三者不可或缺。有的作品因为反复被宣传，弄得名声很大，但往往缺少思想，或者缺少长篇的丰赡，时见捉襟见肘，或者语言生涩，这任何一方面的缺陷使它总归有一天会被淘汰。所以纵观一部文学历史，真正能够得到公认的经典作品不会太多，得到公认的经典作家相对更少，因为他们一人可能写出多部堪称经典的长剧、长篇和更多的短章。对经典作品和作家的认定，存在过严或过偏的现象。例如艾略特甚至认为英国文学没有经典，莎士比亚和弥尔顿都不可能获得经典作家的头衔。这种虚无主义的言论莫非暗藏着自己的野心？因为当时他已从美国移民到英国。南非的诺奖获得者库切曾明白地提出了怀疑。我比较倾向对欧洲文学经典作家的如下排名：荷马、维吉尔、但丁、乔叟、蒙田、莎士比亚、塞万提斯、弥尔顿、歌德、托尔斯泰、易卜生、普鲁斯特和卡夫卡。如果参照这个比较严格的名单，我认为中国的经典作家至少可以提到如下几位：庄子、屈原、司马迁、陶渊明、李白、王维、杜甫、韩愈、苏轼、辛弃疾、汤显祖、曹雪芹、鲁迅。当然，这两份名单仍可适当增补。需要说明的是，非经典作家也可能创造经典作品。如张若虚的《春江花月夜》、李煜和李清照的多首词作等等即是。

阅读经典是打开人生的最佳方式

庄子在《养生主》里说过："吾生也有涯，而知也无涯。以有涯随无涯，殆已！"意思是：人生有限，知识无边。以有限的人生追随无边的知识，那就令人疲困。这句话自然不是反对求知，可以引申为因为生命有涯，在世难久，如果让各种拙劣之作充斥我们的人生，岂非白白浪费宝贵的生命吗？布鲁姆未必读过《庄子》，但他却不谋而合地说出了同样的道理："我们拥有经典的原因是生命的短促。人生有涯，生命终有竟时，要读的书前所未有的多"。阅读经典是阅读经济学的基本原理，是关系到人的生命如何通过有意义的阅读和践行变得有意义。

经典既然是成熟心智的产物，所以阅读经典就是让自己面对伟大。今年适逢莎士比亚逝世四百周年，全世界都在纪念他，这是其他任何一位作家享受不到的待遇。莎士比亚一生创作了三十七部戏剧，同时还是著名的诗人。其中四大悲剧和四大喜剧等都是在世界各地反复上演并不断被改编成电影的经典之作。尽管莎翁生前死后都受到过尖锐的批评，尤以托尔斯泰的批评最为激烈，但他却是地球上有史以来赢得最高声誉的剧作家和诗人。如歌德、雨果、普希金等等世界各国的大作家都给予崇高的评价。其中英国同时代的本·琼生最有预见性：他"不属于一个时代，而属于所有世纪"。19世纪俄国理论家别林斯基也说得很到位："通过了他的灵感的天眼，看到了宇宙脉搏的跃动。他的每一个剧本都是一个世界的缩影，包含着整个现在、过去及未来。"莎士比亚的剧作为什么在各个国家、民族、种族的读者和观众中都会受到由衷的喜爱和极大的共鸣，许多研究者从文本、社会、历史各个角度去分析，固然不无道理。但很多人似乎都忽略了莎剧最根本一点，就是写出了人的复杂性和人性的弱点，无论是反派角色还是正面角色，都从不同侧面来表现出人性的密码，并因此产生了性格的冲撞、情节的跌宕、丰富的历史信息，以及"生存还是死亡"的哈姆雷特之问。读者和观众都是活生生的性格和情感的复合体，当他们发现那些活跃于舞台上的戏剧人物与自己的某些人性弱点竟会如此暗合，或者使自己恍然大悟时，他们的内心和情感肯定被深深击中了。再扩而大之如人类学家墨菲所说，在莎剧的表层下面，时常可以看到奇异的、未经分析的震撼力，流淌着一股恐惧和不安的潜流。而这一切自几千年来一直潜藏在人类的内心深处，织进我们最神奇的梦幻之地。莎士比亚的剧作让我们进出于这个梦幻之地，受到强烈的震撼。后之来者即使学到莎剧的一些皮毛，也照样能够得到若干成功。在莎士比亚以前的作家中，但丁的《神曲》就有类似的震撼力。之后歌德的《浮士德》、卡夫卡的表现主义小说亦都如此，只是表现形式殊异。在我开列的中国作家中，这种震撼力似乎不再来自人性的幽昧，而更多地来自人生的纠结和中国特有的神话移位。

经典对我们特别重要，是因为它们隐含了一个民族乃至全人类的全部天才。如果我们不去接触，永远不会知道人类的心智可以达到如此辉煌的程度，那些天才们的创造如有神启。

经典赋予我们认知能力——认知自我和世界；赋予我们感受美的能力，抵抗丑和创造美；赋予我们懂得人生终极价值的能力，拒绝平庸委琐，追求尊严和自由。正如一位哲人所说：在每部伟大的著作中我们都可以辨识出我们自己忽视掉的思想；它们以带有一种陌生感的尊严重新回到我们身边。

现在有个流行句式叫"打开……的方式"，在此我愿以很真诚的态度来借用：阅读经典是打开人生的正确方式。因为只有人类自己创造的，又历经时间淘洗的经典，才集中体现了古今中外的智慧。其中文学经典更是体现了真善美的价值取向，使假恶丑暴露无遗。在这个价值发生惑乱的时代，多读一点经典，也许可以使我们，尤其是正在成长中的青少年，有一颗澄明博大之心。

2016.10.3原载于《解放日报》

注：文中提及的年代均为20世纪。

只要有志于文学，最终还是要回到经典

由上海市作家协会和上海文学发展基金会共同举办的"与25部经典的上海相遇——青年学子品读文学经典大赛"，2016年举办首届，今年是第二届，今后每隔两年举办一届。两届的各"25部经典"多选自2010年由上海市作家协会聘请本会专家学者编纂并正式出版的《海上文学百家文库》。海上文学是中国现代史上的政治中心和文化中心南移的时代契机、上海开埠以来发达的经济和出版业繁荣的大环境、华洋杂处中西交汇的国际都会空间，以及革命、避难、赋闲、求学、结社、办刊、任教、谋生等社会和个人的原因，使全国各地和海归的文学人才云集上海。其中有的终生定居，有的长短不一地滞留，为海上文学的繁荣发展作出了重要的贡献。海上文学自近代以来曾经占据了中国文学的大半壁江山，在最鼎盛的二十世纪二三十年代，其云集的文学人才，出现的文学社团，产生的文学流派，拥有的出版资源，创造的风格各异的杰作，在现代文学史上更是没有之一。文库以131卷的文本规模，收录了近代以来在上海生活和创作过的270位作家共6000万字的代表作品，充分展现了自十九世纪初至二十世纪八十年代海上文学的优秀成果，也在相当程度上代表了近现代中国文学的成就。

当代中国在上个世纪七十年代末到八十年代初曾经出现了一个阅读中外文学经典的热潮，并一直持续到八十年代末。对提高青年读者的人文素养，以及促进新时期文学的兴旺发达，都有直接的助推作用。九十年代以降，商品经济和大众传媒时代到来，文学出现了时尚化和商业化，失去了诗性的光晕。"力比多经济"诱发的官能快感一度代替了审美的愉悦，"文学是天然时尚"的提法和对"时尚文学"的提倡，对文学创作和文学阅读都形成了误导。举办品读文学经典大赛的目的，就是为了正本清源，推动青年人接近中国近现代文学的优秀作家和作品，提高他们的审美品味和养成品读经典的良好习惯，进而培养文学评论的后续梯队。

两届参加品读大赛的学子比较踊跃，每届均有来自国内大部分省市乃至海外华裔的评论稿1300多篇，从中评选出一、二、三等奖25篇。获奖者大部分为在校大学生和硕士生，以文科生为主，也有理工生，少数为在校中学生。按照规定均在25岁以内。

我们对一等奖的入选者增加了网上面试一项，主要问了平时的文学作品阅读情况和文学评论的写作情况，以及参赛者对所评作品的随机回答。事实上两届评出的一等奖，包括二、三等奖，确实都是作者独立思考的结果。因为这些文章有自己的视角，与传统的评论有所不同，而且语言有个性。从文章来看，作者的知识面较宽，有一定的文学阅读量。作为90后一代，其中首届一位一等奖获得者（高二生）说的颇有代表性。她说初中时绝对是网络小说读得多，到了高中觉得这样下去不行了，于是找大部头来看，结果收获颇丰。她说的大部头应该指中外经典，因为只要有志于文学，最终还是要回到经典。如果读中文系外文系，那么课程中就有大量的中外经典作品。

每个人评论作品的方式是不尽相同的。从文本出发，追求一种比较精准的评论，应该是写评论文章的基本要求。无论是肯定其是，否定其非，都应该是相当准确贴切，可以让作者心服口服，甚至深入到连作者还尚未意识到的奥义所在。同时在文本分析的基础上，还需要有一种历史的观照和维度。这样对提高读者的鉴赏力也有帮助，当然这有个历练的过程。有的主要从主观对作品的感受出发进行分析，如首届获奖文章中有一篇分析茹志鹃的《百合花》，还是比较到位，能作连续的细节和心理描写分析，很符合作品的特点。有一篇评萧红的《呼兰河传》，写了四个看到：环境造就的人性、践踏的女性尊严、无处不在的寂寞、绝望中的希望。这也确实是这部小说在思想内容上的独到之处，如果再分析一下艺术，可以更好。分析鲁迅《奔月》是有新意的一篇，作者认为应该从《奔月》的颠覆性寻求鲁迅的"颠覆意图"。指出这篇作品的主要方面不是批判揭露，而是对他种种误解的反驳，是通过对神话传统诗意和美好的解构达到自我的表白和解脱。当然，那主要是通过对后羿的形象分析得出的见解。另一篇是分析《鸠摩罗什》的，作者认为施蛰存独辟蹊径，展现了主人公智慧、学问、修行之间的紧张关系，编织他一生在性欲上的内心冲突。文章分析了施蛰存对传说中的舌舍利作了大胆的改写，于是舌近乎一种罪证。这个分析符合作为心理分析小说家施蛰存的意图。事实上在我看来，"舌"本身就是深度心理学的一种隐喻。

到了今年第二届，开列的25部经典需要大幅度变动。就文体而言，这次除鲁迅选了散文诗集《野草》中的一篇外，其他作家都选了小说。考虑到品评长篇占时太多，故以中短篇为主。其中约有10篇左右过去被评论较少的，可能那时认为是非主流非代表作被忽视了，其实都很有特色。如鲁迅的《好的故事》、郁达夫的《迷羊》、沈从文的《八骏图》、刘呐鸥的《方程式》，许杰的《的笃戏》、徐訏《镜子的疯》、钱锺书的《猫》等。选择这些作品供学子品评，也有改变文学史书写造成的对作家代表作刻板印象的意图。正因为评论得较少，可资参考的也相对少些，对青年学子的品读评论会有些难度，需要更多的独立思考。其实一些被反复评论过的作品，再评论反而更有难度，因为要发前人所未发。如茅盾的《腐蚀》，巴金的《寒夜》，张爱玲的《金锁记》等。

从第二届的获奖文章来看，感觉不逊于上届。一般文字更显活泼，思维也更见活跃，没有八股腔。从一等奖的情况看，作者有相当的知识储备和思辨力，往往不局限于就事论事，时见旁征博引，联系作家的生平、所处时代和相关作品，初步做到了"知人论世"。即把一部作品放到一个多维的参照系去观照、分析和评论，这就比就事论事、孤立地分析，肯定更加深刻和到位。一位获奖者说，把施蛰存的《梅雨之夕》与他的其他作品串联一起，就会发现充满着现代人都市生存的心灵焦虑。另一位通过对茹志鹃《剪辑错了的故事》的评论，体会到"以一个历史的眼光去看待去阅读，我们将获得的审美会宽广很多。"对理论的学习和恰当运用，有时也能给评论文章带来了新的视角和方法。如有篇文章评论刘呐鸥的《方程式》，就运用了俄国形式主义者的陌生化理论，并指出刘文是对另一种文明的反拨，颇有新意。对经典或准经典，青年学子没有一味地膜拜仰视，而是好处说好，对不足之处也有质疑，体现了评论的独立品格和评论者的独立思考。

从世界范围来看，近一个世纪以来，文学批评往往在历史批评、文本批评和文化批评之间徘徊或循环往复。每种批评观和批评方法都各有优长也各有局限，对于青年学子来说，可以各取所需，各取其长，补彼之短，各尽其妙，或综合用之。目的都是为了更确切深入地读解作品，在经典的魅力中开启自我，启迪人心。好的批评不仅是联系作家作品和受众之间的桥梁，而且如艾略特所说，起着纠正读者鉴赏力的作用，这在当前显得尤为重要。

2018.10.9原载于《文汇读书周报》

由阅读代沟想到的

代沟也即世代隔阂，是指不同代之间由于世界观、人生观、价值观以及行为方式等方面的差别形成的隔阂、裂隙、鸿沟乃至冲突。对此现在的人大概都会予以承认，因为许多事实已经明摆在那里，即使你不认可，也不得不承认。而且随着时代的发展，这种世代隔阂的时间距离似乎愈来愈缩短，竟有"三年一代沟"甚至"两年一代沟"之说。好多年以前，一些高年级的大学生曾反映，入学不久的低年级新生与他们就很不一样，说明此说非虚妄也。

这同样反映在阅读方面。记得80年代一些女生热衷读琼瑶三毛，男生则读古龙金庸，当时就有点不以为然。这就是代沟。但因为中文系的课程要求，中外经典之作是必读的，可能多多少少会打些折扣，因为时间也就这些。但到了90年代，发现即使是中文系的学生，竟有许多经典尚未看过，有的是以改编后的影视代替原作看了。当时就觉得心存戚忧。至于社会上，那就更无从说起，无可要求了。到了今日，在不少年轻人那里，许多经典竟成了被排斥的作品，因为看不懂，觉得离他们太远，提不起阅读的兴趣。他们可能更愿意读网络小说，悬念穿越宫斗是最爱；郭敬明是他们的偶像，凡是他的小说或电影，去买去看是必需的。我并不认为这代表了年轻人阅读的全部，但种种迹象表明，我称之为"阅读的代沟"是存在的，而且有愈来愈扩大的趋势。

那么是否存在都是合理的呢？我认为不一定，要视具体情况来论定。在60年代的美国，面对传统的保守文化，曾出现了波澜壮阔的非主流文化，其中也包括了文学艺术。如1962年生物学家蕾切尔·卡森的《寂静的春天》就是一部环保主义的里程碑式的作品；同年，美国大学生发表的《休伦港宣言》是新左派的代表性文献；库恩出版了《科学革命的结构》，研究科学范式的转移。1963年，家庭主妇贝蒂·弗里丹的《女性的奥秘》推动了妇女解放运动。1964年，加拿大学者麦克卢汉的《了解媒体》阐释了什么是"媒体文化"；来自法兰克福的思想家马尔库塞发表了《单向度的人》，把弗洛伊德主义补充进马克思主义。在文学艺术方面，如垮掉一代的作品、摇滚乐等反叛文化也独树一帜。这些新一代的非主流文化在相当程度上反叛了作为老年文化的前喻文化，推动了美国走向后工业、新媒体、后现代的社会，青年文化成为社会的一个引擎。文化人类学家玛格丽特·米德在《文化与承诺》中，称这样的文化是"后喻文化"。而中国的青年文化除了在"五四"曾经达到过这种影响力外，后来就再也没有出现过。传统的主流文化肯定处在式微之中，但非主流的青年亚文化只能说尚在萌芽之中，所以充其量，现在只能说是"并喻文化"，即过渡性的文化。阅读是创作的后续继发行为，青年的阅读趋向于时尚化、速食化、浅表化、网络化、娱乐化，其实体现了网络时代社会的消费主义倾向，而所谓"重口味"，则是其中官能消费的一种表现。并不是说我们的创作都是倾向于满足消费主义的阅读趣味的，而是说，它不足以抵消和取代消费主义的阅读，或者说，创作没有表现出一种非主流的形态和新的审美趣味，来把一种老旧的、僵化的或平庸的官能的刺激转变成足以激活年轻一代灵魂的内在的精神需要，并参与到社会的改造实践中来。

再从这个角度看，那么文学评论除了对文学的文本进行形式和意义的分析外，还必须提升到文化批评的层面。代沟的存在，可以归因于文化传递模式的差异。而评论可以通过文学的文化分析，在前喻、并喻和后喻文化之间筑起一座沟通的桥梁。

2013.9.27原载于《解放日报》

注：文中提及的年代均为20世纪。

娱乐至死，能否用文化救赎

偶然打开电视机，恰好看到央视刚刚开播的《朗读者》，颇觉耳目一新，印象甚好。这是董卿主持的又一个文化类节目，而且这次破天荒地由她兼任制片人，这就意味着她肩负着更大的责任，也有了更多的话语权。与她上一次主持的《中国诗词大会》相比，确有许多不同。《中国诗词大会》声势浩大，有百人团、挑战者和擂主等众多变动不居的角色，不仅诗霸词霸们的表现出色，而且主持人本人诗词歌赋的修养也颇令人惊艳，从而赢得"腹有诗书气自华"的赞美。但因为是竞赛类节目，未脱选秀的窠臼，考试的气氛又太浓，不知有多少颗小心脏为此而嘣嘣乱跳。《朗读者》显然更有独创性，除了这个名字使人想起一部德国同名小说和英国改编的同名电影外，并无什么因袭。

《朗读者》必有朗读，语气却又重重地落到"者"上。"者"在此处指发出"朗读"的人，可见《朗读者》十分重视朗读之人。在这档节目里，"人"虽有名人和非名人、专业和非专业之分，或曰有素人和非素人之分，却一样地受到尊重。"素人"是个外来词，指平民、朴素的人和未经修饰的人。在第一季前两期的朗读者中：企业家柳传志、国际名模张梓林、获国际最高翻译奖的翻译家许渊冲、儿童作家郑渊洁等都是名人，但

在朗读方面他们却是"素人"；演员濮存昕、蒋雯丽、乔榛等既是名人，
又是朗读者中的专业人士；其他的名不见经传者应该都属素人之列。这些
显然经过一番挑选的人，按照节目的设定不是先来一段朗读，而是先接受
主持人采访讲一段自己的人生故事。为了话题集中起见，第一期的主题词
是"遇见"。有点儿出人意料的是，名人们没有讲他们的"成功学"，如
遇见第一个扮演的角色、获取第一桶金之类，而是讲他们在最初的平凡生
涯中遇到的偶然如何改变他们的一生。如柳传志遇到了挫折——因舅舅是
"右派"，他未被录取为飞行员，而是进了大学，这才走上了后来的人生
道路。可谓塞翁失马，焉知非福。濮存昕的经历更是鲜为人知，谁也想不
到他从小患过小儿麻痹症还被同学起过"濮瘸子"的外号。要不是后来遇
到了荣大夫治好了他的病，根本不可能走上舞台成为一名演员。这样，荣
医生就成了濮存昕遇到的改变他命运的第一位贵人。可以说，在第一季第
一期的朗读者中，濮存昕的人生故事是最为幸运的"遇见"之一，在讲述
之后的朗读也最为出彩。这除了因为他有优秀演员的修养外，还因为他选
择了老舍的散文《宗月大师》。老舍对宗月大师助他上学的感激之情，正
如濮存昕对荣大夫的感恩一样，因此朗读这篇散文真是最贴切不过的了。
我相信，这是作为北京人艺演员的濮存昕自己的选择，因为老舍就是北京
人艺传统的开创者之一，他的作品一定为濮存昕所熟知。至于在"素人"
中，主动从北京大医院辞职的"无国界大夫"蒋励的"遇见"最感人。她
与助产士在阿富汗的战火中接生了三千多个新生儿，平均每天四十多个，
又无一例孕妇死亡，真正体现了一位白衣天使崇高的人道主义和国际主义
精神，以及精湛的医术和高尚的医德。她紧接着朗读的，恰好是去年诺贝
尔文学奖得主鲍勃·迪伦的《答案在风中飘扬》："炮弹要多少次掠过天
空/才能被永远禁止"，"一些人要生存多少年/才能被容许自由"，"一
个人要有多少只耳朵/才能听见人们的悲泣/要牺牲多少条生命/才能知道太
多的人已经死去/答案啊，我的朋友，在风中飘扬/答案它在风中飘扬"。

这首民谣充满了对这个动荡不安世界的关切和悲愤，也代入了朗读者在阿富汗经历的切身体验。听到朗读这首民谣，我们的心完全被震撼到了，为一种巨大的悲哀和无助深深哭泣，从而想要改变什么。这就是文学的力量，也说明为自己和给他人朗读的必要。谁说鲍勃·迪伦不该得诺奖呢？那就去聆听这位去过阿富汗的无国界大夫发自内心的共鸣吧！

《朗读者》每季有十二期，这意味着一季就有近70位各界人士为观众讲他们人生中的一个故事，加起来就是近70个非虚构的人生片段，向我们展现一个熟悉又陌生的大千世界。一个人，一段文，那就有近70段文字的深情朗读通过电视广为传播。一年四季，那就是四个倍数，如果精心策划、组织、传播，那将是怎样一种真、善、美的增殖和递送啊！我相信凭现在的团队，能够把这档被定义为"情感类"的综艺节目办得更好。但既然命名为"朗读者"，重人还得重文。谁是朗读人，哪是朗读文，都需要精心挑选。朗读者不是不可读一段自己书写的文字，但一定要是有较高水准的，而更多的应该选择能够震撼到自己的文字——经典和准经典的。如果不仅重视朗读之人，也重视朗读之文，那么《朗读者》就可能从一档真人秀的情感类综艺节目，向人文类提升。

目前我们天天在播放的电视节目有文化吗？答曰，纪实类、人文类、戏曲类、地理类、动物类的节目多些，虚构类的节目少些，以纯娱乐为宗旨的综艺节目则极其稀薄以至于无或负。例如照搬韩国模式的一个节目，男演员满世界地跑来跑去却不知在干吗，说探险却无险可探，多的是出乖露丑地恶搞，也没啥好笑。拼颜值吧，也没见拼出过谁是行走中的荷尔蒙之类。有的歌唱节目，歌手并不好好唱，摆出一副"老司机"的腔调欲盖弥彰地讲污段子。有的节目没什么内容，只见几个主持人有一搭没一搭地出洋相嘎汕胡自娱自乐。现在中国的电视台和电视频道数量巨大投入不少，但真正值得一看的节目根本不成比例，这可能也是亿万人不看电视宁看碎片化微信的原因之一。消费主义和娱乐至上使一些从业人员千方百计自以为是地迎合实质在误导观众，并从娱乐至上走向娱乐至死。《娱乐至死》的作者尼尔·波兹曼指出，有两种方法可以让文化精神枯萎，一种是让文化成为一个监狱，一种是把文化变成一场娱乐至死的舞台。自20世纪下半叶以来，印刷术时代步入没落，而电视时代蒸蒸日上；电视改变了公众话语的内容和意义，电视的一般表达方式是娱乐。一切公众话语都日渐以娱乐的方式出现，并成为一种文化精神。一切文化内容都心甘情愿地成为娱乐的附庸，"其结果是我们成了一个娱乐至死的物种"。《朗读者》的出现，可以看成是改变这种文化萎缩的尝试性努力。就是用印刷文化来救赎读图时代的图像文化，用精英文化来救赎已经普遍娱乐化的电视大众文化；用朗读的方式来重新唤起语言文字所具有的直击人心引人思考的审美力量。

"最是书香能致远"，让我们朗读吧！

2017.3.2原载于《解放日报》

小品，真的"小"吗？

.

　　多年以来，戏剧小品在大型综艺晚会上占据了举足轻重的位置，这个趋势目前有增无减。而且小品节目入选率往往数倍于同为语言类的相声，可见在节目组织者的心目中孰轻孰重了。过去圈内曾有人说，只要小品、相声成功了，晚会就成功了一半。现在看来，在这半壁江山中，小品已三分天下有其二了。小品的繁荣固然得益于有关创作团队的努力，也归功于热情观众的追捧。但归根结底，还因为小品这种艺术样式在发展过程中博采众长，包括借鉴了喜剧和相声之所长，以幽默搞笑取悦大众。那些小品达人仿佛自带笑果，在台上一站就让人忍俊不禁。小品中的佼佼者在触动欣赏者笑神经的同时，还触到了泪点，更让大众趋之若鹜，欲罢不能了。

　　小品热固然能使从业人员增加对此种样式和自身创作力的信心，但居安思危、处热防冷仍然是必要的。众所周知，小品是上世纪80年代从戏剧脱胎而来的新品种，说得更确切一些，是从培训演员表演元素的训练演化而来的。最早由一人表演的哑剧小品《吃鸡》，就如始祖鸟般带有小恐龙的痕迹。作为戏剧新的艺术形式，小品具备了戏剧的基本要素，如对话、剧情、动作、舞台调度等等，但它在脱颖而出后又自带了什么特性，有什么不可违反的规则，以及目前创作中还存在什么问题，这些都是必须冷静思考的。

以目前的形制来看，一个戏剧小品的演出长度在一刻钟到半小时之间，再长就显拖沓了。在较短的时间内绘声绘形地讲清一件事，连说带做地夸张表演，在对手戏中极尽插科打诨、误会巧合之能事，凡此都能制造出一系列笑果，让观众在感到愉悦的同时又被打动，这就成了戏剧小品的基本标配。戏剧小品之所以叫小品，就在短小精悍。这首先需要限制人数，出场演员其实有二至四人就足够了，多了则显得过于驳杂。小品《为您服务》的主要人物虽然只有一个，即银行支行经理，但围绕着他先后出场的人物竟多达十几个。他们上场只有一个目的，要么点赞一下经理，要么让他指点一下业务，全是为了表扬这个经理不厌其烦为顾客服务的精神而设计的。戏剧小品固然也可以表扬好人好事，但完全没有必要搞人海战术，让那么多的演员走马灯、跑龙套似的来串演同一件事。另外，戏剧小品不是歌舞小品，戏剧才是它的当行本色。而戏剧必须有戏剧冲突，没有冲突的小品不能被视为戏剧小品。《为您服务》是无冲突的，找一大帮人来唱赞歌，其实是不能称之为小品的。

戏剧小品既然脱胎于戏剧，同时又称之为小品，那么它不仅要贯彻戏剧的集中性原则，而且在抖包袱前不可能有许多伏笔和铺垫。往往一出场就让戏剧冲突和盘托出，并在瞬息之间跌宕腾挪，矛盾迭出，再让剧情陡然反转，出奇制胜，使观众出乎意料，又幡然醒悟。《提意见》在一定程度上体现了戏剧小品的这些特点，主演者的表演也活灵活现。一开始上场了一个厨师，一个保安。厨师有满肚子意见要提，保安却现身说法，劝厨师不要提意见。而他的现身说法特别言简意赅，第一次回答领导"累"，第二次回答"不累"，第三次回答"也累也不累"，却次次被辞退。可见"有些领导就不爱听意见"、"有些领导套路深"。至此小品已达到了一定的讽刺效果，引起了观众的共鸣。但这个小品的矛头指向并非仅止于此，而是很快转向了保安自身。当新任处长出场时，保安为了保住自己的饭碗，竟以提意见为名曲意逢迎，肉麻吹捧。没料到处长火眼金睛，批评他溜须拍马，还立马把敢提意见的厨子提拔为主管。这对保安有很大震动，眼看饭碗又要不保，便赶紧掏出一大摞意见书。领导虽然没有提拔他，但立即表示坚决接受，并去实地解决问题。这个小品可谓一箭双雕，既批评了某些领导，也批评了谨小慎微乃至溜须拍马的吃瓜群众，反过来说明缺少民主作风可能对人性造成的扭曲。但我不希望这种转移矛头的大反转成为讽刺小品获得通行证的不二法门，否则套路也太深了吧？

戏剧小品属于大众文化，是演大众并让大众看的。阳春白雪必然曲高和寡，下里巴人才能国中皆和。但下里巴人也是有底线的，俗虽可，低俗滥俗则不可。曾看到过一个小品，讲店老板为了促销搞大酬宾，啤酒喝一瓶送一瓶，服务员凭瓶盖领奖金。恰好来了一顾客，去年他就钻过空子骗吃骗喝不付钱，这次又利用酬宾规则的漏洞和自己的三寸不烂之舌白喝了许多瓶，店家还要白赔他几块钱。老板不服，让他再重复一次捋一捋，结果又让他白喝了几瓶。应该说主演者猴里猴气地很会演，为了角色需要连喝带吐地不怕出丑。但把一种蒙人的骗术演得淋漓尽致，还引来了观众的阵阵掌声，他们喊着让几个演员把一瓶瓶啤酒直灌下喉。这剧场效果岂非劝百讽一？以致连讽也没有，只有瞎起哄了吗？事实上在这个小品里，老板伙计都在搞恶意推销，怎么最后一百八十度大转弯，变成慷慨解囊让村里的困难户都来白吃一顿了呢？

戏剧小品虽小却贵在以小见大。它不追求表现重大题材和宏大叙事，因为它不同于一出正规的大戏，重大、宏大都非它力所能及。它不过是小制作，小打小闹，表现的只是一朵生活的浪花，叙述的只是人生的一个碎片，却可能从一粒沙看到大千世界，从一朵花见到阳光的斑斓，在嬉笑怒骂中显露世道人心。所谓的以小见大就是如此这般。所以不能轻看了它，更不容鄙视它。如果忘乎所以，自轻自贱迎合低级趣味而让人轻视鄙薄，那就是小品的没落了。

2018.3.25原载于《解放日报》

略谈机器人的文学写作

记得"深蓝"战胜国际象棋大师卡斯帕洛夫是20年以前的事了，没料到去年它的同类"阿尔法狗"又一举战胜了围棋世界冠军李世石。已经有人预言，接下来机器人将战胜中国象棋冠军。看来人类在棋类领域全面沦陷给人类自己制造的机器人，将是指日可待的事了。虽然我非棋界人类，但也有相煎何太急的感叹了。

至于在写作领域，人工智能界也早已向人类发起了挑战。新闻是机器人最早染指的写作行业，这在美国早已不是什么新闻了。在文学界，俄罗斯的人工智能似乎更占先机。早在2008年，有史以来第一部机器人写的长篇小说《真爱》出版。主人公借自《安娜·卡列尼娜》里面的安娜、沃伦斯基、列文、吉蒂，情节来自17本经典小说中抽取的情节库，行文风格则模仿村上春树。据说PCWriter2008先生只花了三天就写完了这部320页的小说，出版社按畅销书印数印了10万本。不知如今卖完没有？

不仅是小说家，人类诗人同样受到了挑战，而且这一回就发生在我们家门口。去年五月，微软"少女诗人"小冰在中国出版了"世界上第一本人工智能创作的诗集"：《阳光失去了玻璃窗》。有关方面很造势了一番：小冰作为"一个具有少女情怀的诗人"，仅用了100小时，学习了1920年以来中国519位诗人的几万首现代诗，训练超过了10000次，创作了70928首，出版方从中选出了139首。如人类也如此这般，约需100年云云。人类诗人的生产速度当然比不上机器诗人，以《全唐诗》为例，其中收了2529位唐代诗人的诗作42863首，比小冰几天的产量还少了两万多首。

　　然而，文学作品可不是爆米花，不能以产出的数量和速度取胜。机器人写作要赢得人类读者的青睐，光靠噱头也是不够的，还得货真价实才行。有几篇小冰的代表作被特别提到，其中题为《世界悲剧的角色》一首是："我负了爱我自己的生物/我却温了你的眼睛/我生了时代的心/我将说我的眼泪"。第一句的"我自己"大可删掉"自己"；"生物"应该指人，还是径直称"人"相宜；我只听说过"辣眼睛"，却不知"温眼睛"是啥意思？"时代的心"是指一种时代抱负吗？"眼泪"一般是流的，没法"说"的。这诗一共才四句，却没有一句是通的，可谓句句"智商欠费"。有人批评"小冰成功地学会了新诗的糟粕，写的都是滥调"。我认为它还谈不上"学会"，哪怕是糟粕或滥调。推介方要么是急于求成，要么是根本缺乏何为诗的判断力。因此他们大言不惭地宣布："小冰获得了现代诗的创造力，并逐渐形成了自己的风格、偏好和行文技巧。"

　　我不清楚小冰是否通过图灵测试，因为没有看到这方面的报道。所谓图灵测试，即将机器与人隔开后，如果有30%以上的机器行为被误认为是人而不是机器所为，则机器应被视为拥有人的智能。小冰的诗作水平估计难以通过图灵测试，不大可能达到30%以上的要求。在综艺节目《中国诗词大会》上出现的人形机器人薇薇，据说是通过了图灵测试的，达到了31%。薇薇以创作古诗见长，有的诗据说连唐诗专家也人、机莫辨了。有首题为《磬》的诗这样写道："蓝田泾水绕瀛洲/万里沧波一钓舟/此去不知人在否/白云深处有仙楼"。首句陕西的蓝田、泾水与远在东海的瀛洲，在地理位置上是不匹配的，根本"绕"不过去。"白云深处有仙楼"，明显是杜牧《山行》末句"白云深处有人家"的移花接木。整首在诗意上与

《山行》相较有天壤之别，但比小冰的诗作还是略胜一筹。然而薇薇的不少诗仍然被指出不通、不顺、陈旧、突兀、出律、无新意等。按照我的看法，图灵测试对评委是有专业修养方面的要求的。如果测试机器人在文学写作方面是否具备了人的智能，那么评委不仅要有不低于常人的智商，还要有文学方面的专业水准，至少是读过不少诗文的文学读者。否则即使他是程序员之类，也是缺少发言权的。

目前机器人写作在小说、剧本方面的水准也大抵如此。美国纽约伦斯勒学院头脑和机器实验室开发的小说创作软件《布鲁斯特》，用15秒就可以写出一篇短篇故事，但"所有作品都大同小异"。纽约大学人工智能研究人员开发的神经网络本杰明，虽已写出电影剧本，但舆论对它的评价却是："编剧能力实在堪忧"，剧本中的语言可以说是"正确而又不知所云"，其中就有"他坐在恒星里，也坐在地板上"这样莫名其妙的话。这句由机器人说出的话，大体上可以代表目前人工智能的文学写作达到的水准和困境，也包括它们的努力。

从事不同行业的人往往有不同的梦想，计算机科学家们的梦想就是让电脑代替人脑，让机器替代人工。这个梦想在一些领域已经成为现实，并且以超常的速度扩大着它的成果。我本人对此持乐观其成的积极态度，并期待某一天人工智能在文学艺术的创作、鉴赏和批评活动中占一席之地。根据有关统计，全球有一半人工智能专家认为，2040年前将研制出人类级别的机器智能。这就意味着，还有22年智能机器将代替人类做一切事，甚至做人类未及做的事。但对此我还是有所保留的，我倒不是担心它如真的代替了人类，那人类岂非个个成了游手好闲之徒？我也丝毫不担心人工智能一旦涉及创作，个个都成了大文豪，将来包揽了诺贝尔文学奖、雨果奖和茅盾文学奖。人工智能虽然早已涉足文学创作，但迄今为止没有一位机器人写手已经赶上人类的三流作家。所以人类作家迄今为止也没有哪位担惊受怕，惶惶不可终日，乃至不得不宣布封笔。

人工智能写作无非是一种依赖数据库的写作，通过海量阅读，识别文学大家经典作品的高频语词或情节的基本构成和性格类型，按照一定的指令，自动生成诗歌、小说或剧本。数字优势、机械技能和文字模块是三大法宝。近几年来，人工智能专家又力图利用深度神经网络原理，来模仿人脑思维模式。由于人类对自身思维和心理活动的认知还存在许多盲点，所以这种仿制将困难重重。关键还在于，机器人目前不具备人类的生物学基础，它可能拥有人类的智商，却难以获得人类的情商。而文学却是情感的、直觉的、基于个人生存经验的灵感式的写作。机器人仅靠情感表达的词语集成，充其量也只能作字面上的模仿，而在可以预期的未来，不可能有浑然天成的独创。

AI先生和女士：路漫漫其修远兮，汝将上下而求索！

2018.4.28原载于《新民晚报》

逗哏的底线和上限

说实话，我已经许久不看也不听相声了，但相声界还不时会闹出些动静传到我孤陋寡闻的耳朵里。

最近的新闻就发生在昨日汶川大地震11周年，网上热传一段拿汶川等地震灾害来逗哏的相声视频。逗哏的是相声演员张云雷，捧哏的是搭档张九郎。哏的内容是："大姐嫁唐山，二姐嫁汶川，三姐嫁玉树，我仨姐姐有多造化啊！""造化"在此本应作福分、好运来解释，但显然是在说反话。可说反话，也不能伤到受地震灾害的死伤同胞身上去啊。这段名叫《大上寿》的相声虽然演出于去年12月31日，但一经上传后还是受到了网友和媒体的批评。于是担任逗哏一角的张云雷于5月13日通过微博发文致歉，说"自己无论到什么时候，无论什么样的作品，这样做都是不应该的。"

相声有个术语叫"砸挂段子"，指彼此戏谑取笑的段子。推而广之，也可泛指相声逗哏中常用的戏谑取笑的手法。但"砸挂"也有几忌，其中一忌就是不要拿令大众伤心的大灾祸来戏谑取笑。张云雷说的这个段子，就犯了这个大忌。正如有的网友所说，是"拿别人的痛苦当哏"。

张云雷也向德云社道歉，因为他是郭德纲最早的入室弟子之一，排行第二，为德云社的"四公子"之一。学生出错犯忌，老师自当严加管教。

俗话说，教不严，师之惰。老师不仅要授之以艺，更要授之以德。德艺双馨，才是师徒共同追求的目标。

相声也罢，小品也罢，都以逗哏取乐来吸引听众和观众。但这并不是它们唯一的动机和目标。凡艺术都以真善美为追求，以寓教于乐为目的。说学逗唱虽有独特的手法，但终极目标是一致的。相当一个时期来，相声或小品为了取悦受众，有的日趋庸俗和低级趣味，乃至入于恶俗一流。这也是我几乎不看不听的原因。

虽然如此，我还是时常会想起侯宝林的相声。侯宝林只读过小学三年级，论学历，他肯定不如现在的所有艺人。但为什么他能成为相声大师，创造了那么多脍炙人口的经典？首先他刻苦，为了读一本明代《谑浪》，冒雪到北京图书馆，用18天抄了10万字反复钻研。二是博采众长，并向多种戏曲艺术学习。三是"凡事都要对得住自己的良心"，"把最好的艺术献给观众"。

逗哏之事也该有个底线的。而它的上限，则是侯宝林所做的三点。

2019.5.14原载于《新民晚报》